KB157445

총잡이들

ⓒ 은승완 2016

초판 1쇄 발행일 2016년 3월 14일

지 은 이 은승완

출판책임 박성규
기획실장 선우미정
편집진행 유예림
편   집 김상진 · 구소연
디 자 인 김지연 · 이수빈
마 케 팅 석철호 · 나다연
경영지원 김은주 · 이순복
제   작 송세언
관   리 구법모 · 엄철용

펴 낸 곳 도서출판 들녘
펴 낸 이 이정원
등록일자 1987년 12월 12일
등록번호 10-156
주   소 경기도 파주시 회동길 198
전   화 마케팅 031-955-7374 편집 031-955-7381
팩시밀리 031-955-7393
홈페이지 www.ddd21.co.kr

I S B N 979-11-5925-137-5 (03810)

값은 뒤표지에 있습니다. 잘못된 책은 구입하신 곳에서 바꿔드립니다.

「이 도서의 국립중앙도서관 출판예정도서목록(CIP)은 서지정보유통지원시스템 홈페이지(http://seoji.
nl.go.kr)와 국가자료공동목록시스템(http://www.nl.go.kr/kolisnet)에서 이용하실 수 있습니다.(CIP제
어번호: CIP2016004728)」

총잡이들

은 승 완
장편소설

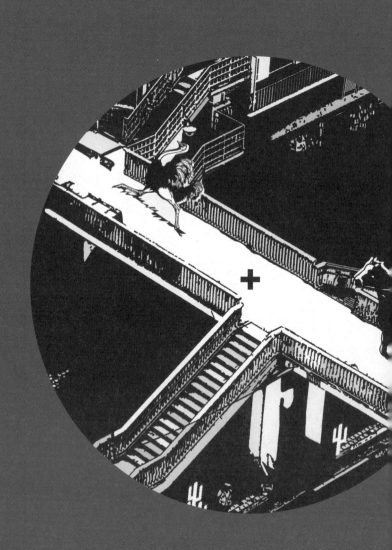

생명이 가치를 잃은 곳에서는 죽음의 가격이 높다.
그래서 현상금 사냥꾼들이 나타났다.

− 세르지오 레오네*

"Where life had no value, death, sometimes, had its price.
That is why the bounty killers appeared."
_〈석양의 건맨For A Few Dollars More〉(1965) 중에서.

* 세르지오 레오네(Sergio Leone. 1929~1989)는 '스파게티 웨스턴'의 아버지라 불리는 이탈리아 영화감독이
다. 〈황야의 무법자〉 등을 통해 정의로운 보안관이 아닌 냉혹한 무법자들의 시각으로 미국 서부 개척기를 그려
냄으로써 수정주의 서부극을 더욱 발전시킨 것으로 평가받았다. 출세작인 '무법자 삼부작' 외에 〈원스 어폰 어
타임 인 아메리카〉 등의 명작을 남겼다.

문학이 가치를 잃은 곳에서는
수상한 글들의 가격이 높다.
그래서 공모전 사냥꾼들이 나타났다.

– 어느 공모용 소설 전문가

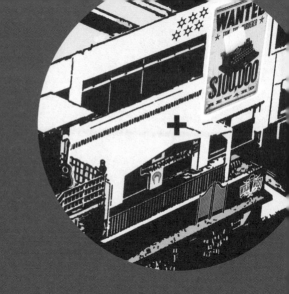

차례

———

노량
진

전철역 출구에서 한 무더기의 사람들이 몰려 나왔다. 성별과 나이, 생김새가 제각각인 그들은 어딘가로 바쁘게 걸어간다는 점에서만 닮은꼴이었다. 대부분이 목을 꼿꼿이 세운 채 대합실과 계단을 지나서 빠르게 흩어졌고, 얼마간 시간이 지나면 또 그만큼의 사람들이 한꺼번에 쏟아져 나왔다. 부드러운 웃음을 띤 이들도 없진 않았지만 대개가 무표정 일색이었다. 그래서였을 것이다. 사람들이 역에서 나오는 게 아니라 역이 사람들을 토해내고 있다는 느낌이 들었던 것은.

나는 핸드폰을 만지작거리며 쉼터 쪽으로 걸음을 옮겼다. 몇 그루의 느티나무를 심고 벤치를 만들어놓은 옹색한 공간이었다. 그마저도 없다면 역 앞은 훨씬 더 삭막했을 것이다. 사람들은 그곳 벤치에 앉거나 어정쩡하게 서서 기꺼이 풍경의 일부가 되어주었다. 멸종 위기에 몰린 희귀 동물처럼 간혹 책을 읽는 이도 있었지만 대부분은 스마트폰을 들여다보거나 귀에 이어폰을 꽂고 음악을 듣거나 누군가와 통화를 하고 있었다.

뺨에 차가운 감촉이 느껴졌다. 나는 반사적으로 하늘을 올려다보았다. 짙은 회색 구름이 낮게 드리워진 하늘에서 금방이라도 장대비가 내릴 것만 같았다. 도로의 차들도 전조등과 미등을 켠 채 속도를 늦추고 있었다.

핸드폰이 진동을 했다. 통화 버튼을 누르자 낯선 목소리가 흘러나왔다.

"공노명 씬가요?"

"네. 지금 어디 계시죠?"

"노량진역 1층 출구 쪽에 서 있습니다."

편의점 앞에서 주위를 두리번거리고 있는 남자가 눈에 띄었다. 나는 전화를 끊고 검정 가방을 비스듬히 멘, 남색 등산점퍼 차림의 중년 남자에게 다가갔다.

"심부름센터?"

남자가 고개를 끄덕이며 서류봉투를 내밀었다. 나는 봉투에서 사진을 꺼냈다. 순간 뒤통수가 따가워지는 느낌이 들었다. 남의 사생활이나 캐는 사기꾼이 된 기분이랄까. 사진 속 여자의 얼굴이 눈에 들어왔다. 치코, 그녀가 분명했다. 뒷면에 집 주소와 새 전화번호가 적혀 있었다.

"이 동네 가려면 어떻게 해야 하죠?"

"7호선 S역에 내려서 도보로 십 분쯤 가면 나옵니다."

"집 앞에서 찍은 겁니까?"

"집 근처예요."

"언제쯤 가면 볼 수 있는지도 알아냈나요?"

"보통 여덟 시쯤 귀가하는 것 같던데, 오늘은 모르죠. 직접 가보시면⋯⋯."

남자가 출력해 온 지도를 건넸다.

"다음에 또 연락주세요."

그가 나를 빤히 건너다보았다. 뭔가를 알아내려는 듯 집요한 눈빛. 아마도 나와 치코의 관계를 넘겨짚는 것이리라. 집 나간 아내를 쫓는 남편이거나 도망친 애인의 행방을 찾는 동거남이라 여겼을지도 모르겠다. 나는 남자의 호기심에 찬물을 끼얹고 싶은 충동을 지그시 눌렀다.

횡단보도 쪽으로 걸음을 옮겼다. S역으로 가려면 마을버스를 타고 상도역으로 이동해야 했다. 하지만 나는 먼저 생각을 가다듬고 싶었다. 아니, 내게 필요한 건 전의(戰意)였다. 내 안에 잠들어 있는 그것을 불러내기 위해 주문이라도 걸어야 할 판이었다. 그녀를 만나려면 미리 도착해서 기다려야 할 것이다. 시간은 충분했다.

맥도날드 앞 보도는 행인들로 바글바글했다. 지난해 가을, 노량진역 육교가 철거되면서 컵밥이나 토스트, 닭꼬치를 팔던 포장마차들은 사육신묘 건너편으로 모두 이전했다. 이승과 저승을 연결하듯 35년간 고시촌과 세상을 이어주던 다리와 그 주변 풍경이 운명을 다한 것이다. 뻥 뚫린 차도가 훤히 드러나던 날, 나는 엉뚱하게도 카론을 먼저 떠올렸다. 그는 지금쯤 어느 육교 위에서 동전을 구걸하고 있을까.

보도는 고시 준비생과 재수생들에 전단 알바들까지 뒤섞여 여전히 복닥거렸다. 나는 마주 오는 행인들과 부딪치지 않기 위해 조심하면서 걸었다. 노량진의 뜻이 '해오라기 날던 나루터'라던가. 물론 지금은 해오라기도, 나루터도 사라지고 없다. 대신 닭장 같은 고시원 건물들 사이로 난 거미줄 같은 골목길에 살찐 비둘기와 고양이들이 득시글거렸다. 이면도로에선 어지럽게 내걸린 술집과 고깃집, 음식점과 커피전문점 간판들이 저마다 자기를 봐달라며 아우성을 쳐댔다. 깃발이 아닌, 간판들의 소리 없는 아우성. 길게 굽은 도로 양편으로 차들이 주차돼 있고, 인도에는 트레이닝복이나 청바지 차림의 고시원 체류자들이 어슬렁거렸다.

내가 노량진에 자리를 잡게 된 건 방값이 싼 고시원이 많아서였다. 생활정보지에서 월세 15만 원짜리 고시원을 알아낸 게 시초였다. 확인해보니 그곳은 난방조차 되지 않는 쪽방이었다. 한 평이 채 되지 않는 공간에 책상과 의자만 달랑 있을 뿐 침대조차 없는, 그저 눈비만 피할 수 있는 방. 사정이 급하기로서니 차마 그곳에 기거할 순 없었다. 발품을 팔아 여기저기 뒤져보았지만 금액이 적당한 곳을 발견하지는 못했다. 망설임 끝에 나는 '절름발이'에게 전화를 걸었다. 다행히 절름발이는 나를 기억하고 있었다. 그가 안내해준 대로 찾아가보니 흰색 타일이 누렇게 변색된 허름한 3층 건물이 나타났다. 공교롭게도 나는 절름발이의 옆방에 묵게 되었다. 다른 쪽 옆에 휴게실이 있는 복도의 끝 방이었다. 짐을 풀자 안도의 한숨이 새어 나왔다. 식사는 18만 원짜리 월식을 끊어 해결하기로 했다.

그날 저녁, 절름발이는 북적거리는 골목으로 나를 이끌었다. 노량진 입성을 축하하는 의미로 밥을 사겠다는 것이었다. 젠장, 농담도

심하군. 입성에 축하라니……. 나로선 내키지 않았지만 거절할 계제
가 아니었다. 새 둥지 같은 보금자리나마 마련한 것도 절름발이 덕
분이었으니까. 그가 나를 데려간 곳은 컵밥 포장마차였다.

"먹을 만해요?"

절름발이가 묘하게 일그러진 웃음을 지었다. 나는 어색하게 웃으
며 고개를 끄덕였다.

"네. 맛있는데요."

컵밥 종류는 다양했다. 김치볶음, 삼겹살, 햄치즈, 야채샐러드, 참
치마요……. 나는 햄치즈를, 절름발이는 삼겹살을 골랐다. 종류는
다양했지만 다 그 맛이 그 맛일 것 같았다. 스티로폼 그릇에 밥과
햄, 삼겹살이나 김치를 넣고 소스를 뿌려 비벼 먹다 보면 다 비슷비
슷한 맛 아니겠는가. 말 그대로 식사가 아닌 끼니였다. 포장마차 주
위로 사람들이 떼로 모여 컵밥을 먹고 있었다. 모두 길가에 선 채
밥을 목구멍 너머로 우걱우걱 넘기는 모양새가 마치 비둘기 떼 같
았다. 어느 순간 목이 멨지만 나는 그릇에 남은 밥알 하나까지 깨끗
이 먹어치웠다.

"가끔 먹다 보면 맛있더라구요."

인근 고시원 일층에서 자판기 커피를 건네며 절름발이가 말했다.
이 동네에서만 십 년 가까이 살았다는 그는 어디에 가야 밥이 맛있
는지 어디에 가야 커피가 맛있는지 또 어디에 가야 싸고 괜찮은 안
주로 술을 마실 수 있는지 빠삭했다. 말 그대로 '빠꼼이'였다. 그럴
수록 나는 그가 더 껄끄럽게 여겨졌다. 나 또한 그처럼 이 동네에
눌러앉게 될지 모른다는 불길한 예감 때문이었다. 어느덧 그에 대한

고마움은 사라지고 없었다. 남의 속도 모르고 절름발이는 친절하게 담배까지 내밀었다. 나는 냉정하게 손을 내저었다. 앞으로 되도록 말을 섞지 않아야겠다고 다짐하면서. 그날 이후 절름발이와는 멀어졌다. 대신 나는 치코와 만났고, 매케인과 만났다. 그들과 함께했던 일 년여의 시간이 느린 화면처럼 눈앞에 펼쳐졌다.

콘테스트 사냥꾼

치코는 같은 고시원의 투숙객이었다. 언제부턴가 자정 무렵만 되면 휴게실에서 여자의 통화 소리가 들려왔다.

"미안해요…… 조금만 기다려줘요…… 이번엔 정말이라니까요…… 나도 힘들어요…… 오죽하면 내가 여기서…… 사정이 나아지면…… 부탁이에요……."

여자는 누군가에게 거듭 사정을 하고 있었다. 모르긴 몰라도 십중팔구 돈 문제일 것이다. 그때껏 타인에 대한 관심이 남아 있었던 것일까. 호기심이 들면서 가슴 한쪽이 뻐근하게 아파왔다. 돈 문제라면 나도 충분히 겪어봤으니까. 내가 도와줄 순 없는 일, 침대에 누워 잠이나 자는 편이 나았다. 하지만 방문 두드리는 소리가 내 잠을 방해했다. 문을 열자 처음 보는 여자가 방 안쪽을 힐끔거렸다.

"죄송해요. 여기 휴게실 전등이 깜박거려서요."

내 눈초리는 부드럽지 못했을 것이다. 그건 고시원 총무한테 부탁해야 할 일 아닌가. 그럼에도 나는 여자를 살짝 밀치고 휴게실로 나갔다. 누추한 방 안 꼴을 내보이고 싶지 않아서였다.

형광등의 명줄은 끊어지기 일보 직전이었다. 경망스런 깜박거림이 죽기 직전 벌레의 파닥거림을 연상시켰다. 사무실로 가보았지만 총무는 자리를 비우고 없었다. 여자는 하루 종일 굶었다며, 라면 하나 끓여 먹기도 힘들다고 투덜거렸다.

"라면요? 지금 이 시간에?"

"같이 드실래요?"

여자는 평소 잘 알던 사이처럼 살갑게 굴었다. 순간 프라이팬 위에서 버터가 녹아내리듯 내 안의 무언가가 스르르 녹아내렸다. 괜히 헛물이나 켜자는 건 아니었다. 귀염성 있는 여자와 말을 섞는다는 것 자체가 싫지 않았다. 고시원에 틀어박혀 있다 보니 사람이 그리웠던 것일지도 몰랐다.

"그럼 밖에서 먹어요. 형광등이야 총무가 오면 고치겠죠."

라면과 김밥을 시켜 먹으면서 나는 슬쩍 여자를 떠보았다.

"밤마다 휴게실에서 통화하는 것 같던데, 무슨 일이 있나 봐요?"

"어머! 방에까지 들리는군요."

"아니, 대충 소리만요."

"별일 아니에요."

여자는 얼버무리며 젓가락질을 했다. 후루룩. 라면가락이 그녀의 입술 사이로 얄밉게 빨려 들어갔다.

"혹시 돈 좀 빌릴 수 있을까요?"

여자가 눈을 동그랗게 뜨고 물었다. 여전히 스스럼없는 말투였다. 마치 오랜 지기라도 되는 것처럼.

"돈요?"

내가 댁을 어떻게 믿고 돈을 빌려주나요? 나는 그렇게 되묻지 않았다. 어차피 빌려줄 돈도 없었으니까.

"제가 꼭 갚아드릴게요. 다음 달 방세를 내야 하는데, 받아야 할 돈을 못 받아서 그래요."

참으로 넉살도 좋은 여자였다. 아니, 속세의 때가 덜 묻은 건가. 나도 모르게 여자를 관찰하고 있었다. 어딘가 비어 있는 듯하면서도 귀여운 인상이었다. 눈을 동그랗게 뜨고 쳐다볼 땐 백치미까지 느껴졌다. 전체적으로 이목구비가 뚜렷한 얼굴에 볼륨감 있는 몸매였는데, 또 자신의 몸매를 은근히 과시하는 듯한 차림새였다. 목선이 깊게 파인 티셔츠 때문에 가슴골이 훤히 드러났다. 일부러 훔쳐보려는 의도가 아니었음에도 내 시선은 여자의 가슴골에 멈춰 있었다.

"뭘 그렇게 봐요?"

나는 황급히 눈길을 돌렸다. 젠장, 보고 싶어 본 건가? 자기 가슴골의 위치와 내 시선 방향이 일치한 것뿐이지. 눈이라도 감아야 하나 싶어 억울한 기분이 들었다. 여자가 한 손으로 티셔츠를 끌어올렸다.

"빌려줄 돈 같은 게 있으면 이런 곳에 있겠어요?"

나는 말을 얼버무리며 김밥을 집어 먹었다.

"뭐, 할 수 없네요."

여자는 크게 실망하지도 않았다. 한번 찔러나 보자는 심사였던 것 같았다. 내가 느닷없는 제안을 한 것도 그래서였다. 여자의 친근한 태도에 경계심이 풀어져버린 것이다.

"저기, 괜찮다면 나랑 간단한 일이나 같이 해볼래요?"

"간단한 일이요?"

"별로 어려운 일은 아니에요. 그냥 이름만 빌려주면 돼요."

"이름을 빌려주다니요?"

여자의 말꼬리가 치켜 올라갔다. 나는 손사래를 치면서 덧붙였다. 나는 각종 잡문 콘테스트에 응모해서 먹고살고 있다. 그런데 이제 이름이 알려지기 시작해 주최 측이 시상을 꺼릴 때가 있다. 그러니 되도록 이름을 바꿔 응모해야 한다. 당신이 이름을 빌려준다면 상금의 20프로를 떼어 주겠다.

"잡문 콘테스트가 뭐예요?"

어디서부터 어떻게 설명해야 할까. 설명이 어려운 게 아니라 구차해지는 느낌이 싫었지만 어쩔 수 없는 일이었다.

내 다이어리에는 각종 공모전 일정들이 빽빽이 기록돼 있었다.

X방송재단 시나리오 공모전, D출판사 어버이날 기념 독서감상문 대회, K시 동화구연대회, 드라마 제작 전문프로덕션 R사 액션 대역 배우 연기 콘테스트, 경남 J시 수목원 관람 수기, A출판사 자기계발서 독후감 공모전, Y케이블방송국 드라마 주인공 성대모사 콘테스트, 수자원공사 물 절약 캠페인 표어 공모, 전남 Z시 효행 권장 글짓기 콘테스트, 월간 W문예지 스토리 공모전, E출판사 주최 감동의 편지 쓰기 공모전…….

그러니까 나는 콘테스트 사냥꾼이었다. 어떤 이들에겐 좀스럽기 짝이 없는 일로 보일지 몰라도 내겐 생계가 달린 일이었다. 또한 생계가 달린 일이라면 좀스럽든 성스럽든 다 마찬가지라는 게 나의 지론이다. 누구나 살면서 지불해야 할 좀스러움은 있는 법, 좀스러움 총량의 법칙이랄까. 전국적으로 열리는 이런저런 콘테스트를 다 합치면 평균 사흘에 한 번꼴이었다. 마감이 닥친 것만 해도 열 개가 넘었다. 모든 콘테스트에 다 응모할 수는 없었다. 콘테스트 일정을 확인하고 제일 먼저 하는 작업도 할 수 있는 일과 할 수 없는 일을 분류하는 것이었다. 이를테면 동화 구연은 한 번도 해본 적이 없으니 엑스표였다. 대역배우 연기 콘테스트도 얼굴이 팔리는 데다 상금 또한 별 볼 일 없으니 엑스표. 그런 콘테스트엔 스턴트맨 경험이 있는 무술 유단자나 배우 지망생들이 몰릴 게 뻔했다. 수목원 관람 체험 수기도 별로 구미가 당기지 않았다. 수목원까지 다녀오는 데 하루, 수기를 쓰는 데 또 하루가 소요될 테니 에너지만 낭비될 게 뻔했다. 시나리오 공모전은 예전에 써놓은 작품이 이 년이나 지났으니 역시 엑스표. 그런 식으로 할 수 없는 것들을 지우면 절반 정도가 남았다. 나는 상금이나 부상이 괜찮은 것들부터 다이어리에 별표를 해두었다. 주로 짧은 시간 동안 노력을 집중해 소득을 올릴 수 있는 상품 체험 수기나 에세이, 독후감 같은 잡문들이 내 사냥감이었다. 최근 들어선 실적이 썩 신통치 않았다. 자잘한 콘테스트에서마저 번번이 미끄러졌다. 몇 달 동안 전라남도 Y군청의 장터 관광 감상문 콘테스트와 커피회사의 짧은 산문 콘테스트에서 일등상을 탄 게 전부였다. 그러는 동안 통장의 잔고는 바닥을 드러내기 시작했다. 조만간 입상하지 못한다면 새벽시장에 나가야 할지도 몰랐다.

"참, 희한하게 먹고사는 사람도 다 있네."

여자는 아마존 밀림에 사는 희귀 동물이라도 본 듯이 말했다.

"상금도 적을 텐데, 20프로면 뭐 얼마나 되겠어요?"

"자주만 된다면 꽤 쏠쏠할 수도 있어요. 내 입장에서도 더 많은 곳에 응모할 수 있으니까 박리다매인 셈이지요."

"윈윈이라 그건가요?"

"센스 작렬이시네."

"생각해볼게요."

여자가 마지막 남은 김밥을 날름 집어 먹었다.

다음 날 아침, 여자가 찾아왔다. 다짜고짜 방문을 밀고 들어오더니 침대 끄트머리에 걸터앉았다.

"30프로 어때요? 이름을 빌려주는 사람이 중요한 거잖아요."

"아휴, 이름만 빌려주고 일은 내가 다 하는 건데, 20프로가 적당한 거예요."

"그럼 관둬요."

나는 어이가 없었지만 일단 받아들이기로 했다. 보통내기가 아니었다.

"장사 좀 할 줄 아시네. 대신 첫 상금 나누면 술 한잔 사요."

"벼룩의 간을 빼먹지. 깍쟁이 같긴."

그렇게 여자와의 동업이 시작되었다. 여자는 이름을 빌려주는 것 말고도 자잘한 일들을 맡았다. 인터넷을 뒤져 관련 콘테스트 자료를 구해 오거나 전년도 수상작들을 읽고 분석하거나 새로운 콘테스트 정보를 수집해 오기도 했다. 본인이 자청해서 하는 일이어서 군이 말리지는 않았다. 문제는 여자가 가끔 내 글에 참견을 해 왔다는 것이다.

"이 문장보다는 이 문장이 더 좋지 않아요?"

"그렇지 않아요."

"나는 아무리 봐도 이 문장이 더 나은 것 같은데."

그럴 때면 동업이고 나발이고 때려치우고 싶었다. 이름이나 빌려주는 주제에 콘테스트용 글쓰기 베테랑인 내게 충고를 하려 들다니. 서부의 무법자 조시 웨일즈에게 풋내기 총잡이가 겁도 없이 결투를 신청하는 꼴 아닌가 말이다. 인상을 잔뜩 구기고 으름장을 놓고 싶은 걸 몇 번이나 참았다. 여자는 내 기분 따위 아랑곳하지 않았다. 원래 눈치가 없는 것인지 일부러 그러는 것인지 도통 감을 잡을 수 없었다. 고집도 대단해서 자기주장을 좀처럼 포기하지 않았다. 궁리 끝에 나는 전략을 바꿔보기로 했다.

"이번엔 당신이 한번 초고를 써볼래요?"

우유회사에서 개최하는 우유에 얽힌 사연 콘테스트였다. 1등 상금은 백만 원이었지만 2등과 3등은 접이식자전거와 우유 6개월 시음권이 전부여서 제쳐둔 것이었다. 그만하면 여자의 침샘을 자극할 만한 먹잇감으로 적당했다.

"좋아요."

여자가 덥석 미끼를 물었다. 덫에 걸려 버르적거릴 그녀의 모습을 상상하니 살짝 고소하기까지 했다.

여자가 이틀 만에 글을 써 가지고 왔다. 예상했던 것보다는 훌륭한 글이었다. 냉정히 평가하자면, 프로가 되기엔 많이 부족하지만 아마추어로선 괜찮은 실력이었다. 그래도 한숨이 나오는 건 어쩔 수 없었다. 간간이 보이는 비문이나 오문 때문이 아니었다. 글에 작가의 감상이 그대로 묻어나는 게 가장 거슬렸다.

"이게 최선이에요?"

"잘 썼잖아요. 얼마나 감동적이에요?"

혼자 북 치고 장구 치고 덩실덩실 춤까지 추는구먼.

"봅시다. 상한 우유를 먹고 설사병이 나서 한바탕 난리를 겪는 바람에 소원했던 어머니와 다시 화해를 하게 되었다는 설정은 뭐 그럭저럭 괜찮아요. 좋다는 건 아니에요. 그냥 무난하다는 거지. 그런데 여기에 치명적인 허점이 있어요. 개연성이 전혀 없잖아요. 갑자기 어머니를 왜 만나요? 그럼 그 전에 어머니와 왜 사이가 안 좋아졌는지, 왜 헤어져서 살고 있는지 한두 줄이라도 언급을 해줘야 할 것 아니에요. 문장도 그래요. 아아, 나는 볼에 흐르는 눈물을 닦지 않고 언제까지나 흐르게 놓아두고 싶었다. 지금 무슨 신파 찍어요?"

"뭐요? 이리 줘요. 당신은 뭐 얼마나 잘 쓴다고 그래요?"

"뭐라구요?"

"내가 당선시킬 테니 어디 두고 봐요."

여자는 먹이를 채 가는 매처럼 내 손에서 종이를 낚아채 갔다. 콧김을 식식 내뿜으며 나를 노려보고선 방문을 쾅 닫았다. 나는 쫓아나가 여자를 달랠까 하다가 그만두었다. 진실이란 대가 없이 얻을 수 없는 법, 여자도 곧 깨닫게 될 터였다. 호랑이는 산토끼 한 마리를 사냥할 때마저 온 힘을 쏟는다고 했다. 잡문 콘테스트 역시 마찬가지였다. 흔하게 널려 있다고, 시상 기준이 까다롭지 않다고, 상금이 적다고 우습게 여기다가는 큰코다치기 십상이었다. 그러니까 여자도 이 바닥의 냉혹한 진리를 알아두는 게 좋을 터였다. 그 정도 고생은 별로 비싸지 않은 수업료였다. 하지만 내 의도는 보기 좋게 빗나가고 말았다. 어떻게 된 영문인지 몰라도 여자의 수기가 당당히 1등을 차지한 거였다.

"이건 내가 70프로를 먹어야 해요."

여자가 콘테스트 당선 소식을 들고 와서 큰소리쳤고, 나는 럭키펀치에 다운을 당한 복싱선수라도 된 듯 얼떨떨했다. 예상 밖의 결과 때문만은 아니었다. 한순간 불길한 예감이 횡격막 사이를 휘잉, 비집고 들어와 몸을 휘감고 지나간 것이다. 여자와 내가 칡뿌리처럼 질기게 얽혀들 것만 같은 예감.

상금을 받은 날 여자가 술을 샀다. 고시촌 이면도로 흑돼지 삼겹살집에서였다. 오랜만에 고기 맛을 보는지라 나도 체면 차리지 않고 맛있게 먹었다.

"어때요? 나도 이만하면 쓸 만하죠?"

웬만큼 배가 불러 왔을 때였다. 여자가 건배를 제안했다. 신춘문예에 당선이라도 된 듯 패기만만이었다.

"뭐, 그러네요."

그날 여자는 새로운 제안을 해 왔다. 자기와 함께 작업하면서 지금보다 훨씬 더 많은 콘테스트에 투고하고, 대신 상금을 5 대 5로 나누자는 거였다. 나는 머릿속 계산기를 재빨리 두드려보았다. 여자의 글솜씨로 보건대, 썩 유리한 조건은 아니었다. 그러나 잘만 하면 더 많은 콘테스트에 나눠서 응모할 수 있었다. 다다익선에 박리다매. 이 바닥에선 그게 더 효과적이었다. 여자는 문장력도 괜찮았고 글에 대한 감각도 있었다. 본인이 노력만 한다면 더 좋은 글을 쓸 수 있을 것 같았다. 그러나 당장은 내가 그녀의 글을 다듬어야 할 때가 많을 것 같았다. 나는 일단 6 대 4로 나누다가 때가 되면 5 대 5로 하자고 역제안을 했다. 여자가 내 제안을 받아들이고 유쾌한 표정으로 건배를 외쳤다.

"동업을 축하해요, 우리!"

치코와의 동업은 기대 이상이었다. 그녀는 강림한 잡문 콘테스트의 여신이자 떠오르는 태양이었다. 시간이 지날수록 오히려 내가 신세를 지는 꼴이 되어갔다.

석 달 뒤, 치코는 고시원을 나갔다. 여름에 덥고 겨울엔 추운 옥탑방이었지만 고시원을 탈출한다는 사실만으로도 축하할 일이었다. 그즈음 나와 그녀는 호흡이 잘 맞는 한 쌍의 남녀복식조였다. 한순간 마음이 흔들린 것도 그런 영향이었을 것이다.

"나랑 한번 사귀어보는 게 어때요?"

어느 날 나는 그녀에게 속내를 털어놓았다. 돌아온 대답은 차가운 거절, 그러나 며칠 뒤 뜻하지 않은 기회가 왔다. 그녀가 술에 취해서 자신을 집으로 데려다달라고 했던 것이다. 혼자 사는 여자가 자기 집까지 바래다달라는 말을 했을 때, 그걸 글자 그대로 해석하는 남자가 세상에 몇이나 될까. 게다가 나는 연애를 해본 지가 너무 오래돼서 욕망만 저 혼자 앞서나가는 상태였다. 그녀를 부축하며 옥탑방 계단을 오르는데, 미친놈처럼 자꾸 웃음이 새어 나왔다. 나는

총잡이들

최대한 신사적인 포즈로 그녀를 부축해 옥탑방 안으로 들어갔다.

그녀가 자신의 입술을 포개 왔을 때만 해도 모든 것이 순조로웠다. 신은 분명 어딘가에 존재하고 있었다. 그래서 불쌍한 내게 이런 선물을 내려주시기도 하는 것이다. 오, 신이시여 내 잔이 넘치나이다. 당신이 만든 세상은 아직 살 만하나이다. 그러나 신의 선물은 배달이 잘못된 모양이었다. 블라우스를 벗기려는 내 손길을 그녀가 억세게 가로막았다. 나는 다시 그녀의 입술에 내 입술을 포개었다. 이번에는 더욱 진하고 달콤하게 내 혀와 입술로 그녀의 혀와 입술과 치아를 빨고 핥고 탐했다. 입술은 물론 인중과 콧등까지 침이 흥건히 묻었다. 그래도 소용없었다. 치코는 나를 달아오르게만 할 뿐 끝내 넘어오지 않았다. 입술 이외의 곳을 절대 허락하지 않았다. 내 얼굴을 붙잡고 끌어당겼다가 갑자기 밀쳐내더니 다시 끌어당기는 식으로 키스만 계속했다. 그녀는 타고난 키스의 천재, 아니 '밀당'의 천재였다. 결국 지쳐 떨어질 지경이 된 내가 투정부리듯 말했다.

"저기…… 한 번 하면 안 될까?"

그녀가 묘한 웃음을 지으며 대답했다.

"나, 그 정도로 당신 좋아하지 않아요."

"그럼, 다음에?"

"꿈 깨요. 앞으로도 그럴 일은 없을 테니까."

이런 젠장, 혀뿌리까지 얼얼하게 만들어놓고선. 나는 신에게 보낸 찬사부터 당장 취소시켰다. 신이시여, 저를 시험에 들게 하지 마옵소서.

그날 고시원 계단에서 절름발이와 마주쳤다. 그는 내 앞에서 힘겹게 계단을 오르고 있었다. 절름발이는 한쪽 다리를 심하게 절었다. 오른쪽 궁둥이가 뒤뚱거리는 모습이 마치 살찐 오리 같았다. 나는 그를 따라 천천히 계단을 올랐다. 절름발이가 뒤를 돌아보더니 옆으로 비켜났다. 먼저 지나가라는 신호였다. 어쩐 일인지 그는 내게 말을 건네지 않았는데, 나 또한 그럴 기분이 아니었다. 눈인사만 나눈 뒤, 나는 재빨리 그를 앞질렀다.

잠에서 깬 건 자정을 막 넘겼을 무렵이다. 처음에는 고양이 울음소리인 줄 알았다. 그러나 내 아랫도리가 머리보다 먼저 반응했다. 가냘프게 들려오는 것은 여자의 교성이 분명했다. 벽에 귀를 대자 신음은 한결 높아졌다. 옆방 절름발이가 몰래 애인이라도 끌어들인 모양이었다.

빌어먹을 고시원! 참으로 황홀하기도 하지.

나는 투덜거리면서도 벽에서 귀를 떼지 못했다. 한 손은 어느새 팬티 속으로 들어가 있었다. 손으로 성기를 주물럭거리는 내가 마치 파블로프의 개 같았다. 오랜만에 수음이나 할까. 그러나 옆방에서 새어 나오는 정사 소리를 들으며 수음이라니, 비참했다. 나는 가까스로 욕정을 달래고 반대편으로 돌아누웠다.

애인도 있고, 좋겠다.

그날만큼은 옆방 절름발이가 부러웠다. 그의 은밀한, 그리고 가난한, 그래서 더욱 황홀한 정사는 한동안 계속되더니 꿈속까지 나를 쫓아왔다.

주인과
노예

나는 카페 구석 자리에 앉아 에스프레소를 홀짝거렸다. 건너편 흡연실에 모여 있는 이들이 보였다. 모두 인터넷이나 신문지상에서 본 적이 있는 소설가들이었다. 한국문학상 수상자인 최, 서울문학상 수상자인 윤, 올해의 소설상 수상자인 원 등이 그들이었다. 전도유망한 소설가들이 카페에 모여 브런치라도 즐기는 것일까. 어찌 보면 유유상종이라는 말이 문학판만큼 잘 들어맞는 곳도 없었다. 잘나가는 작가들은 잘나가는 작가들끼리, 무명은 무명들끼리, 그리고 지망생은 지망생들끼리 어울렸다. 예술이니 문학이니 하면서도 이쪽 판이야말로 '구별 짓기'가 확실한 세상이었다. 나는 아침부터 괜히 배알이 꼴려서 신포도 타령이나 하는 여우로 둔갑해 있었다. 에스프레소를 한 모금 더 마셨다. 혀를 진하게 적시는 특유의 깊은 맛은 온데간데없고 쌉쌀한 맛만 도드라졌다. 설탕을 가져와 봉지를 찢어 잔에 부었다. 쓴맛이 사라진 식은 에스프레소는 싸구려 커피만도 못했다. 차라리 자판기 커피나 마실걸. 혼자 투덜거릴 때, 핸드폰이 길게 진동을 했다.

선생님 잘 지내시죠? ㅎㅎ 언제 한번 뵙고 싶어요

핸드폰엔 스칼렛이 보낸 문자메시지가 도착해 있었다. 스칼렛은 등단하던 해에 1년 동안 지도했던 고등학교 문학 특기반 학생이다. 오랜만에 받은 제자의 소식이 반가웠지만 길게 답장할 계제가 아니었다.

그래… 언제 한번 보자

핸드폰을 닫고 다시 신문을 펼쳤다.

지난밤 황이 전화를 걸어와 다짜고짜 시간을 내라고 했다. 그러나 약속 시간에 와보니 그는 다른 소설가들과 미팅 중이었다. 대화를 방해하기도, 얼굴을 내비치기도 싫어서 전화를 걸었지만 황은 내게 기다리라고만 했다. 사장이 비서에게 지시를 내리듯 말투마저 사무적이었다.

황은 내게 이른바 갑이었다. 콘테스트 응모만으로는 먹고살기가 빠듯했고, 그래서 이따금 그가 던져주는 교정 아르바이트는 거절하기 힘든 당근이었다.

K출판사의 단행본 편집팀장을 맡고 있는 황은 책을 다섯 권이나 낸 소설가였다. 대학 시절, 같은 문학동아리 회원이었던 그와 나의 삶은 언제부터인가 극명하게 갈렸다.

5년 전, 그와 나의 작품이 국내 최고 상금이 걸린 장편소설상 최종심에 나란히 올랐었다. 수상작은 황의 작품으로 결정되었다. 황은 이후 작가로서 탄탄대로를 걷기 시작했고, 나는 내리막길을 구르기 시작했다. 하긴 내리막길이라 말하기엔 어폐가 있다. 뭐, 오르막이 있어야 내리막도 있는 게 아닌가. 그냥 초지일관 내리막이었다면 그건 내리막이 아닌 막장일 것이다. 내 작품은 다른 장편소설상에서 한 번 더 언급된 후에 완전히 묻혀버렸다. 그때 오버페이스를 했던 것일까. 나는 이후 제대로 된 작품을 쓰지 못했다. 생활고에 번번이 발목이 잡혔다는 것도 다 핑계일 것이다. 고시원으로 들어온 뒤부터 사정은 악화되었다. 가난의 구덩이는 깊고도 넓었다. 한번 발을 들여놓은 자에게 탈출을 허락하지 않는 신화 속 미로처럼 도무지 빠져나갈 길이 보이지 않았다. 고시촌에서 무기징역이라도 선고받은 기분이었다. 나는 이따금씩 황과의 갈림길을 떠올려보았다. 그때 운이 좋았더라면 내 작품이 당선되었을 수도 있었을까. 고개를 가로저을 수밖에 없었다. 그건 운이 아닌 운명일 것이다. 정말로 씁쓸한 것은 황이 나보다 훨씬 더 분투했음을 인정하는 일이었다. 나는 철학자 헤겔의 유명한 구절을 떠올렸다. '주인과 노예의 변증법'. 목숨을 건 투쟁에서 승리한 자는 주인이 되고, 패배한 자는 노예로 전락한다. 헤겔의 구절을 대입시켜보면 황은 주인이고 나는 노예였다. 실제로도 황은 일거리를 던져주며 나를 부려먹었고, 업신여기기 일쑤였다. 그러나 헤겔의 말이 매력적인 것은 이런 주인과 노예의 관계가 역동적으로 변화한다는 점이었다. 노예가 자기의식을 획득한 순간 그는 서서히 주인이 되는 과정에 놓인다. 반면 주인은 점점 더 노예에 의존하고 급기야 노예가 없으면 살아갈 수 없게 된다. 노예의 의존적 의식이 주인을 사로잡는다. 이제 상황은 역전돼 주인이 노예가 되고, 노예가 주인이 된다. 이 대목에서 나는 언제나 답답했다.

목숨을 건 투쟁 끝에 황은 주인이 되었고 나는 노예로 전락했다.

뭐, 아니꼽더라도 인정할 수밖에 없었다. 그러나 헤겔의 말과 달리 황은 언제나 주인이었고 나는 언제나 노예였다. 노예의 사슬을 끊기 위해선 목숨을 걸어야 하지만 그러지 못했기 때문일까. 확실한 것은 황의 주변에 노예들이 너무 많다는 사실이었다. 황이 내게 의존할 일이 없는 한 내가 주인이 될 가능성 또한 없었다. 내가 일을 하지 않더라도 황은 다른 노예에게 일을 맡기면 그만일 테니까. 내가 노예의 굴레를 벗어던지려면 황이 무시하지 못할 존재로 우뚝 서거나 관계를 끊어야 했다. 두 가지 모두 내겐 어려운 선택지였다.

카페 칸막이 안쪽에서 떠들썩한 웃음소리가 들려왔다. 사람들이 일어나 자리를 정돈하고 있었다. 잠시 뒤 황이 내 앞자리로 와서 앉았다.

"이럴 거면 약속 시간을 한 시간 뒤로 잡든가 했어야지, 인마."

내가 볼멘소리를 내도 황은 사과하지 않았다. 하긴 주인이 노예에게 사과 따윌 할 필요는 없을 것이다.

"바쁘냐? 왜, 또 그 자질구레한 콘테스트 응모하느라고?"

내 몸의 신경계 어디에선가 날카로운 경고음이 울렸다.

"오늘은 너한테 특별히 좋은 정보를 주려고 불렀다."

"특별히 좋은 정보?"

"응, 어때? 고맙지?"

황은 싱글벙글인 얼굴에 특유의 거드름까지 피웠다.

"나한테 고맙다고 해야지. 밥도 좀 사고. 그래야 내가 너한테 좋은 정보를 줄 거 아니냐. 그것도 공짜로 말이다."

"이 자식이 아침부터 뭘 잘못 먹었나."

경고음도 소용이 없었다. 나도 모르게 자리에서 벌떡 일어서고 말았다. 황이 내 팔을 붙잡았다. 내가 획 뿌리치고 돌아서자 그가 소리치듯 말했다.

"너, 지금 가도 후회 없겠냐?"

나는 카페를 나오려다 말고 멈칫했다.

"자그마치 상금이 3억이다, 3억. 딱 한 번의 기회만 있는 장편소설 공모전이야."

황이 진지한 어조로 말했다. 나는 천천히 걸음을 되돌렸다. 호기심이 생겨서가 아니라 한껏 비웃어주기 위해서. 그러나 황은 내가 생각을 바꾼 것이라 여긴 모양이었다.

"우리 출판사가 올해 창립 50주년이 된다. 그래서 국내 최초이자 최대 상금을 내걸고 장편소설 공모를 하기로 했다."

"지금 그게 좋은 정보랍시고 거드름 피우는 거냐? 나한테만 알려줄 것도 아니고 어차피 인터넷에 대문짝만 하게 공고할 거잖아. 인마."

"그거야 당연하지. 하지만 너한테는 한 달이나 먼저 알려주는 거거든."

"나 소설 쓴 지 하두 오래돼서 어떻게 쓰는지도 다 까먹었다."

"한 가지 팁이 더 있어."

"뭔데?"

"영화사하고 제휴하는 거라 곧바로 영화화도 될 거야."

"참 픽이나 새롭다. 그런 공모가 처음도 아니고."

"그리고 정말 중요한 게 또 하나 있지."

황은 그런 반응쯤 예상했다는 듯 능청스러웠다. 섣불리 속내를 내보이지 않고 찔끔찔끔 떡밥만 흘렸다. 그런 태도가 더 짜증이 났으나 지그시 눌러 참는 것 말고 다른 도리가 없었다.

"일단 점심이나 먹으러 가자."

어쩐지 황이 주도면밀하게 설치한 덫에 걸려드는 기분이었다.

황과 나는 추어탕집 구석 자리에 마주 앉았다. 아직 이른 시간이어선지 손님이라곤 우리뿐이었다. 식탁을 마주하고 보니 놈이 더욱 재수 없게 느껴졌다. 잔뜩 허풍을 떠는 태도도 그렇고, 일거리 하나 주면서 온갖 생색을 내는 폼도 그랬다. 문학공부를 같이 했던 친구가 맞나? 차라리 일당 6만5천 원짜리 택배 분류 일을 다시 시작해? 나는 곧바로 꼬리를 내렸다. 이제 호기를 부릴 나이는 지났기 때문이다. 체력도 예전 같지 않은데, 몸을 혹사하다 다치기라도 하면 큰일 아닌가. 이런 인간일수록 첫째도 실속, 둘째도 실속, 셋째도 실속으로 대응해야 한다.

"옛날 같진 않지만 그래도 3억 원이면 엄청난 돈이지. 말 그대로 인생역전의 기회 아니겠어? 재기의 발판도 충분히 마련될 테고."

"재기는 무슨. 내가 뭐 격투기 선수도 아니고⋯⋯."

추어탕이 가스레인지 위에서 펄펄 끓었다. 탕을 그릇에 퍼 담으며 황이 넌지시 나를 건너다봤다.

"정말 관심 없나?"

"전혀. 전국의 뜨지 못한 소설가들이 굶주린 개떼처럼 모여들 텐데, 하늘의 별 따기지. 난 끼어들고 싶지 않아."

그렇게 말하는 순간에도 내 마음에선 작은 소용돌이가 일었다.

"내가 진짜 하려던 말을 할게."

황의 말투가 한결 은밀해졌다. 어디 무슨 말인지 들어나 보자. 나는 애써 평정심을 유지하며 귀를 기울였다.

"내가 심사위원 중 한 명이 될 것 같다. 물론 나 말고도 대여섯 명쯤 더 있겠지만 어쨌든 내가 심사위원이 된다면 일단 한 표는 먹고 들어가는 거지."

"한 표?"

"그런 데서 한 표가 얼마나 중요한지 알지? 게다가 우리 출판사가 주최하는 거니까 자연 내 입김을 무시하진 못할 테고."

나는 숟갈질을 멈추었다. 황의 눈동자가 확 빨려 들어왔다. 지금 황은 흰소리를 하는 게 아니었다. 밥맛은 달아나고 없었다. 물을 한 모금 마신 뒤, 나도 모르게 주변을 살폈다.

"그러니까…… 지금 거래를 하자는 거냐?"

"눈치는 있군."

"조건은?"

"1억."

"그렇지만 겨우 한 표 더 얻는 걸로 당선이 쉽겠냐?"

"이거 왜 이래? 단돈 10만 원 벌기도 쉽지 않다는 건 네가 더 잘 알잖아. 이건 자그마치 3억이라구."

"이게 무슨 퀴즈대회나 서바이벌 게임이냐. 심사위원 입맛에 딱 맞는 작품을 써낸다는 보장이 어디 있냐. 아무리 잘 쓴다고 해도 된다는 보장이 없는 거라구."

황은 조금의 동요도 없이 대답했다.

"그래 봐야 상품이야. 물론 문학적 상품이라는 토를 달아야겠지만. 비슷비슷한 완결미가 있는 작품이라 치자고. 심사위원의 문학적 주관이 다 다르다면 결국 상이라는 게 목소리 큰 사람 주장하는 대로 돌아가는 거 아니겠어?"

"그건 네 생각이고."

"정말 내 생각만일까?"

황이 알 듯 모를 듯한 웃음을 흘렸다. 나는 황의 웃음에 신경 쓸 여유가 없었다. 물에 빠져 중심을 못 잡고 허우적대는 꼴이었다. 전국의 날고 긴다는 글쟁이들이 모두 응모할 게 틀림없었다. 소설이라는 게 무슨 표준이 있는 것도 아니어서 당선된 작품에는 언제나 나름의 이유가 있기 마련이지만 그 반대도 마찬가지였다. 나만 해도 등단하기 전 신인상 최종심에서 몇 번 떨어진 적이 있었는데, 한번은 심사평을 보고 실소를 터뜨리지 않을 수 없었다. "「숲의 말」은 응모작 가운데 가장 완성도가 높은 작품이었다. 그럼에도 새로움을 추구한 다른 작품을 선택할 수밖에 없었다." 놀림이라도 당하는 심정이었다. 심사평에서 말하는 새로움을 부정해서가 아니었다. 불과 일 년 전 심사평에서는 '새로움이 아닌 완성도'에 더 높은 점수를 주었던 기억이 났기 때문이다. 그러니까 새로움과 완성도 중 어느 것이 더 중요한가? 그 질문에 대한 답은 '그때그때 바뀌는 심사위원의 취향과 기분이 중요하다'였다. 그럼에도 나는 황이 던진 미끼에 코를 대고 킁킁거리고 있었다. 분주히 잔머리까지 굴리면서. 미래의 어느 날, 지금 이 순간을 떠올리며 후회하지나 않을까 두려웠기 때문이다.

"이건 사기야."

총잡이들

"사기?"

황은 일 초도 주저하지 않고 대답했다.

"지랄하고 자빠졌네. 무조건 뽑아주겠다는 것도 아니고, 좋은 작품을 쓰면 뽑아주겠다는 거야. 나는 그냥 한 표를 던져주겠다는 것뿐이라구."

"양심의 가책도 없다는 거야?"

"최종심에 갈 정도의 작품이라면 다 거기서 거기야. 상찬은 수상작에 정당성을 부여하고 팔아먹기 위해 마련한 광고용 수사들일 뿐이지. 그러니까 내 한 표가 의심을 받지 않으려면 네가 준비하는 작품이 최소한 그럴 수준은 되어야겠지. 복잡하게 생각할 것 없어. 일단 좋은 작품을 쓰면 돼."

"그래도 이건 아닌 것 같은데……."

"야, 이 멍청아. 이왕이면 너처럼 가난한 사람이 당선되는 게 부의 재분배도 되는 거잖아. 경제민주화! 모르냐?"

"별 해괴한 민주화도 다 있다. 합리화도 좀 적당히 해야 되는 거 아니냐."

"합리화라……."

황은 씁쓸하게 웃더니 추어탕 그릇을 옆으로 밀어놓았다. 그가 가늘게 한숨을 내쉬고선 한결 진지하게 말을 이었다.

"난 원래 이 공모전에 반대했어. 문학도 상품일 수밖에 없는 시스템을 부인하자는 게 아니야. 그러나 현실을 인정하는 것과 대놓고 추종하는 건 다르잖아. 이것도 상품일 뿐이오, 하고 깃발을 바꿔 다는 순간 문학의 순수성은 회복될 수 없을 만큼 변질되는 거지. 문학은 상품이지만 또한 상품만은 아니어야 하는 거야. 그 주장이 현실에서 패배한다 해도 주장 자체가 가치 없지는 않다구. 현실과 의식, 그 둘 사이의 간극을 서둘러 꿰매는 게 아니라 철저히 그 간극을 유지해야 한다고. 하지만 내 주장은 씨알도 먹히지 않더군. 어차피 단발성이라면 최대한 화제가 되게 해야 한다나. 상금도 높이고, 영화사와 제휴도 하고 뭐 기타 등등. 그래서 나도 결심했지."

"무슨 결심?"

"엿을 먹이겠다는 결심."

"이게 엿이야?"

"아주 큰 엿이지."

"그래도……."

"브레히트가 그랬잖아. 은행을 설립하는 것에 비하면 은행을 터는 게 무슨 대수냐고. 그러니까 그딴 문학상을 만드는 것에 비해 내가 한 표쯤 사기를 치는 게 무슨 대수겠어?"

황의 태도에선 음모의 냄새마저 스멀스멀 피어났다. 혹시 이 자식의 의도는 다른 데 있는 게 아닐까. 그는 최근 문단의 권위 있는 문학상 후보에 몇 번 오르내렸다. 그러고도 번번이 미역국만 먹었는데, 어쩌면 그것에 대한 복수를 이런 방식으로 하려는 게 아닐까. 명분은 그럴싸하다만 네놈도 결국 그래서 열을 내는 게 아니냐. 나는 대놓고 비아냥거리고 싶은 걸 참아야 했다. 황이 만들어낼 '빅엿'인지 '울릉도 호박엿'인지를 엉뚱하게도 내가 먹게 되는 것이나 아닐까. 그런 불안감으로 좌불안석이 될 지경이었다.

음식점에 한 무리의 양복쟁이들이 몰려 들어왔다. 조용하던 식당에 금세 활기가 돌았다. 이어 또 다른 여자 세 명이 안쪽 자리로 들어왔다. 커리어우먼들은 우리 둘의 맞은편 테이블에 앉았다. 주변의 소란스러움이 내 주의를 돌려놓았다. 나는 냉정을 되찾으며 자문하지 않을 수 없었다. 그동안 쓸데없는 미망, 부질없는 희망에 얼마나 많은 시간을 낭비했던가. 작가라는 미망, 문학이라는 희망에. 그것은 차라리 '희망 고문'에 가까웠다. 그런데 그 지겨운 것은 왜 또 나타나서 나를 괴롭히는 것인가. 그냥 좀 순탄하게 인생이 흘러갈 순 없는 것일까. 한적한 시골의 고요히 흐르는 냇물처럼. 그 냇물을 타고 유유자적 떠내려가는 나뭇잎처럼.

"그런데 왜 하필 나냐?"

"미안한 말이지만 내 주변엔 다 잘나가는 작가들밖에 없거든. 응모 조건은 등단 여부와 상관없이 아직 책을 내지 못한 작가로 국한시킬 거니까."

"그러니까 패자부활전 같은 거로군."

"그렇게 미리부터 냉소적으로 판단하는 거, 그게 네 문제야."

"아직 내 실력을 믿는다는 거야?"

"실력?"

황이 입술을 일그러뜨리며 썩은 미소를 날렸다. 나도 그런 반응에 무안해질 나이는 아니었다.

"생각나는 적당한 인물이라곤 너밖에 없으니 뭐, 믿어보는 수밖에. 5년 전 최종에 올랐던 수준의 작품만 써내도 해볼 만할 텐데 말이야."

황이 언급한 장편소설을 떠올려보았지만 마치 남이 쓴 작품처럼

낯설게 느껴졌다. 소설을 다시 쓴다고 생각하자 느닷없이 숨이 막혀
왔다.

"어차피 나갈 정보 한 달 먼저 알려주고 심사에 한 표 행사하는
것만 가지고 1억을 받겠다고? 너무 비싼 것 아니냐."

"결심이 섰나 보군."

"아니, 그런 건 아니지만 궁금해서."

"좋아. 딱 5천만 받을게. 어차피 나는 돈 때문에 하려는 건 아니
니까. 정확힌 모르겠지만 너한테는 세금 떼고도 한 2억쯤 떨어질 텐
데 나도 그 정도는 받아야지."

황은 거래를 확신하는 말투였다. 모든 질문을 예상하고 나왔는지
거리낌이 없었다.

"당장 대답하지 않아도 된다. 생각하고 연락줘."

황이 가스레인지에 불을 켜서 추어탕을 다시 데웠다. 추어탕이
보글보글 끓는 소리가 들려왔다. 내겐 그것이 나의 욕망과 황의 음
모가 뒤섞여 들끓는 소리로만 들렸다.

경쟁
자

오후 네 시의 고시원은 적요했다. 마치 철 지난 피서지의 숙박업소 같았다. 지난주에 공무원시험이 끝나자마자 짐을 싸서 집으로 돌아간 이들이 여럿이었다. 남아 있는 사람은 시험을 그르쳤거나 마땅히 쉬러 갈 곳이 없거나 그럴 마음이 있어도 돈이 없거나 아니면 나와 같은 숙박객일 것이다.

나는 책상 앞에 앉아 날짜를 계산해보았다. 아직 공고도 나지 않은 장편소설 공모 마감까진 어느 정도 여유가 있었다.

그럼에도 자신감은 바닥이었다. 소설을 손에서 놓은 지 2년도 더 지났다는 게 문제였다. 그동안 메모해둔 소재나 이야깃거리도 없었다. 그때까지 온전히 소설에만 전념할 수 없다는 것도 핸디캡이었다. 고시원 방세와 생활비를 충당하려면 콘테스트 일을 병행해야만 했다. 몇 달간 잡문 콘테스트에 더 열심히 참가해서 생활비를 모아두고 마지막 두세 달 동안 전력투구하는 게 최선의 방법일 듯했다.

나는 다이어리를 접고 노트북을 켰다. 지난번 응모했던 맥주회사

경쟁자

의 콘테스트 수기 결과가 궁금했다. '맥주에 얽힌 즐거운 추억 쓰기 공모전'. 이번에는 좋은 결과가 있을 것 같았다. 나는 행여 부정이라도 탈까 조심스럽게 홈페이지를 열었다. 큼지막한 배너에 수상자 결과가 공고되어 있었다. 검지에 힘을 주어 배너를 클릭했다.

1등상부터 3등상까지 살펴보았지만 내 이름은 보이지 않았다. 나는 파기된 원고지처럼 구겨진 자존심을 억지로 펴며 명단을 훑었다. 치코의 이름도 보이지 않았다.

삼억 원은커녕 일이백만 원짜리 잡문 콘테스트에도 번번이 미역국이라니…… 어느 순간 눈앞이 환해졌다. 두개골 안쪽에 뾰루지라도 돋아난 듯 머릿속이 간질간질했다.

〈젊은 날의 해변, 우리 부부를 맺어준 황금빛 인연〉. 1등상 수기의 제목이었다. 수상자의 이름이 낯익었다.

소정훈.

나는 곧바로 K자동차잡지사 홈페이지를 열었다. 지난달에 미끄러졌던 '자동차회사 시승기 콘테스트' 수상자 이름을 찾아보기 위해서였다. K자동차잡지가 창간 30주년 기념으로 H자동차의 협찬을 받아 야심차게 진행한 콘테스트였다. 1등 상품은 무려 4천만 원 상당의 최신 SUV 자동차였다. 2등상과 3등상도 최신형 노트북과 관광상품권이었다. 사실 그 콘테스트는 시승할 인원부터 예심으로 엄격히 추린 터여서 참가하는 것만도 나름 선방한 셈이었다. 예심을 통과하고 시승을 할 때만 해도 운이 따르는 줄 알았다. 시운전 중인 SUV 자동차가 내 것이라도 된 양 기분 좋은 공상에 빠졌었다. 나는 SUV 자동차를 부상으로 타면 되팔아 현금을 거머쥘 복안을 갖

고 있었다. 그렇게만 되면 변두리 허름한 원룸의 월세 보증금 정도
는 마련할 수 있었다. 며칠에 걸쳐 이야기를 만들 정도로 열과 성을
다했지만 결과는 참담했다. 1등은커녕 3등에도 오르지 못했다.

잡지사 홈페이지에는 콘테스트 수상자 명단이 남아 있었다. 나는
1등상 당선자의 이름을 확인해보았다. 현주엽. 예상한 이름이 아니
었다. 그러나 2등상 당선자의 이름을 보자 고개가 끄덕여졌다.

소정훈.

새로운 사실이었다. 내친김에 지난 몇 달간 응모했던 콘테스트의
입상자 명단을 확인해보았다. 결과는 놀라웠다. 소정훈. 그 이름이
다섯 군데에서나 발견된 것이다.

이 짓도 이제 못 해 먹겠군.

몸에서 절로 힘이 빠졌다. 구글에 접속해 이름을 검색해보았다.
페이지 화면이 넘어갈수록 신상이 명확해졌다. 노트북 화면에서 얻
은 정보들을 다이어리에 기록했다.

소정훈. 소설가.
2003년 계간 《문학마루》 신인상. 단편 「나나 잘하자」 등.

이름을 들어본 적 없는 소설가였다. 하긴 피차 마찬가지일 테지.
그도 콘테스트 잡문으로 먹고사는 무명인 걸까? 이름이 연속으로
오르는 걸 보면 개연성은 충분했다. 나이는 나보다 열두 살이 많았
고 등단연도도 훨씬 앞섰다. 늦깎이로 데뷔해 주목 한 번 받아보지
못하고 사라진 작가로군. 게다가 오십 줄을 넘긴 나이라면…….

도서관에 가서 소정훈의 발표작을 찾아 읽어봐야겠다는 생각이 들었다. 그의 작품세계에 관심이 있어서가 아니었다. 이 바닥에서 경쟁하는 사이라면 촉각을 곤두세워야 했고 그러기 위해선 그의 소설을 읽어볼 필요도 있기 때문이었다. 한편으로는 그자가 새록새록 괘씸했다. 콘테스트 공모전은 내가 발견해낸 생존경쟁의 틈새시장이었다. 그런데 그는 몇 달 동안 내 밥그릇을 모두 빼앗아가고 있었다. 아무리 시장 논리라 해도 동종업계 종사자들끼리의 동료의식이 필요한 게 아닌가. 그런데 이자는 지금 앞뒤 안 가리고 잡문 콘테스트를 싹쓸이하는 중이었다. 한마디로 미꾸라지처럼 시장의 물을 흐려놓고 있는 것이다. 이 세계에 먼저 발을 들여놓은 자가 있다는 걸 확실히 경고할 필요가 있었다.

잡문 콘테스트에서마저 이마가 깨지도록 경쟁해서 좋을 게 무엇이겠는가. 콘테스트 분야를 나누든가 한 번씩 번갈아가면서 응모를 하든가 하여간 방법을 찾아야 했다. 말 그대로 '윈윈'이 되도록 말이다.

나는 자동차잡지사로 전화를 걸었다. 소정훈의 고등학교 동창이라 말한 뒤, 전화번호를 물어보았다. 몇 번의 전화가 연결된 뒤 총무과 여직원이 순순히 핸드폰 번호를 알려주었다.

🤠

D출판사의 독서감상문을 준비해야 했지만 손에 잡히지 않았다. 지난밤 다시 옆방 벽을 뚫고 흘러나온 교성 때문에 잠을 설친 탓이었다. 아무리 봐도 절름발이는 재주가 좋은 사내였다.

오래전 문화센터 시나리오 창작교실 뒤풀이 술자리에서였다. 어쩌다 보니 그날엔 절름발이와 나, 둘만 남게 되었다. 술자리가 길어질수록 우리는 서로의 견해가 상당 부분 비슷하다는 점에 동의했다. 요컨대 우리는 우리 같은 천재들을 알아보지 못하는 한국영화계의 천박하고 비루한 데다 돼먹지 못한 현실에 개탄을 금치 못했다. 한편으론 한국영화계의 조야한 토양과 어두운 미래에 대한 걱정으로 술집이 무너져라 한숨을 토해내며 부지런히 잔을 비웠다. 망국의 한을 달래는 독립지사들의 한숨 소리도 그보다 더 크진 않았을 것이다. 그날 우리 둘은 소주를 열 병 가까이 비웠음에도 안주를 거의 시키지 않았다. 대신 세상의 모든 영화들을 테이블 위에 놓고 즉석으로 회를 떠서 초간장과 막장에 찍어 먹었다. 그것도 모자라 먹은 작품들을 토해내 쓰레기통에 쏟아 붓고 가래침을 퉤퉤 뱉고 코까지 풀었다. 영화계는 물론 문학계와 정치계 전반으로까지 시퍼런 회칼을 들이미는 우리 앞에 술집 주인이 나타나 문 닫을 시간임을 정중히 알려 왔다. 우리는 약간 지치기는 했지만 아직도 회 뜰 작품이 수두룩하다는 사실에 안심하며 차들만 슝슝 지나다니는 도로를 하염없이 바라보았다. 밤이 지나고 새벽이 오면 우리 삶이 그대로 끝장날 것만 같았다. 내가 먼저 허름한 모텔로 자리를 옮겨 나머지 작품들에 대한 회 뜨기를 계속하는 게 어떠냐고 제안했고, 그가 흔쾌히 동의했다. 그날 모텔비를 누가 냈는지는 기억에 없다. 다만 그에 대해 몇 가지 사실을 알 수는 있었다. 고시원에 기거하는 하루살이 신세라는 것. 결혼도 했었는데, 작품을 쓴답시고 회사를 그만두고 빈둥대다가 이혼당했다는 것. 그가 사는 동네가 재개발 지역으로 지정되면서 얼마 되지도 않는 보상금을 받고 변두리 전셋집을 전전하다가 이혼과 더불어 고시원으로 들어오게 되었다는, 이젠 그다지 특별하지도 않은 시시콜콜하고 구질구질한 데다 흔하기까지 한 몰락의 역사. 좀처럼 믿어지지 않는 이야기도 있었다. 한번은 그가 쓴 시나리오가 영화화될 기회가 있었는데, 유명한 감독이 그 시나리오를 교묘하게 비틀어서 자기 대본으로 만들었다는 것. 너무도 화가 치민 그가 그 감독에게 공식적으로 따지려 했지만 주위 사람 모두가 말려서 포기하고 말았다는 것.

다음 날 정오 무렵, 우리는 풀죽은 목소리로 띄엄띄엄 대화를 나누며 모텔을 걸어 나왔다. 지하철역 앞에서 헤어지기 전, 그가 자신의 전화번호를 알려주었다. 혹시 방세가 싼 고시원을 찾을 일이 생기면 연락하라면서.

그와 헤어지고 나자 미안한 감정이 밀려들었다. 당시 나는 외도하는 심정으로 시나리오 창작반에 들어갔던 거였다. 소설이 너무 안 풀려 기웃거려봤을 뿐 그 바닥에 직접 뛰어들려던 건 아니었다.

고시원에 들어와 한 달쯤 지났을 때, 슬그머니 물어본 적이 있었다.

"시나리오는 잘돼가요?"

절름발이는 대답하기 곤란했는지 물고기처럼 눈만 끔벅거렸다. 그리고 담배를 물면서 무덤덤하게 말했다. 자신은 이제 그런 것 쓰지 않는다고. 미련 같은 것도 전혀 없다고. 그날 이후 우리는 더욱 서먹한 사이가 되었다. 가끔 마주쳐도 눈인사만 건네고 황급히 지나치기 바빴다.

독서감상문을 쓰기 위해 책을 뒤적였지만 역시나 눈에 들어오지 않았다. 이번에는 다른 일들로 심란해졌다. 황이 내놓은 제안…….

황과 함께 카페에 모여 있던 작가들 때문일 것이다. 지난날, 나 또한 인정받는 작가가 되길 얼마나 꿈꾸었던가. 하지만 운명은 나를 외면했다. 그런 미련쯤 완전히 떨쳐버렸다고 여겼는데 아무래도 아니었던 모양이다. 심장을 도려내기라도 한 듯 가슴 한쪽이 쓰라리게 아팠다.

누가 시킨 것도 아닌데, 하필이면 왜 나는 소설가가 되고 싶어 했을까. 고등학생 시절, 당시 대학생이던 누나의 남자친구가 소설가 지망생이었다. 누나는 데이트를 하고 온 날이면 내게 시시콜콜 남자친구에 대해 털어놓곤 했다. 아무래도 돈도 없고 얼굴도 못생긴 남자친구가 불만이라 뻥 차버려야 할지 계속 만나야 할지 고민하는 듯했다. 그런 누나도 남자가 책을 많이 읽은 소설가 지망생이라는 것만큼은 자랑스러워했다. 누나가 그때껏 별 볼 일 없는 남자친구에게 '뺀찌'를 놓지 않는 것도 그가 책을 많이 읽은 소설가 지망생이기 때문인 것 같았다. 멋있잖니. 누나는 그렇게 말하기도 했다. 그러니까 책을 많이 읽는다는 건, 소설가를 꿈꾼다는 건 멋있는 거로구나. 흔들리는 여자의 마음을 단번에 다잡을 수 있는 것. 노름판의 전세를 일거에 뒤집을 수 있는 조커 같은 것. 이따금씩 몽정을 하는 십대 고등학생에게 그건 대학입시보다 백배는 더 중요한 문제였다. 나는 오천 년 동안 숨겨져 내려온 연애 비기(秘記)를 손에 넣기라도 한 기분이었다. 음, 나 역시 가난하고 특별나게 잘생기지도 못했으니까 책을 많이 읽어야겠군. 나중에 소설가가 되면 여자들이 줄줄이 따를지도 모르니까. 지금부터 약간은 침울하고 고독한 표정을 짓는 연습도 해야겠어. 그러려면 안경은 필수! 틈날 때마다 누나의 도수 높은 안경을 써서 눈을 나쁘게 만드는 거야. 나는 내 계획을 차근차근 실천해나갔다. 틈날 때마다 문고판 소설을 읽고 무슨 말인지 이해도 되지 않는 문장에 밑줄을 좍좍 그어가면서. 밑줄이 늘어가고, 책이 쌓일 때마다 여자들과 가까워지는 것 같아 기분은 좋아졌다. 미래의 어느 날, 내 여자친구가 나를 사랑스러운 눈길로 바라보는 상상을 하면 더욱 힘이 났다. 이따금 혼자 키득거리는 내게 누나는 면박을 주었다. 여자들의 인기를 얻기 위해서라면 그 정도 면박쯤 얼마든지 감수할 수 있었다. 그러니까 내 삶의 목표는 자아를 실현하는 것도, 권력이나 명예를 얻는 것도, 독재로 점철된 시대의 아픔을 치유하기 위해 청춘을 바치는 것도 아니었다. 단지 여자들을 많이 사귀어보는 것. 그 전술의 일환으로 책을 많이 읽고 소설가가 되는 것. 오직 그것이었다. 그런데 가짜를 진짜로 믿으면 어느 순간 가짜가 진짜로 진짜가 되기도 한다던가. 가짜 욕망을 이루기 위해 투쟁하고 노력하다 보면 어느덧 가짜 욕망이 진짜 욕망으로 거듭나기도 한다던가. 나는 여전히 의심스러웠다. 정말 가짜 욕망이 진짜 욕망으로 거듭날 수 있는 것일까. 혹시 가짜 욕망은 죽었다 깨어나도 진짜 욕망이 되지 못하는 게 아닐까. 아니, 그렇지는 않을 것이다. 적어도 욕망에 관한 한 진짜와 가짜는 교묘히 뒤섞여 있다는 게 더 진실에 가깝지 않을까.

나는 다시 도서관에서 빌려 온 세 권의 책을 훑어보았다. 출판사에서 선정한 책은 열 권. 모두 신간이어서 도서관에 비치되지 않은 책이 일곱 권이었다. 내가 빌려 온 책은 『호모 캐피탈리스트』, 『좋은 자본주의, 더 좋은 자본주의』,『부자로 등극하는 숨겨진 12가지 법칙』이었다. 책 선정에 따라 독후감 수준이 차이 날 것 같진 않았다. 나는 일단『좋은 자본주의, 더 좋은 자본주의』를 들고 읽어 내려갔다.

문자메시지가 들어온 건 책을 삼분의 일쯤 읽었을 때였다.

지금 고시원이에요? 잠깐 얼굴이나 봐요

치코였다. 나는 망설이다가 답장을 넣었다.

지금 고시원에 없어요 다음에 봅시다

답장을 해놓고 보니 아차, 싶었다. 늦은 시간에 문자메시지를 보낸 건 십중팔구 그녀가 술을 한잔 걸쳤다는 뜻이었다. 다짜고짜 고시원으로 쳐들어오지 말란 법도 없었다.

옥탑방에서의 '밀당'을 겪은 뒤부터 나는 그녀에 대한 욕심을 깨끗이 접었다. 적당한 거리를 유지하면서 업무상의 파트너로 남는 게 최선이었다. 이해하기 힘든 건 그녀의 태도가 달라졌다는 점이었다. 마누라라도 되는 양 하는 일마다 간섭하려 들었다. 나로선 어이가 없는 한편 짜증이 치밀어 올랐다. 지금이 무슨 자유당 때도 아니고, 설마 키스 좀 했다고 이러는 거야? 그렇게 노골적으로 물어볼 수는 없었다. 어쩌면 내 판단에 문제가 있을 수도 있었다. 너무 쉽게 여자를 얻으려 했던 것이니까. 그런 방식이 남자와 가까워지는 치코만의 스타일일지도 모르니까. 그럼에도 내겐 그녀와 '밀당' 같은 걸 할 의지와 여유가 없었다. 그러느니 혼자서 간단히 욕정을 해결하는 편이

나왔다. 문제는 그녀의 사전에 '포기'라는 단어가 없다는 점이었다. 언젠가 치코는, 만나기 싫으면 싫다고 솔직하게 말하지 왜 거짓말을 하느냐고 따져 물었었다. 그렇게 대답했더라도 그녀는 또 따져 물었을 것이다. 만나기 싫은 이유가 무엇이냐고.

핸드폰이 끈질기게 진동을 해댔다. 나는 핸드폰 전원을 끄고 천천히 일어났다. 이럴 때는 피해 있는 게 상책임을 경험으로 알고 있었다. 그러나 내 의도는 보기 좋게 빗나가고 말았다. 고시원 현관 앞에 그녀가 서 있는 게 아닌가. 발걸음이 움찔 멈춰졌다.

"고시원에 없다면서요? 여긴 고시원이 아니라 호텔인가?"

치코의 입에서 술 냄새가 옅게 풍겼다.

"아, 미안요. 오늘은 내가 일도 좀 있고 해서……"

"누군 할 일이 없는 줄 알아요?"

말투에 날카로운 가시가 돋아 있었다. 가로등 불빛을 받은 치코의 얼굴이 발그레 빛났다.

"뭘 착각하나 본데, 내가 지금 당신이 좋아서 이러는 줄 알아?"

노골적인 반말에 기분이 상했지만 티격태격하고 싶지 않았다. 동업마저 위험해지는 상황은 어떻게든 피하고 보아야 했다.

"할 말이 뭔데요?"

"일단 이거나 한번 보시고."

치코가 불쑥 종이를 내밀었다. 나는 얼떨결에 종이를 받아 읽었다. 지난달 R시청에서 주최한 '다문화가족 자녀에게 편지 쓰기'의 당선자 명단이었다. 내게는 달갑지 않은 콘테스트였다. 경쟁률도 높은 데다 편지글은 자칫 감상에 빠지기가 쉬워서 귀찮은 일을 더는

총잡이들

심정으로 던져준 일감이었다.

"이제 선수 다 됐네. 축하해요. 상금이 얼마더라?"

"오십만 원요."

"괜찮네요. 술 한잔 사요."

내가 자존심을 낮추고 호들갑을 떨어도 치코는 냉담했다. 오히려 당선자 명단을 빼앗듯이 가져갔다.

"이건 내가 6을 가져가야겠어요. 아니 7할을 먹어야 해요."

그녀가 득달같이 달려온 이유가 어렴풋이 이해되었다.

"꼭 그래야겠어요? 나 아니었으면……."

"노명 씬, 요새 신경도 안 쓰잖아요."

"석 달 전만 해도 자료만 찾아주고 이름만 빌려주었는데, 내가 꼬박꼬박 상금을 나누었던 것 기억 못해요?"

"그땐 처음이었으니깐."

"뭐요?"

"지금은 노명 씨보다 내 글이 더 잘 팔린다구요."

문득 치코의 당당함이 안쓰럽게 여겨졌다. 그녀의 글솜씨는 여전히 아마추어 수준이었다. 잡문 콘테스트에서 몇 번 당선된 것 가지고 기고만장해진 것부터가 하수임을 자인하는 꼴이었다.

"그렇다면 처음부터 다시 의견을 조율해봐야지. 이렇게 다짜고짜 6할을 먹겠다, 7할을 먹겠다 욕심만 앞세우니 기분이 좋지 않네요. 사람이 뭐 고마움이란 걸 알아야지. 요새 상을 많이 탄 게 사실이긴 해도 처음부터 나는 꼬박꼬박 상금을 나누었고, 또 그게 전부다 그쪽이 잘해서만은 아니잖아요."

"노명 씬, 나를 여전히 무시하고 있어요. 그리고……."

"그리고?"

"아까도 말했지만 노명 씨 글은 잘 먹히지도 않잖아요. 그러니까 비율을 조정해요. 그냥 5 대 5가 적당할 것 같아요."

"아직은 내가 당신보다 훨씬 더 많이 응모를 하잖아요. 그래서 6 대 4로 정한 것이고."

"이제부턴 나도 똑같이 많이 응모할 테니까 5 대 5로 해요."

"이 여자 진짜 막무가내네. 그깟 잡문 몇 개 당선시킨 걸로 지금 어디서……."

내 목소리는 압력을 못 견딘 수도관처럼 펑, 터져버렸다.

"지금부터 동업 관계 끝내기로 합시다. 당신이 응모하는 콘테스트에 내가 당선되더라도 군소리 말아요. 알았죠?"

"왜 화를 내고 그래요? 비율을 조정하자는 건데. 내 말이 틀린 건 아니잖아요."

치코가 깜짝 놀라더니 뒤로 물러섰다.

"관둬요, 관두자고. 오늘부로 동업이고 나발이고 끝이야. 끝."

나는 내 팔을 붙잡는 치코의 손을 획, 뿌리쳤다.

"정말 이러기예요?"

"지금 누가 할 소린데?"

"노명 씨가 요즘 매너리즘에 빠진 것 같아서, 나는 그저……."

"뭐? 매너리즘? 누가 당신 보고 코치해달랬어? 문장의 기본도 모르는 주제에. 앞으로 연락하지 말아요."

나는 빠르게 쏘아붙이고 뒤돌아섰다. 걸어가다 말고 멈춰 서서 고개를 돌려보았다. 치코는 침울한 눈빛으로 담벼락에 등을 기대고 서 있었다. 하마터면 뱉은 말을 주워 담을 뻔했다.

"어디 두고 봅시다. 앞으로도 그렇게 계속 상을 받을 수 있을지."

나는 아예 미련의 싹을 쳐버렸다. 뒤통수가 근질거렸지만 되돌아보지 않았다. 대신 단호한 걸음걸이로 골목을 벗어났다.

❦

걷다 보니 상도동 초입이었다. 노량진동과의 경계가 되는 언덕길로 평소엔 잘 오지 않던 산책로였다. 번잡스럽고 지저분한 고시촌 거리는 오르막길로 접어들수록 차분해졌다. 학원가가 끝나면서 주택가가 시작됐고 고시원들도 역과 멀어질수록 고급스러워졌다. 간판에 내걸린 이름들은 고시원이 아닌 리빙텔이나 고시텔이었다. 그런 간판들을 볼 때마다 쓴웃음이 나왔다. 업자들이 조악하게 만들어낸 '고시텔'이라는 조어 때문이었다. 리빙텔은 그래도 고시텔보다는 잘 만든 조어였다. 실제로 리빙텔에 주거하는 이들도 수험생보다는 일반 직장인들이 많으니까 틀린 말은 아니었다. 말 그대로 생활하기 위한 주거지 아닌가. 앞뒤 단어도 모두 영어였다. 반면 '고시텔'은 어떤가. 마치 '돈가스' 같은 조어였다. '고시'라는 말과 '텔'이라는 단어의 발음상 부자연스러움은 또 어떤가. 세상에, 고시를 준비하는 호텔이라니.

이런저런 생각으로 관심을 바꿔봐도 불쾌감은 떨쳐지지 않았다. 참으로 염치를 모르는 여자였다. 치코와의 결별로 당장은 득보다 실이 많을 것이다. 그러나 자존심을 긁어대는 말을 참는다면 갈수록 기고만장해질 게 뻔했다. 아쉽더라도 이참에 확실히 정리하는 편이 나았다.

제깟 주제에 누구한테 훈계질이야.

마을버스가 다니는 주도로를 벗어나 골목으로 접어들자 다시 리빙텔 골목이었다. 그곳을 지나면 아파트촌이었고, 곧바로 상도동 근린공원으로 이어졌다. 오르막길이 계속되면서 숨이 가빠졌다.

밤의 근린공원은 한산했다. 노인 한 명이 트랙을 따라 걷고 있었고, 운동기구에도 중년의 사내가 한 명 있었다. 그가 역기를 들어 올리며 거세게 숨을 몰아쉬었다. 나는 사내를 지나쳐 전망대 벤치에 앉았다. 앞에는 탁 트인 한강이, 뒤로는 전망 좋은 아파트가 자리하고 있었다. 강아지를 데리고 산책 나온 젊은 부부가 한가롭게 내 앞을 지나갔다. 다정하게 손을 맞잡은 그들의 모습에서 한때의 추억이 회한처럼 되살아났다. 언제였던가. 마치 전생처럼 멀게 여겨지지만 나 역시 그런 꿈을 꾸었던 적이 있었다. 전망 좋은 아파트에서 한 여자와 함께 늙어가는 그런……. 그녀의 이름은 그냥 '로라'라고 해두자.

로라는 대학 졸업 후 입사한 광고회사에서 만난 여자였다. 광고 업종의 특성상 함께 밤을 새우는 경우가 많았고, 그녀와 나는 자연스레 가까워졌다. 우리는 곧 결혼식을 올리기로 하고 살림을 합쳤다. 그것이 잘못된 결정이었음은 나중에야 깨달았다. 당시 나는 이런저런 이유로 결혼식을 미루고 있었다. 회사를 그만두고 소설을 쓰겠다는 결심을 털어놓았을 때, 그녀는 의외로 내 결정을 지지해주

총잡이들

었다. 내가 곧 유명한 작가가 될 것임을 믿어 의심치 않는 눈치였다. 그러나 그녀의 기대와 달리 나는 점점 더 소설을 쓰지 못했다. 그녀의 흔들리지 않는 믿음이 오히려 부담스러웠다. 독버섯이 번지듯 부담감은 점점 적대감으로 바뀌어갔다. 나는 시나브로 술독에 빠져들었다. 그런 날이면 여지없이 로라에게 시비를 걸었다.

"너는 나를 사랑하는 게 아니라 장차 소설가로 이름을 떨칠 공노명을 사랑하는 거지. 그렇지?"

로라는 그때마다 벙어리처럼 입을 다물었다.

"대답할 가치도 없다는 거야? 아니면 내가 하찮아 보이는 건가?"

굳은 얼굴로 자리를 피하는 그녀를 쫓아가며 나는 독설을 퍼부었다.

카피라이터였던 로라는 회사에서 밤을 새우는 경우가 많았다. 간혹 그녀는 회사에서 있었던 일을 말하기도 했는데, 그때마다 나는 냉소적으로 변했다. 특히 동료 남자 카피라이터에 대한 이야기가 나올 때면 필요 이상으로 흥분했다.

"흥, 그 새낀, 고작 생각해낸 아이디어가 일본 광고 베끼기 아니면 이 광고 저 광고 짜깁기구만. 그래 놓고 꼴에 잘나간다고 우쭐거리는 짓거리하곤."

로라는 아차, 싶었는지 말을 잇지 못했다. 그녀 얼굴에 더 짙은 그늘이 졌고 그럴수록 귀가 시간도 늦어졌다. 그런 날이면 나는 견딜 수가 없었다. 작가의 꿈에서 멀어질수록 그녀와의 거리도 멀어지는 것 같았다. 나는 혼자 술을 마시며 세상을 저주했다.

파국은 도적같이 찾아왔다. 그날도 로라는 회의와 회식을 마치고 새벽 무렵 귀가했다. 나는 엉망으로 취해 있었다. 현관에서 구두를 벗는 로라를 향해 식탁 위에 있던 컵을 집어 던졌다. 그녀의 뺨을 스쳐간 컵은 현관문에 부딪쳐 산산조각이 났다. 그녀가 고개를 들고 용광로에서 달궈진 듯한 눈빛을 내쏘았다.

"또 그 광고쟁이 새끼들 만나고 오는 길인가? 왜 벌써 오냐? 더 마시고 와야지."

그녀의 묵묵부답이 내 부아를 돋우었다.

"설마 이 시간까지 술만 마신 건 아니겠지? 어떤 새끼랑 붙어먹다가 온 거야?"

눈앞에 불꽃이 번쩍 튀었다. 로라가 내 따귀를 후려갈긴 것이다. 나는 얼떨떨해져 그녀를 노려보았다. 그녀가 다시 내 따귀를 때렸다. 한 번. 두 번. 세 번. 눈동자에서 경멸과 혐오의 찌꺼기들이 끈적끈적 묻어나왔다. 오랜 기간 숙성을 거치며 발효된 감정의 찌꺼기들. 나는 그런 눈빛이 차라리 통쾌했다. 그녀가 나를 더 때려주었으면, 아니 죽도록 패주었으면 하는 바람마저 들었다.

"너 같은 새끼를 믿고 기다린 내가 죽일 년이다. 이 못난 새꺄."

로라는 눈물도 닦지 않고 뒤돌아 집을 나갔다. 나는 크게 걱정하지 않았다. 애초에 그녀가 가지고 왔던 짐이 그대로 있기 때문이었다. 그러나 일주일이 지나도록 그녀로부턴 연락조차 없었다. 나는 전화로 온갖 사정을 한 끝에 회사 앞 커피숍에서 그녀를 만났다.

로라는 이미 평온함을 되찾은 모습이었다. 그녀와 떨어져 있는 시간이 길어질수록 나만 점점 더 지옥을 경험했다. 그녀의 마음을 돌릴 수만 있다면 무릎이라도 꿇을 작정이었다. 그러나 그녀의 결심은 이미 대리석처럼 단단해져 있었다.

"술 좀 그만 마셔. 그리고 밥, 잘 챙겨 먹어."

로라가 한 마지막 말이었다. 그녀의 뒷모습을 멀거니 지켜보는 것 말고 내가 할 수 있는 일은 없었다.

며칠 뒤 이삿짐센터 직원이 와서 로라의 옷가지와 가구 몇 개를 가져갔다. 6개월 뒤 나는 방을 뺐다. 전세금의 3분의 2를 로라에게 부쳤고, 남은 돈으로 변두리에 방을 구했다. 한동안 소설쓰기는 고 사하고 술에 절어 폐인처럼 지냈다. 외로울 때마다 술을 마셨고, 술에 취하면 더욱 외로워졌다. 그렇게 한동안 나는 술이 만든 껍데기 속에서 누에처럼 움츠러들었다. 내 영혼이 말라붙은 모과 열매처럼 바싹 쪼그라들고 있었다. 방에는 빈 술병들만 나뒹굴었다. 여기저기에서 빌린 돈으로 생활하다 보니 빚이 눈덩이처럼 불어나 있었다. 1년쯤 뒤, 전세금을 올려달라는 요구에 아예 고시원으로 거처를 옮겼다. 전세금으로 빚을 청산했다. 남은 돈은 얼마간의 생활비로 썼다. 더는 물러설 곳이 없을 만큼 생활이 엉망이 되고서야 정신을 차렸다. 틈틈이 아르바이트를 하면서 다시 소설을 쓰기 시작했고, 겨우 등단을 했다. 감격은 잠시뿐이었다. 어느덧 삶은 수리가 불가능한 폐가처럼 형편없이 망가져 있었다. 원고 청탁 한 번 받아보지 못한 채 생활고에 쫓기는 동안 불혹을 바라보게 되었다.

돌이켜보면 스스로가 잘 이해되지 않았다. 그때 내가 그녀에게 왜 그렇게 못되게 굴었는지. 왜 그렇게 열등감에 시달려야 했는지. 아마도 나약했지만 의욕만은 넘쳐났기 때문일 것이다. 어서 빨리 그녀에게 인정받는 작가가 되고 싶은 열망. 그렇게 의욕 과잉으로 조급해하다가 제풀에 나가떨어진 것이다. 어쩌면 젊었기 때문일지도 몰랐다. 욕망과 능력의 간극을 인정하기엔 너무 어렸던 것인지도.

산책 나온 젊은 부부는 가고 없었다. 한강변 아파트 불빛들이 아스라이 멀게 보였다. 바로 앞인데도 까마득한 우주 저편에서인 듯 희미하게 빛났다. 편안함이나 안온함 같은 것들조차 은하수 너머 별들처럼 아득하기만 한 밤이었다.

힘
겨루기

나는 초조한 심정으로 소정훈을 기다렸다. 아메리카노 잔의 바닥이 드러나도록 그는 나타나지 않았다. 문자메시지를 넣어볼까 하다가 그만두었다. 이런 식으로 기선을 제압하려는 것일지 모른다. 초반 힘겨루기부터 밀려선 안 되는 것이다.

나는 도서관에서 복사해 온 소정훈의 단편 「나나 잘하자」와 「오늘은 어디 가서 무얼 먹고 지루함을 달랠까」를 읽었다.

오래전에 쓴 소설이어선지 형식이나 문체가 세련되지 못하고 촌스러웠다. 두 작품의 전체적인 흐름도 일관되지 못했다. 외국의 유명 작가들, 특히 서유럽 소설의 분위기를 답습한 흔적이 엿보였다. 그래도 작가가 플롯이나 문장 하나하나에 들인 공력만큼은 높이 평가할 만했다. 하긴 신인 때가 아닌가. 그럼에도 작품을 읽고 나서 별다른 감흥은 일어나지 않았다. 마치 화려한 총 돌리기 솜씨를 뽐내려다가 총을 떨어뜨리는 바람에 불귀의 객이 되고 만 서부의 풋내기 총잡이를 본 느낌이랄까.

노력은 가상하지만 안타깝군.

소정훈과 약속을 잡은 건 이틀 전이었다. 치코와 헤어진 다음 날, 나는 지독한 감기몸살을 앓았다. 머리끝까지 이불을 덮어쓰고 침대에 누워 며칠을 보내고 나서야 회복할 수 있었다. 잠을 자는 동안 어지러운 꿈속을 헤매었다. 나는 길고 어두운 터널을 끝도 없이 걸었다. 지쳐 쓰러질 것 같은 몸으로 주저앉았을 때, 누군가가 내 옆으로 경적을 울리며 지나갔다. 긴 머리를 흩날리며 까르르 웃는 여자는 로라였다. 격렬한 질투심이 욕지기처럼 치밀어 올랐다. 그때, 또 다른 여자가 활짝 웃으면서 옷깃을 스치고 지나갔다. 이번엔 치코였다.

잠에서 깨어난 뒤 꿈의 잔상을 되새겨보았다. 두 여자의 웃음소리가 귓전에 쟁그랑쟁그랑 울리는 듯했다.

책상에 앉아 노트북 전원을 켰다. 참으로 오랜만에 소설을 쓰고 싶어졌다. 적어도 그 순간엔 잡문 콘테스트 마감 따위 내 알 바 아니었다.

온종일 책상에 앉아 소설쓰기에 매달렸다. 몇 년 동안 숨죽이던 영감들이 앞다퉈 쏟아져 나왔다. 나는 정신없이 노트북 자판을 두드려댔다. 마구잡이로 떠오르는 이야기와 이미지들을 손가락이 미처 따라잡지 못할 정도였다. 그렇게 꼬박 하루를 써 내려간 뒤에야 멈출 수 있었다. 이상한 열기로 뜨겁게 달궈져 있던 몸이 서서히 식어갔다. 열정의 폭풍우를 통과한 정신이 고요한 이성의 바다에 닻을 내렸다. 나는 반 탈진한 상태로 쓴 글들을 천천히 읽어보았다.

완전 쓰레기군.

한동안 멍하게 앉아 있다가 썼던 글을 가차 없이 지워버렸다.

내 머릿속에 떠올랐던 이야기와 이미지는 이런 쓰레기가 아니었다. 키보드라는 그물로 건져 올린 글들은 낙서만도 못한 것이었다. 나는 다시 노트북의 빈 여백을 마주하고 앉았다. 이번엔 조금 더 차분하게 도전해보기로 했다. 그러나 의욕만 충만할 뿐 아무런 이미지도 떠오르지 않았다. 소재도, 이야기도, 인물도 무엇 하나 걸리지 않았다. 당연한 일이었다. 몇 년 동안 손을 떠나 있던 소설이 갑자기 써질 리 만무했다.

이제 소설가로서의 삶은 끝난 것인가.

먹먹한 심정으로 지나온 시간을 반추해보았다. 잡문 콘테스트에 뛰어들었던 건 생활고를 해결하기 위한 고육지책이었다. 그 대가는 치명적이었다. 얻은 것은 잡문이고, 잃은 것은 문학이었다.

단단한 벽이 사방에서 조여드는 듯 숨이 막혀 왔다. 나는 인터넷 브라우저를 열고 K전력공사 홈페이지로 들어갔다. 지난달 응모했던 '절전 표어 캠페인' 콘테스트 결과를 보기 위해서였다.

상금이나 타이틀은 부차적인 문제였다. 당장 필요한 건 자신감이었다. 작은 것 하나라도 해낼 수 있다는 자신감. 누구에게나 슬럼프는 있는 것이니까. 표어 콘테스트 결과가 그런 기대에 응답하길 바라면서 나는 당선자 명단을 훑었다.

1등 수상자 명단에는 익숙한 세 글자만 보였다. 소정훈. 바로 아래 2등 수상자 명단에 내 이름만 없었어도 그토록 허탈하지는 않았을 것이다. 2등 상품은 별로 쓸모도 없는 관광상품권이었다.

이자는 아무래도 내 천적인가 보군.

최근 몇 달 동안 그에게 빼앗겨버린 기회가 여섯 번이었다.

머리끝까지 화가 치밀어 올랐다. 소정훈에게 전화를 걸어 콘테스트 응모를 나누자고 해야 할까. 그가 내 제안을 고분고분 받아들일까. 자칫 비웃음만 사게 될지도 모르는 일이었다. 그때 어디선가 은밀한 목소리가 들려왔다. 달팽이 점액처럼 끈적거리는 그것이 귓바퀴에 와서 착 감겼다.

황의 제안. 나 혼자서는 무리였다. 그렇다면 다른 누군가와 힘을 합쳐야 하지 않을까…….

야구모자를 쓰고 검은 백팩을 멘 남자가 커피숍 안으로 들어왔다. 깊게 눌러쓴 모자가 얼굴의 절반을 가렸지만 그가 소정훈임을 어렵잖게 눈치챌 수 있었다. 글쟁이의 직감이랄까. 남자도 커피숍을 한 번 둘러보더니 망설임 없이 내 쪽으로 성큼성큼 걸어왔다.

"소정훈 작가님이시죠?"

나는 정중히 인사를 하고 자리를 권했다.

"그래 무슨 일로?"

소정훈이 턱을 위로 살짝 치켜들었다. 눈으로는 테이블 위에 놓인 자신의 작품들을 흘깃거렸다.

"얼마 전 K전력공사 절전 표어 캠페인 콘테스트에서 1등을 하셨지요? 그것 말고도 요즘 이런저런 잡문 콘테스트에서 승승장구 중이시구요."

이럴 때일수록 저자세로 나가면 안 되었다. 나를 대하는 태도로 볼 때, 호락호락하지 않을 게 틀림없었다.

"그걸 어떻게 알았죠?"

소정훈이 미간을 찌푸렸다.

"원래 세상이 좁잖습니까. 그 바닥에 오래 있다 보면 별로 알고 싶지 않아도 저절로 알게 되는 게 있더군요."

나는 부러 여유 만만한 표정을 지었다. 손가락으로는 커피 잔을 희롱이라도 하듯 만지작거렸다.

"하아."

소정훈이 짧게 탄성을 질렀다.

"단도직입적으로 말할까요? 비유적으로 말할까요?"

"뭐, 자신 있는 쪽으로."

부드럽지만 예리한 날을 숨기고 있는 말투. 나를 깔보는 듯한 그의 태도에 나는 평정심을 빠르게 잃어갔다.

"이쪽 판을 잘 모르시나 본데, 언제까지 그렇게 콘테스트마다 1등을 싹쓸이할 거라고 생각합니까?"

"그야, 모르지요."

"한 1년? 아니면 2년?"

"……."

"나도 처음엔 그랬지요. 콘테스트 세 개 중 한 개는 다 내 차지였거든요. 그런 잡스런 글들이라는 게 뭐 술 한 잔 빨고 끼적거려도 될 만큼 쉬운 글들인 데다가."

소정훈의 입가에 희미한 비웃음이 번졌다.

"공노명 씨도 등단은 했더군요."

"찾아보셨군요."

"뭐, 겸사겸사."

소정훈이 귀찮다는 듯이 말했다. 나는 자존심이 상해 견딜 수 없었다. 이쯤에서 그를 한 번 흔들어놓기로 했다.

"선생님 작품을 읽다 보니 외국 작가들의 영향을 받은 흔적이 곳곳에 보이더군요. 카뮈를 좋아하시지요? 하긴 카뮈를 싫어하는 작가가 있겠습니까만은."

"한때 좋아하긴 했었지요."

"존 쿳시나 이언 매큐언, 존 치버 등의 흔적도 엿보이는 것 같고."

"아주 분석을 열심히 하셨군요."

내 공격은 나름 효력을 발휘했다. 소정훈의 얼굴이 살짝 굳어졌다. 기회를 놓치면 안 된다. 내친김에 상대의 기를 눌러버려야 했다.

"분석을 한 게 아니라 저절로 따악 보이더라구요. 아이러니의 극대화, 뭐 그런 측면에선 뒤렌마트나 막스 프리쉬 같은 스위스 작가들의 흔적도 엿보였구요."

"그렇게 볼 수도 있겠네요."

"「쪼개지지 않는 단 하나의 감정」 같은 작품에선 칸트적 사유를 눈치챌 수도 있더군요. 하지만……."

"하지만?"

"그걸 제대로 형상화하려면 보르헤스적으로 풀어내야 했음에도 마르케스식으로 잔뜩 떠벌리다 보니 몸과 마음이 따로 노는 노인장의 춤을 보는 듯했습니다. 제대로 비벼지지 않은 비빔밥 같은 맛도 나구 말이에요."

나는 통쾌한 심정이 되어 핫핫핫, 웃음을 터뜨렸다. 내가 한 말에 내가 먼저 취한 꼴이었다. 소정훈의 딱딱한 표정이 부드럽게 풀렸다. 침착한 태도에 오히려 내가 당혹스러워졌다. 나도 너만큼의 내공은 있다. 뭐 그런 의도로 현학을 과시해 기를 죽이고 싶었지만 의도했던 만큼 먹히지 않은 게 분명했다. 더 많은 작가들, 듣도 보도 못한 작가들의 이름을 닥치는 대로 들먹였어야 했나? 젠장.

"그 작가들을 좋아하는 것은 사실입니다만. 제가 정말 좋아하는 작가들은 따로 있습니다."

소정훈이 차분하게 반격을 해 왔다. 어쩔 수 없었다. 작자의 내공을 엿보는 수밖에.

"어떤 작가들이죠?"

"미셸 뷔토르나 로브그리예, 클로드 시몽 같은 누보로망 작가들이야말로 내가 관심을 갖는 이들이지요. 「쪼개지지 않는 단 하나의 감정」 같은 작품이 노린 의도도 사실 그런 쪽이었는데, 좀 빗나가고 말았지요."

그들은 내가 읽은 작가들이 아니었다. 습작생 시절에 로브그리예의 『어느 시역자』와 『질투』를 읽다가 지겨워서 집어던졌던 일이 후회됐다. 클로드 시몽의 제목이 기억나지 않는 작품 역시.

"사실 떠벌리는 건 내 전공이 아닙니다. 그보단 의식 자체를 관찰하고 사유하는 쪽이 더 체질에 맞습니다. 어떤 이들은 지겹다고 고개를 흔드는 프루스트의 『잃어버린 시간을 찾아서』를 나는 세 번 통독했습니다."

"아, 네."

"조이스의 『율리시스』는 네 번을 읽었지요."

"네 번요?"

"올해가 가기 전에 한 번 더 읽어 다섯 번을 채우고 싶지만 뭐 콘테스트가 바빠 놔서 시간이 있을는지……."

"그, 그렇군요."

"잉에보르크 바흐만이나 버지니아 울프, 포크너 같은 작가들도 좋아하지만 역시 프루스트나 조이스와 같은 깊은 맛이 느껴지진 않더군요. 그 작자들 작품에 한번 맛을 들이다 보면 잊을 수가 없어서 계속 찾을 수밖에 없지요. 뭐랄까, 쫄깃쫄깃한 대왕오징어를 말려서 천천히 씹는 맛이랄까?"

"대, 대왕오징어요?"

말문이 턱 막혔다. 『잃어버린 시간을 찾아서』나 『율리시스』 역시 내가 경험하지 못한 세계였다. 나는 눈을 어디에 두어야 할지 몰랐다. 그럼에도 희미한 믿음 같은 게 생겨났다. 그러니까 이자라면 함께 일을 도모해볼 수 있을 것 같다는.

"주로 긴 걸 좋아하시는군요."

"그런 편이지요."

"분량으로는 박경리의 『토지』가 최곤데, 그럼 그 책도……."

"필독서 아닌가요?"

"그, 그야 그렇지요."

이젠 말까지 더듬거려졌다. 나는 여태껏 『토지』는 들여다본 적도 없었다. 방대한 분량에 기가 질려 시도할 엄두조차 내지 못했다.

"이거 내공이 대, 대단하신데요."

독서 내공으로는 도저히 못 당해낼 위인이었다. 상대의 모자를 겨냥하고 총을 쏘았는데, 빗나가는 바람에 뒤에 묶어둔 말만 흥분시킨 꼴이었다. 나는 작전을 재빨리 변경해 유화적인 전술을 구사하기로 했다. 눈치를 챘는지 소정훈도 팔짱을 끼고 허리를 꼿꼿이 세웠다.

"하지만 잡문 콘테스트라는 건 내공만으로 되는 게 아닙니다. 저도 처음에는 선생님 못지않게 1등을 많이 했습니다. 아직 해보신 지 얼마 안 돼 잘 모르시겠지만, 이쪽도 처음 생각과 달리 점점 어려워지는 면이 있습니다. 그래, 서로가 제 살 깎기 경쟁을 해서야 되겠느냐 이 말입니다. 그래서 우리 업종을 좀 나누는 게 어떨까 싶어 소중한 시간을 빌렸습니다. 업종을 나누는 게 싫으시다면 서로 한 달씩 나눠서 응모하는 것도 에너지 낭비를 막는 길이 아닐까 싶습니다. 일정 조정 같은 잡일이야 제가 선생님 불편하지 않게 편의를 봐드릴 수 있습니다만."

소정훈이 그때껏 들고 있던 담배 필터를 테이블 바닥에 톡톡 쳤다. 손가락으로는 자신의 왼쪽 볼을 긁었다. 문득 하나의 의문이 뇌리를 스쳐갔다. 근데 이자는 내가 말한 작가들까지 죄다 읽기는 한 걸까.

"거절하겠습니다."

댓바람에 거절당하리라곤 예상하지 못했다.

"난 누구랑 협력 그런 거 안 합니다. 독고다이가 체질에 맞아요. 그냥 딱 몇 년 하고 이 바닥 뜰 거거든요."

"뜨고 나면 뭐하실 겁니까?"

나는 떨리는 목소리로 물었다.

"그야, 소설 써야지요."

"청탁은 옵니까?"

"안 옵니다. 그래도 써야지요."

술기운이 오르듯 얼굴이 화끈 달아올랐다. 빌어먹을……. 내 반응에 아랑곳하지 않고 소정훈이 자리에서 일어났다.

"이야기가 끝난 것 같으니까 이만 가보겠습니다."

나는 멀어지는 소정훈의 뒷모습을 쳐다보았다. 등이 굽은 데다 머리카락마저 희끗희끗했다. 슬그머니 부아가 치밀어 올랐다. 끈적끈적한 유혹의 목소리는 왜 성공도 못 할 일로 나를 부추겼는가 말이다. 그야말로 예상치 못한 수모였다.

나는 내 눈을 의심했다. 고시원 앞 가로등 아래 치코가 서 있었다.

"할 말이 있어서 왔어요."

나는 그녀를 무시하고 고시원 계단을 올랐다. 일주일을 앓아누웠고, 열병 바이러스와 함께 미련도 떠나보낸 뒤였다.

"정말 이러기예요? 나도 생각이 있어요."

치코의 목소리는 어느 때보다 앙칼졌다. 이쯤 되면 외면할 수만도 없었다. 나는 다시 계단을 내려왔다.

"살이 좀 빠진 거 같아요."

이면도로 민속주점에 자리를 잡고 앉자마자 치코가 내 얼굴을 요리조리 살폈다.

"내가 좀 심했어요. 미안해요. 사과할 테니 우리 다시 동업해요."

치코는 지금 강화를 제의하려는 것인가. 불현듯 그녀의 그런 태도마저 지겹게 느껴졌다. 이 변덕스러운 여자가 언제 다시 돌변할지 모르는 일 아닌가. 게다가 내게 필요한 이는 소정훈 같은 소설가이지 치코 같은 아마추어 잡문쟁이가 아니었다.

"이야긴 이미 끝났어요. 우리가 했던 동업도 일시적인 것이었고 그쪽도 나 없이 잘 해나갈 테니까."

"미안하다고 했잖아요."

"미안할 거 없어요. 사실 틀린 말도 아니었으니까."

"아니에요."

"아니라니까요. 원래 5 대 5가 공평한 거죠. 다만 나는 당신 글이 수준이 좀 더 되면 그때 그러려고 했어요. 당신이 보내는 글들도 내가 시간을 내서 다듬을 때가 많았으니까."

"미안해요. 그리고……."

"그리고?"

"우린 동업을 해야만 해요."

피식, 헛웃음이 나왔다. 치코의 고집이 이 정도일 줄은 몰랐다. 그녀가 나를 매섭게 흘겨보았다.

"동업을 파기하겠다면 나는 지금까지 우리가 같이 했던 일들을 다 불어버리겠어요."

"불다니 뭘요?"

"흥, 몰라서 물어요?"

"어디에다?"

"어디긴 어디야? 회사들, 무슨무슨 단체들이지. 너하고 나하고 같이 썼던 글들이라고 그 사람들한테 다 불어버리겠다고."

치코가 야멸차게 소리쳤다.

"지금 협박하는 거예요?"

"당신이 날 계속 무시하길래 한번 그래봤던 거라구. 그런데……."

그녀가 두 손으로 얼굴을 감싸고 울먹였다. 히스테리에 가까운 반응이었다.

"그거 회사들한테 말해봐야 나한테 아무런 피해도 입히지 못해요. 당신만 정신병자 취급받을 거예요. 괜히 쓸데없는 짓 하지 말고 그냥 지금처럼……."

"누가 모를 줄 알아? 당신 등단한 소설가잖아. 내가 불어버리면 당신이 앞으로 계속 소설 쓸 수 있을 것 같아? 그 바닥에 소문나면 당신 그 짓도 못 해 먹을 수 있어."

"그래서, 그러겠다고?"

"내가 못 할 것 같아?"

"그래 봐야 소용없다니까요."

"당신이 내 글을 봐준 건 사실이지. 하지만 내가 쓴 걸 당신 이름으로 응모한 적은 없어? 어디 그런 적이 한두 번이야? 그걸 밝히면 당신은 아마추어 글이나 훔치는 사람으로 낙인이 찍힐 텐데, 그래도 괜찮겠어?"

"그럼 나는 당신을 무고죄로 고소하겠어."

"흥, 나야말로 잃을 것 하나도 없는 사람이거든."

일단 그녀를 진정시켜야 했다. 조용히 술잔만 비우면서 머릿속으로 계산기를 두드렸다. 다행히 치코는 조금씩 흥분을 가라앉혔다. 그녀가 한결 차분한 목소리로 말했다.

"난, 정말 그러고 싶지 않아요. 난, 그렇게 나쁜 사람이 아니니까. 그냥 당신하고 동업 관계를 유지했음 좋겠어요. 가끔 만나 이야기하고 술도 마시고……"

"왜요?"

"너무 외로워서."

치코가 두 손으로 볼을 감싸며 울먹였다. 기가 막힌 한편으로 그녀가 측은해졌다. 외로우면 애인이라도 해주든가. 그건 싫다면서 웬 돼먹지 못한 투정이란 말인가. 살다 보니 별일을 다 겪는군. 그러나 자칫 사태가 복잡해질 수도 있었다. 만에 하나 치코와의 일이 알려지기라도 한다면, 이름에 먹칠이 된다면 좋을 게 없었다. 3억 원이 내걸린 장편소설 공모에 응모하려면 아무리 하찮은 구설수라도 피하는 편이 나았다.

"알았으니까 그만해요."

작전상 강화 제의를 받아들이기로 했다. 치코의 얼굴은 마스카라와 눈물로 범벅이 돼 있었다. 볼 전체가 거무죽죽하게 더럽혀져서 커스단에서 막 쫓겨난 피에로처럼 우스꽝스러웠다.

나는 치코를 강제로 일으켜 세웠다. 계산을 마치고 밖으로 나와 보니 그녀가 가로수 그늘 아래 몸을 숙이고 있었다. 헛구역질을 해대면서 나무 밑동을 두 팔로 감싸 안았다. 나는 그녀의 등을 토닥 토닥 두들겨주었다. 위액인지 침인지만 흘릴 뿐 토사물은 나오지 않았다. 그래도 그녀는 일어날 생각을 하지 않고 헛구역질만 해댔다. 만취한 그녀를 그대로 보낼 수도 없었다. 나는 치코를 둘러메다시피 부축하고 옥탑방 앞까지 바래다주었다.

소정훈에게서 전화가 걸려 온 건 첫 만남 후 보름쯤 지나서였다. 그동안 나는 두 개의 잡문 콘테스트에 응모했고, 다른 두 번의 콘테스트에서 물을 먹었다. 틈틈이 소설을 구상하려고도 했다. 그러나 소설은 잡문이 아니었다. 결심만 한다고, 문장력 조금 있다고, 책깨나 읽었다고 쓸 수 있는 게 아니었다. 쓰고 지우고 쓰고 지우는 과정을 반복할수록 절망감만 깊어졌다. 관념의 늪에 빠져 허우적거리던 어느 순간 핸드폰이 진동을 했다.

"소정훈입니다."

"예에. 난 또."

대답에 뜸을 들인 건 이름을 잊어버렸기 때문이다. 그가 다시 전화하리라고는 예상치 못했다.

"지난번 그 제안 아직도 유효합니까?"

이건 또 무슨 말인가? 돌변한 그의 의도가 도무지 짐작되지 않았다.

"뭐, 아직은요."

"지금 만나서 얘기 좀 하고 싶은데……"

작자는 꽤나 급한 모양이었다. 지난번 수모를 갚아줄 절호의 기회였다. 나는 그에게 약속 장소와 시간을 일러주었다.

소정훈이 커피숍 문을 열고 들어섰다. 야구모자를 빨아서 널기라도 했는지 희끗희끗 센 머리를 드러낸 채였다.

"갑자기 왜 마음을 돌리신 건지?"

에스프레소로 목을 적신 뒤, 내가 넌지시 물었다.

"허어, 그게."

소정훈이 뒷머리를 긁적거리더니 가방에서 구깃구깃 접힌 몇 장의 종이를 꺼내 내밀었다. 나는 짐짓 심드렁한 표정을 지으며 그것을 받아 읽었다.

K출판사 독서감상문 콘테스트 수상자 발표.

다음 장으로 넘겼다.

Y시청 반부패 웹툰, UCC 표어 공모전 결과 발표.

우정문화 스토리 콘텐츠 콘테스트 입상자 발표.

"이걸 왜 나한테 보여주는 거죠?"

"이상한 점 없습니까?"

소정훈이 관찰하는 눈초리로 쳐다보았다.

"1등상 수상자 이름을 보세요."

나는 수상자 명단들을 훑어보았다.

K출판사 독서감상문 콘테스트 수상자 발표 대상 최우영.

Y시청 반부패 웹툰, UCC 표어 공모전 결과 발표 1등상 최우영.

우정문화 스토리 콘텐츠 콘테스트 결과 발표 최우수상 당선자 없음 우수상 1명 최우영.

"아아."

나도 모르게 풋, 웃음이 터져 나왔다. 그게 신호라도 되듯 소정훈도 웃음을 터뜨렸다. 한번 터진 웃음은 걷잡을 수 없이 계속됐다. 배가 아플 정도로 낄낄거리면서 소정훈을 힐끔 보았다. 그도 나만큼이나 상황이 웃긴 모양이었다. 건너편 테이블에 있던 남녀가 우리를 뜨악하게 쳐다보았다.

"이거야말로 뛰는 놈 위에 나는 놈이로군요."

"세상 일이 다 그렇지만 조금 놀랐습니다."

소정훈이 아메리카노를 홀짝거리며 말했다.

"뭘요?"

"이 세계마저 이렇게 치열하다는 사실에 말입니다."

"동업하는 겁니까?"

"그럽시다. 조건은 선생이 하라는 대로 하지요."

"그만한 일로 무척 놀란 모양이군요."

나는 슬쩍 이죽거려보았다.

"새삼 그런 생각이 들었습니다. 어쩌면 문학 역시 미답지(未踏地) 같은 곳은 이제 없는 게 아닐까 하는……."

"그게 무슨 말씀입니까? 우주는 끝도 없이 넓습니다."

내가 어쭙잖은 농담을 해도 그는 웃지 않았다.

"소설만 해도 그렇잖아요. 모든 작품들이 어딘가 비슷비슷하고 닮지 않았습니까. 이제 새로운 건 없다고 봐야 하지 않을까요?"

"하지만 또 비슷비슷하면서도 조금씩 다르지 않습니까? 벽돌 한 장만큼 다른 그 무엇이 소위 말하는 독창성 아니겠습니까?"

"그걸 부정하는 건 아니지만 역시 맥이 빠지긴 마찬가지지요."

나는 콘테스트 조정 건에 대해 이야기했다. 그냥 간편하게 마감일 기준으로 홀수 달은 내가, 짝수 달은 그가 하는 게 어떠냐고 물었다. 소정훈이 그렇게 하자고 건성으로 대답했다. 아무래도 잡문 콘테스트에 흥미를 잃어버린 모양이었다.

"형씨는 소설은 안 씁니까?"

소정훈이 나를 똑바로 쳐다보며 물었다. 나는 커피숍 창으로 시선을 돌렸다. 반바지 차림의 남자가 슬리퍼를 끌며 지나가는 게 보였다. 도로는 길 양옆에 세워둔 차들과 크고 작은 간판들, 지나다니는 인파로 번잡스러웠다.

이 작자의 관심사는 역시 소설이군.

황의 제안을 함께 도모하기엔 합격점이었다. 그러나 섣불리 정보를 누설할 수 없었다. 믿을 만한 자인지 어떻게 알 수 있으려나.

"요새 다시 써보려고 합니다."

소정훈이 보일 듯 말 듯 고개를 끄덕였다. 나는 그를 더 붙잡고 시험해보고 싶었다.

"작품을 발표한 지 벌써 5년이 지났는데, 그동안엔 그럼 안 썼던 겁니까, 아니면 발표를 못했던 겁니까?"

"쓰기야 항상 썼지요. 다만 청탁이 끊긴 데다 이런저런 공모전에서 매번 미끄러졌습니다. 형씨도 그런 거 아니었나요?"

"저도 비슷하긴 하지요."

얼굴이 화끈 달아올랐다. 지난 몇 년 동안 소설과는 담을 쌓고 살아왔다. 아무리 삶이 버거웠다고 해도 그건 변명이 되지 않았다.

누구한테나 삶은 버거운 것이니까.

"혹시 공동창작 같은 건 생각해본 적 없습니까?"

"뭐, 기회가 있어야 말이지요. 아무리 걸작을 쓴다 한들 책으로 묶어내지 못하고 자기 컴퓨터 안에 품고만 있다면 그게 무슨 소용 이겠습니까. 작가란 작품으로 독자와 소통해야만 살아갈 수 있는 존재니까요."

소정훈은 체념조로 말을 이었다.

"나는 늙어가고 있습니다. 기회가 별로 없어요. 그래서 할 수만 있다면 뭐든 해볼 생각입니다. 전처럼 내 문학성만 주장하지도 않 을 것이고 매체나 출판사를 가릴 생각도 없습니다. 하지만 이젠 기 회조차 주어지지 않더군요. 게다가 젊고 유망한 작가들은 신제품처 럼 매년 쏟아져 나오지 않습니까."

"신제품요?"

어느 경제학자의 소비사회이론이 떠올랐다. 산업사회에서 소비사 회로 넘어가면서부터 제작자나 소비자가 아니라 유통업자가 '갑'이 된다는 이론. 자동차로 치면 그것을 만드는 것보다 파는 게 더 어려 워지는 시대, 그게 오늘날과 같은 소비사회의 한 특징이었다. 소설 과 같은 문학작품도 그런 흐름으로부터 자유로울 수 없었다. 소설 가들은 차고도 넘쳤지만 사람들은 점점 더 소설을 읽지 않았고 그 래서 소설은 점점 더 팔리지 않았다. 소설을 쓰는 것보다 파는 것이 더 어려워진 시대가 된 것이다. 문학이 상품경제의 심장부로 발을 들여놓게 된 시대의 풍경이랄까. 작가들은 갈수록 더 그 법칙의 지 배를 받았다. 지금이라도 보호막을 걷어낸다면 살아남을 작가는 얼마 되지 않을 게 뻔했다. 상황이 열악해도 문학을 포기하지 않는 낭만주의자들 또한 사라지진 않겠지만.

뜻밖에 소정훈의 깊은 심중을 엿보자 그의 알몸을 훔쳐보기라도 한 듯 민망해졌다.

"저기, 혹시……."

나는 그의 눈치를 살피며 조심스럽게 말을 꺼냈다. 그때, 소정훈이 핸드폰을 꺼내 귀에 가져다 댔다. 급한 전화가 걸려 온 모양이었다.

나는 목구멍까지 끄집어낸 말을 다시 집어삼켰다. 소정훈의 반응은 둘째 문제였다. 더욱 중요한 건 나의 자신감이었다. 과연 내가 쓸 수 있을까. 공동으로 작품을 창작한다면, 주어지는 역할을 잘 해낼 수 있을까.

고시촌에 밤이 내리고 있었다. 숨이 막힐 듯 다닥다닥 붙어 있는 성냥갑 같은 건물들, 그 건물들마다 제각각 걸어놓은 간판들에 환하게 불이 켜졌다. 지금 이 순간에도 사람들은 저 불빛 아래에서 결사적으로 안간힘을 쏟아붓고 있을 것이다. 자신의 꿈을 실현하기 위해. 아니, 잉여의 나락으로 떨어지지 않기 위해. 그러고 보면 이 세상 자체가 거대한 고시촌이었다. 널찍한 아파트에 살든, 비좁은 고시원이나 쪽방촌에 살든 다 거기서 거기였다. 세상살이 자체가 살아남기 위한 콘테스트의 연속이었다. 지구라는 행성에서 도망칠 곳은 이제 없었다.

선생님
정말
실망했어요.

**선생님, 어제 고등학교 시절 습작노트를 봤어요 문
득 그 시절이 그리워지더라구요 그날 뵙겠습니다**

스칼렛이 보낸 문자메시지였다. 지난번에 제대로 답장을 못 해 미
안하던 차라 술을 사겠다고 했는데, 오늘이 그날이었다.

'그리움'이란 말을 듣자 왠지 아련해졌다. 내 마음의 허허벌판 어
디쯤인가에서 노을이 지고 지평선이 붉게 물들었다. 나 역시 스칼
렛이 말한 그 시절이 그리울 때가 있었다. 볼에 젖살도 빠지지 않은
학생들과 문학과 소설에 대해 이야기하던 시절. 어쩌면 지나간 것들
을 아름답게 미화시키는 기억의 술수일지도 모른다. 그러나 그런 착
각마저 없다면 사는 게 얼마나 메마르고 퍼석거릴 것인가. 어쩌면
그리움의 대상은 다른 데 있을 것이다. 그 시절 자체가 아닌 그 시
절 내가 가졌던 열정 같은 것들……

고시원에서 생활하며 잡문 콘테스트를 병행하긴 했지만 당시 내
겐 패기가 있었다. 학생들에게 문학에 대한 열정을 심어주기 위해

나름 노력했다. 학생들이 쓴 글을 첨삭하는 것 말고도 좋은 소설들을 선별해 읽히기 위해 고심했다. 이따금은 자기도취에 빠져 열변을 토할 때도 있었다.

"사람이 배가 고픈데, 그리고 옆에서 아픈데, 문학이 그 배고픔과 아픔에 도움이 될 수 있나? 문학은 아무런 도움도 되지 않아. 쓸모없고 무기력할 뿐이지. 오히려 그래서 역설적으로 가치가 있단다. 쓸모 있는 것들만 넘쳐나는 세상에서 쓸모없는 채로 세상을 비춰낼 수 있는 거울 같은 것이니까 말이다."

학생들은 미심쩍거나 의혹에 찬 눈으로 나를 바라보았다. 딴짓을 하거나 고개를 숙이고 끄떡끄떡 조는 학생이 태반이었다. 자라목으로 움츠리곤 반발심을 내비치는 학생도 없지 않았다. 저 꼰대 새끼, 지금 또 폼 잡는 건가. 어쩌다 그런 눈빛과 마주치면 머쓱해지기도 했다. 그러나 딱 한 명은 예외였다. 스칼렛. 유일하게 내 말을 진지하게 경청하던 아이였다. 그 아이가 눈을 빛내며 말했다.

"아니에요."

"아니라니?"

"음, 배고픔을 해결해주진 못하지만 배고픔을 위로해줄 수 있어요."

오오오우우우.

학생들 모두가 장난기 가득한 경탄을 쏟아냈다. 까딱까딱 졸던 아이들이 언제 그랬냐는 듯 일제히 소리를 질렀다. 솔직히 나도 좀 놀라기는 했다. 고등학생의 대답치곤 제법이었다.

"정말 그렇겠구나."

교실에는 금세 활기가 돌았다. 너도 나도 질세라 한마디씩 해댔다.

"라면 먹을 때, 냄비 받침대로 최곤데."

"불면증 치료에도 최고예요."

"들고 다니면 남자애들이 다시 봐요."

그 학생이 무겁게 가라앉은 수업 분위기를 바꿔준 것이었다.

"넌 눈빛이 〈바람과 함께 사라지다〉에 나오는 스칼렛과 닮았구나.
혹시 그 영화 봤니?"

"아니요."

겉으로 내색하진 않았지만 그 학생의 작품에 관심이 더 가는 건
어쩔 수 없었다. 다행히 학생은 원하던 대학교에 진학했다. 그리고
몇 번이나 휴학을 한 끝에 졸업반이 된 지금까지 일 년에 한두 번
씩 문자메시지를 보내왔다.

🍂

길 저편에서 누군가 꾸벅 인사를 해 왔다. 미성년 학생에서 성숙
한 여자로 탈바꿈한 스칼렛이었다. 그녀의 부풀어 오른 가슴이 눈
앞에서 왔다 갔다 하는 바람에 얼른 눈길을 돌렸다.

"선생님, 잘 계셨어요?"

"그래. 오랜만이다."

나는 어색함을 감추려 스칼렛의 어깨를 탁, 쳤다. 그녀가 앞장서
걸어갔다.

스칼렛이 혼자 찾아온 것도 처음이었다. 항상 동기들 몇몇과 함께
였는데, 오늘은 약속이 어긋난 모양이었다. 술집에서는 불판들마다

고기가 구워지는 중이었다. 실내에는 매캐한 연기와 고기 타는 냄새가 진동을 했고, 라디오 채널 수십 개를 한꺼번에 틀어놓기라도 한 듯 주변이 온통 시끌벅적했다.

삼겹살 삼 인분을 시켰다. 배가 고팠는지 스칼렛은 부지런히 젓가락질을 했다. 나 역시 출출했던지라 삼겹살과 소주를 뚝딱 해치웠다.

"선생님, 요즘 소설 안 쓰세요?"

나는 대답 없이 스칼렛의 빈 잔에 술을 따라주었다. 그녀도 더는 묻지 않았다. 그저 두 손으로 공손하게 술을 받더니 단숨에 비웠다. 바보처럼 해실해실 웃으면서 잔을 내밀었다.

"천천히 마셔라."

그녀의 발그레한 얼굴이 낯설었다. 오늘따라 스칼렛은 술을 넙죽넙죽 잘도 받아 마셨다.

"너, 무슨 일 있냐?"

"네. 있어요."

스칼렛이 기다렸다는 듯 우렁차게 대답했다. 나는 들고 있던 술잔을 내려놓고 그녀를 천천히 관찰했다. 고양이처럼 귀여운 얼굴에 성숙한 숙녀와 철없는 소녀가 공존하고 있었다. 교실에서의 엉뚱하면서도 강렬하던 눈빛이 떠올라 슬며시 웃음이 났다.

"선생님, 축하해주세요. 저 결심했어요."

"뭘?"

"취직 안 하기로요."

"그럼 뭐하려고?"

"음, 맞춰보세요."

"대학원에 진학할 거니?"

"아뇨."

"그럼, 시집이라도 가니?"

"에이, 선생님도……."

나는 왠지 조마조마한 심정이었다. 원래 영특하기도 했지만 엉뚱하기도 한 아이였다. 단지 일주일에 한 번씩 가르쳤던 나를 찾아와주는 것만도 고마웠다. 아직까지 나를 소설가로 대접해주는 것 역시.

"글쎄, 뭔데?"

"저요, 소설가가 되기로 결심했어요."

아뿔싸! 올 것이 왔다는 느낌이랄까. 하고 많은 것 중에 하필 왜……. 그녀의 결심이 결실을 맺기까지 헤쳐 나가야 할 힘겨움이 눈에 보이듯 선했다. 나는 비로소 깨달았다. 때가 되면 그녀가 내게 그런 말을 할 것이라 예상하고 있었음을. 지금이 바로 그때인 것을. 결국 불길한 예감이 들어맞은 것이다. 나는 대답 없이 빈 잔에 술을 따랐다. 스칼렛이 손가락으로 잔을 툭, 쳐주었다.

"그게 그렇게 쉽게 되는 게 아니란다."

나는 정색을 했다.

"그렇죠. 그래서 이제부터 몇 년 동안 소설에만 매달려보려구요."

불안감의 정체는 이것이었다. 만약 그녀가 어쩌다 한 번 만나는 학생이라면 아낌없이 격려해주었을 것이다. 전화로 결심을 알려 오기만 했어도 열심히 하라고, 말해주었을지 모른다. 만약 그녀가 자신은 재능이 없다고, 소설가가 되는 꿈을 포기하겠다며 울먹이기라도 했다면 오히려 이렇게 말했을 것이다. 아냐, 넌 재능이 충분해.

다만 시간과 운이 필요할 뿐이야. 그러니까 너무 급하게 서두르지 말고 꾸준히 쓰렴.

지금은 그럴 계제가 아니었다. 정말로 소설을 쓰겠다고, 결심을 밝힌 것이다. 가상이 아닌 실제 상황. 독립운동을 하기 위해 만주로 떠나겠다고 선언한 무남독녀를 마주하는 아비라도 된 듯 나는 착잡하다 못해 비장한 심정이었다.

머릿속으로는 이런저런 말들을 떠올렸다가 지우길 반복했다. 그녀는 결심만으로 소설가가 된 것처럼 살짝 들떠 있었다.

나는 스칼렛의 집안 사정이 넉넉하지 못하다는 걸 기억해냈다. 지방 도시에서 작은 사업체를 운영하는 집안의 맏딸이라던가. 아버지 사업이 어려워 파산 직전이라는 말을 들은 적도 있었다. 그녀 역시 몇 년째 학교 앞 고시원에서 지내는 중이라고 했다.

"인마, 정신 차려!"

나는 느닷없이 언성을 높였다. 스칼렛의 얼굴에서 웃음기가 싹 사라졌다.

"이놈아. 졸업하면 취직부터 해야지. 무슨 소설을 쓴다고 그래. 너 고시원 생활 지겹지도 않아? 그리고 부모님 생각은 안 해?"

"선생님, 왜 소리를 지르고 그러세요?"

스칼렛이 주변을 휘둘러보다가 손사래를 쳤다.

"지금 너한테 중요한 건 그게 아니잖아. 소설가도 밥은 먹고 살아야 돼. 그리고 확실하게 밥줄이 있는 소설가가 소설도 더 잘 써. 왠지 알아? 더 오래, 더 꾸준히 물고 늘어질 수 있기 때문이야."

"돈을 전혀 안 벌겠다는 게 아니잖아요."

"아니, 넌 세상을 너무 호락호락하게 보고 있어. 찰스 부코스키가 뭐라 그랬는지 알아?"

"몰라요."

"궁핍한 예술가의 신화는 다 새빨간 거짓말이라고 했어. 문학이니 예술이니 아무리 폼을 잡아도 먹고사는 게 먼저라는 말이야."

"선생님!"

스칼렛의 눈이 휘둥그레졌다. 취기가 올라 얼굴이 홧홧거리면서 살짝 어지럼증이 일었다.

"왜?"

"너무 실망이에요. 왜 그렇게 변하셨어요?"

"변하긴 내가 뭘 변했다고 그래."

"전 아직까지 선생님이 수업시간에 하셨던 말씀 기억하고 있어요. 뭐라고 했는지 물으시면 토씨 하나 안 틀리고 그대로 말씀드릴 수 있다고요."

"내가 뭐라 그랬는데?"

"성경에 그런 말이 있다고 그러셨잖아요. 공중을 나는 날짐승도, 들판을 돌아다니는 들짐승도 다 자기가 먹을 것을 갖고 태어났다. 하물며 하나님의 자식인 너희들을 내가 굶기겠느냐."

"그건, 성경에 그런 말이 있다고 비유를 든 거고. 게다가 넌 기독교도도 아니잖니."

"교회 다니라고 하신 말씀이 아니었잖아요."

"그야 그렇지. 하지만 지금은 예수가 살던 시대가 아니라 냉혹한 정글자본주의가 활개 치는 시대잖니."

"아직 안 끝났어요."

"어디 해봐라."

"자기 자신의 욕망에 충실해라. 다른 사람들, 세상의 말들보다 자기 내면의 목소리에 충실해라. 만약 너희들이 문학을 하고 싶다면 문학을 해라. 시를 써도 좋고 소설을 써도 좋고 희곡이나 시나리오나 르포를 써도 좋다. 문학은 인생을 걸 만한 가치가 있다. 그리고 또 뭐라 그러셨는지 아세요?"

"기억 안 나."

"다 먹고살게는 되어 있다. 그리고 한 살이라도 젊을 때 시도하고, 실패를 두려워하지 마라."

"정말 내가 그렇게 이야기했다구?"

"그래요. 정말 기억 안 나세요?"

느닷없이 기침이 터져 나왔다. 사례가 들려 한참을 콜록거리고 나자 눈물이 났다. 그런 나를 스칼렛은 의아하다는 듯 쳐다보았다.

그런 말을 하고 있는 내 모습을 상상하자니 민망해서 도망치고 싶을 지경이었다. 솔직히 내 입으로 그런 말들을 했다는 게 믿기지 않았다. 확실히 지금과는 많이 달랐던 모양이다. 스칼렛은 그런 나를 못마땅한 눈으로 바라보았다. 제자의 눈빛이 부담스러워 나는 잠깐 딴청을 부렸다. 크게 심호흡을 한 뒤에 말을 이었다.

"그때는 너희들이 학생이니까 그런 말을 했겠지. 그래도 명색이 소설가 선생인데, 문학에 대한 희망을 불어넣어줘야 하지 않았겠니?"

"그럼 지금은 아니세요? 그때는 마음에도 없는 말을 그렇게 하셨던 거예요?"

"그게 아니라, 소설을 쓴다는 게 각오만 가지고 되는 일은 아니란다. 넌 세상을 아직 몰라."

"제가 세상을 모른다고요? 어른들은 늘 그렇게들 말하죠. 너희들은 세상을 모른다. 그럼 세상을 잘 아는 선생님은 그렇게 잘 알면서 왜 그러고 계신데요?"

"그러니까 그게 말이다……"

"오늘 보니 선생님도 다른 어른들하고 똑같아요."

"다 너를 위해서 하는 말이야."

"저요, 제 결심을 선생님한테 제일 처음 털어놓는 거라구요. 근데, 정말 너무 실망이에요. 그렇게 말씀하실 줄 몰랐어요. 저, 오늘 선생님 괜히 만나러 온 것 같아요. 저는 뭔가 격려를 기대하고 온 건데."

스칼렛이 울먹이며 고개를 숙였다. 당장이라도 눈물을 뚝뚝 흘릴 것만 같았다. 나로서도 무척 당혹스러웠다. 그러나 당장의 섭섭함을 피하려고 무책임하게 말할 순 없었다. 소설을 쓸 사람은 누가 뭐라 해도 쓸 테니까. 그녀가 벌떡 일어났다.

"저, 그만 갈게요."

나는 스칼렛의 옷소매를 붙잡았다. 그녀의 얼굴에 한 줄기 눈물이 주르륵 흘러내렸다.

"일단 앉아봐라."

"싫어요. 안녕히 계세요."

스칼렛은 내 손을 뿌리치더니 도망치듯 나가버렸다. 나는 술값을 치르고 부랴부랴 그녀를 뒤쫓았다. 주점 골목의 인파 사이로 멀어지는 스칼렛의 뒷모습이 보였다. 몇 번이나 불러도 그녀는 돌아보지 않았다. 뛰듯이 걸어도 그녀와의 거리는 점점 멀어지기만 했다. 그녀는 학원 골목을 지나더니 노량진역 육교 계단으로 올라갔다. 육교 위에서 한 무리의 사람들이 내려오고 있었다. 나는 그들이 지나가길 기다렸다가 계단을 뛰어올라갔다. 스칼렛은 이미 역 개찰구를 지나 승강장 안으로 들어서고 있었다. 나는 걸음을 멈추었다. 핸드폰으로 전화를 걸까 하다가 그만두었다. 도로에는 붉은색 미등을 켠 차들이 꼬리를 물고 이어져 있었다. 그것들을 사이에 둔 길가의 풍경은 비슷한 듯 어딘가 달랐다. 고시촌이 밀집된 동작경찰서 쪽 보도가 훨씬 번잡스러웠다. 반면 노량진역사 쪽 보도는 한결 여유로웠다. 오늘따라 그곳이 어쩐지 건널 수 없는 곳처럼 여겨졌다. 나는 육교 중간에서 노량진역의 환한 개찰구를 바라보다가 돌아섰다. 육교 위 중간 지점엔 두 손을 앞으로 펼쳐서 내민 채 엎드린 걸인이 있었다. 마치 그가 저승길에서 동전을 받아내는 신화 속 카론처럼 보였다. 저승 입구로 들어서기라도 하듯 나는 고시촌으로 다시 무거운 발걸음을 돌렸다.

나는 혼자 술집에 앉아 있었다. 취기 때문이었을까. 시간을 거스른 말들이 부메랑이 되어 심장에 날아와 박혔다. 내가 그런 말을 하던 순간들이 새록새록 떠올랐다. 나는 그 시절들로부터 얼마나 멀리 떠나온 것인가. 부끄러움을 넘어 삶 자체가 치욕스러웠다. 누군가 그랬었지. 목숨이 곧 치욕이라고.

그런 것은 나중에 취미로나 해라.

어머니는 얼음장처럼 차갑게 말했었다.

어린 시절, 휴일이면 아버지는 나를 자전거에 태우고 읍내 극장을 드나들곤 했다. 이따금은 나를 데리고 다니며 친구들을 만나기도 했다. 내가 꾸벅 인사를 하면 아버지의 친구들은 내 뒤통수를 쓰다듬거나 손에 동전을 쥐여주었다. 그들 중엔 유난히 피부가 뽀얗던 여자도 있었다. 달콤하고 향긋한 냄새를 풍기던, 얼굴은 기억나지 않는 여자.

아버지와 함께 극장에 다니던 시절은 내가 초등학교에 들어가자마자 끝이 났다. 평온했던 유년이 종말을 고한 것이었는데, 아버지가 무슨 일인가로 실직을 당했기 때문이었다. 아버지는 그때의 싸움에서 패배했고, 다시는 일어서지 못했다. 마치 단 한 번의 결투로 쓰러져버린 서부영화 속 총잡이처럼. 아버지 나이 사십 대 후반에 접어들었을 때였다.

회사에서 밀려난 아버지는 무기력했다. 잡화점을 하기도 했고, 무슨 사업인가를 벌였다가 통째로 말아먹기도 했고, 월부 책장사를 하기도 했다. 하지만 모두 헛된 시도로 끝이 났다. 나중엔 동료의 빚 보증까지 서서 얼마 남지 않은 재산마저 날렸다. 아버지가 마지막으로 가진 직업은 고등학교 수위였다. 아버지는 그곳에서 20년 가까운 세월을 보내고 은퇴했다. 아버지의 벌이만으로는 생활이 되지 않았기에 어머니가 10년 가까이 보험 일을 했고, 장성한 누나가 직장생활을 하며 가계를 도왔다.

어머니는 아버지의 말투와 몸동작을 나와 누나 앞에서 흉내 내고 놀려대길 좋아했다. 마치 실패한 자신의 삶을 그것으로 보상받기라도 하겠다는 듯이.

신학기에 제출하는 가정환경조사서의 '아버지 직업' 란에 번번이

'교사'라고 적어 넣은 것도 어머니였다. 엄마, 아버지가 선생님이야? 아니잖아. 내가 눈이 동그래져 항의하듯 말해도 눈 하나 꿈쩍하지 않았다. 그냥 그렇게 말해. 어머니는 어린 자식이 기가 죽을 것을 염려했던 것이리라. 그러나 어머니의 그런 태도를 통해 나는 아버지의 직업이 부끄러운 것임을 배웠다. 거짓말이라는 부끄러움도 함께. 거짓말을 안 해도 부끄럽고, 거짓말을 해도 부끄러운 게 인생임을 나는 일찌감치 터득했다. 형편상 수도 없이 이사를 다녀야 했고, 그때마다 가정환경조사서를 제출해야 했기에. 유일한 소원이 가정환경조사서 같은 걸 써내지 않아도 될 만큼 훌쩍 자라는 것일 때도 있었다. 대학을 졸업하고 광고회사에 취직했을 때만 해도 소원을 이루는가 싶었다. 인생에서 취업이라는 부분적인 승리를 거두었기 때문이다. 나는 곧바로 집을 떠나 원룸을 얻었다. 그러나 나는 샴페인을 너무 일찍 터뜨리고 말았다. 취업은 기나긴 승부의 리허설에 지나지 않았다. 진짜 승부는 훨씬 치열하고 숨 막혔다. 그 시절, 광고업계는 본격적인 합종연횡과 인수합병의 시기였다. 정글의 논리는 회사 조직에 널리 퍼져 있었다. 다른 부서나 동료와의 경쟁에 나는 늘 전전긍긍했다. 결국 회사가 합병되면서 구조조정 바람이 불어닥쳤다. 내 이름도 퇴출 명단에서 예외가 되진 못했다. 보다 작은 광고회사로의 이직은 얼마든지 가능했다. 그러나 나는 그렇게 하고 싶지 않았다. 도피의 심리였을까. 아니면 반항의 심리였을까. 그 시절, 나는 소설만이 내 삶의 구원임을 어렴풋이 깨달았다. 소설을 쓰겠다고, 소설가가 되기까진 다른 아르바이트로 생계를 해결하겠다고 다짐했다. 내가 결심을 밝혔을 때, 아버지는 사업을 넘겨주는 계약서에 도장이라도 찍듯 말했다.

"네가 해보고 싶다면 한번 열심히 해보거라."

담담한 말투였지만 그것이 아버지가 해줄 수 있는 최선임을 나는 모르지 않았다. 어머니의 반응은 백팔십도 달랐다. 그녀는 너무도 냉정하게 잘라 말했다.

"그런 것은 나중에 취미로나 해라."

나는 어머니에게 복종하지 않았고 사사건건 충돌했다. 어머니는 내 행동을 반항으로 받아들였던 것 같다. 가족 예배에서 그녀가 가장 많이 강조하는 것은 '순종'이었다. 그녀는 특히 구약성경의 잠언 편을 자주 인용했다.

"내 아들아, 내 가르침을 잊지 말고, 내 명령들을 네 마음에 소중히 간직하여라. 그렇게 하면 너는 오래 살고, 성공하게 될 것이다."*

나는 기꺼이 어머니와 멀어지는 길을 선택했다.

언젠가부터 집에 전화를 거는 일조차 의식적으로 멀리했다. 통화를 하고 나면 기분이 바닥 모를 곳까지 곤두박질쳤기 때문이다. 그러나 오늘만큼은 어머니를 이해할 수 있을 것 같았다. 아버지의 실직으로 지긋지긋한 가난에 시달려야 했던 어머니. 하고 싶은 것과 할 수 있는 것은 엄연히 다름을 간파했던 어머니. 세상의 거센 물줄기와 싸워 이길 수 있는 사람은 아무도 없으며 그것을 추종하는 것만이 최선이라 체감했던 어머니. 나의 실패를 누구보다 정확하게 예견했던 어머니. 갑자기 동물적인 본능과도 같이 하나의 결심이 치받아 올라왔다.

---

* 『일러스트 쉬운 성경』 잠언 3장 1~2절, 아가페출판사, 2007.

이름
값

소정훈과 나는 고시원 방바닥에 마주 앉아 있었다. 신문지 위엔 감자칩 한 봉지와 소주병과 종이컵이 어지럽게 펼쳐져 있었다.

"그런데, 이름은 무엇으로 하지요?"

소정훈은 골똘히 생각에 잠겨 있었다. 나는 차분히 대답을 기다렸다. 답답한 마음에 일어나 창문을 열었다. 골목을 오르는 누군가의 하이힐 굽 소리가 가까워지고 있었다. 또각 또각 또각.

해질 무렵, 소정훈에게 전화를 걸어 만나자고 했다. 마침 그도 시간이 비어 있다며 수락했다. 고시원으로 찾아온 그에게 나는 황의 제안에 대해 털어놓았다. 나 혼자서는 소설을 쓰기 벅차다고, 함께 해보는 게 어떻겠느냐고. 소정훈은 잠깐의 망설임 끝에 고개를 끄덕였다. 그러니까 지금의 술자리는 둘의 협력을 축하하는 자리였다.

그가 잔을 들며 한마디 덧붙였다.

"나한테 제안을 해줘서 고맙군요."

나로선 천군만마를 얻은 셈이었지만 겨우 첫발을 내디뎠을 뿐이다. 어떻게 소설을 쓸 것인가, 그것을 어떻게 당선시킬 것인가. 나침반도 없이 눈보라 치는 시베리아 설원에 버려진 듯 막막했다. 우리는 각자의 궁리에 빠져 술잔만 비웠다. 고시원 현관문 열리는 소리가 방 안에 들어찬 정적을 기우뚱 흔들어놓았다.

"당선이 되면 상금을 어떻게 나눌 거요?"

소정훈이 물었다.

"황이 5천을 가져가기로 했으니까, 남은 상금을 똑같이 나눠야지요."

"그럼 한 1억쯤 되려나?"

"그 정도 되지 않겠어요?"

"아까 공 작가 말대로 이름은 또 뭘로 할지……."

그는 머쓱하게 웃으며 말을 흐렸다. 그때, 방 바깥에서 인기척이 났다. 소정훈이 고개를 돌려 방문을 노려보았다. 나는 용수철처럼 튕기듯 자리에서 일어났다. 방문을 열자마자 누군가가 벌러덩 뒤로 나자빠졌다.

"엄마야."

놀란 표정으로 엉덩방아를 찧은 이는 치코였다. 평소와 달리 옷을 차려입고 얼굴엔 옅은 화장까지 하고 있었다.

"여긴 웬일이에요? 전화도 없이."

"전화를 안 받길래. 누가 홍삼액을 보내와서 좀 나눠 주려고 가져왔어요."

그녀가 대수롭지 않다는 듯이 말했다. 그러곤 복도 바닥에 놓인

쇼핑백을 들어 내밀었다. 나는 얼떨결에 그것을 받아 들었다.

"혼자 먹지 뭘 이런 걸 다⋯⋯. 그리고 전화 좀 미리 하고 오라니까요."

"전화했는데, 당신이 안 받았다니까요."

언제나처럼 말문이 막혔다. 나와 치코가 실랑이하는 모습을 소정훈이 지켜보고 있었다.

"안에서 하는 이야기 들었어요?"

그가 치코를 매의 눈으로 쏘아보았다. 치코는 헝클어진 머리를 매만지며 고개를 끄덕였다.

"네? 네. 대충요."

나는 화가 머리끝까지 치밀어 치코의 팔목을 잡아끌었다. 치코는 그럴수록 더 강하게 반발했다. 고시원 바깥으로 끌고 나가려 했지만 그녀가 내 손을 필사적으로 뿌리쳤다.

"왜 이래요? 누가 듣고 싶어서 들었어요? 밖에서 보니 방 불이 켜져 있길래 깜짝 놀라게 해주려다가, 말소리가 나서⋯⋯."

한마디로 횡설수설이었다. 소정훈은 나까지 의심하는 눈치였다. 이러다가는 밥상을 차려보지도 못하고 걷어차일 판이었다.

"사람을 이렇게 쫓아내는 법이 어딨어요? 그것도 파트너한테."

치코는 기어이 내 방으로 들어가버렸다. 나도, 소정훈도 치코의 뒷모습을 굴속으로 들어가는 너구리 보듯 지켜볼 수밖에 없었다.

"누구예요?"

소정훈이 내게 시선을 돌리고 물었다.

"그러니까 그게⋯⋯."

어디서부터 어떻게 말해야 할지 난감했다. 사실 치코와의 관계를 적절하게 설명하기란 쉽지 않았다. 친구 사이도, 애인 사이도, 그냥 아는 사이도 아니었다. 혀끝에 대롱대롱 매달려 입 밖으로 나오려던 '파트너'라는 말도 꿀꺽 집어삼키고 말았다. 자칫 듣는 사람이 섹스파트너로 오해할 수 있을 것 같아서. 결정적일 때 나타나 고춧가루를 뿌려대는 치코 대신 소정훈을 고시원 바깥으로 데리고 나왔다. 그리고 치코와의 애매한 사이에 대해 이야기해주었다.

"나 말고도 공 작가의 파트너가 한 명 더 있었다 이 말이구먼. 무슨 사이요?"

"아, 그런 사이는 절대 아니에요."

안 하느니만 못한 변명이었다.

"그런 사이라니?"

소정훈의 입가에 보일 듯 말 듯 웃음이 스쳐갔다.

"그러니까 제 말은 단지 업무적인 관계라는 거죠."

나는 재빨리 덧붙였다.

"그리고 이번 건은 선배한테만 털어놓은 겁니다. 저 여자는 그저 잡문 파트너일 뿐이에요. 워낙 성격이 제멋대로여서 갑자기 나타날 거라 예상을 못 했네요."

"글은 좀 씁니까?"

소정훈은 냉정을 잃지 않았다.

"초짜긴 하지만 감각은 있어요. 요샌 나보다 콘테스트 실적이 더 좋더라구요."

"그런 거 말구. 소설이란 걸 좀 아나 그 말입니다."

"글쎄요. 그건 저도……."

"믿을 만한 친구이긴 한 거요?"

"글쎄, 그것도……."

사실 그녀에 대해 알고 있는 정보 자체가 없었다. 종잡을 수 없고 제멋대로인 성격이라 예측 불가능한 측면이 많다는 것뿐. 나로선 그녀가 내게 약간의 호감을 갖고 있다는 정도만 확신할 수 있었다.

"어차피 이렇게 된 거 함께 해보는 건 어떻겠어요?"

소정훈이 작심한 듯이 물어 왔다. 나는 얼떨떨해져 가만히 숨을 골랐다. 내 방으로 들어가는 치코의 고집스런 뒷모습이 그려졌다.

"괜찮겠어요?"

"이 나이가 되면 뭐랄까, 사람이 조금 보입니다. 당신이나 나나 별로 머리 회전이 빠른 사람들은 아니에요. 하지만 저 여자는 달라요. 잠깐 봤지만 절대 기회를 놓칠 여자가 아니라는 느낌이 들었어요. 이미 당신과 콘테스트 파트너를 해왔다면 더더욱 그렇겠지요."

절로 고개가 끄덕여졌다. 치코는 먹잇감 앞에서 호락호락 물러설 여자가 아니었다. 적을 무찌르지 못할 바엔 차라리 동지로 만들라. 그야말로 치코를 위한 격언이었다.

"상금이 반에서 3분의 1로 줄어들 텐데……."

나는 뒷말을 흐렸다.

"아까도 기회를 봐서 말하려고 했는데, 난 사실 상금에는 관심 없어요."

나는 소정훈을 물끄러미 쳐다보았다. 치코가 느닷없이 나타난 것보다 더 의아스러웠다.

"무슨 뜻인지……."

"그때도 말했지만 나는 이렇다 할 기회조차 부여받지 못하고 잊혀져버린 작가가 됐어요. 내일모레면 내 나이가 오십 대 중반이오. 그동안 쓴 장편소설만 다섯 편입니다. 그것들이 빛도 못 보고 사라질 판이에요. 그러니까 나는 이번 기회를, 다시 작가로서 도약할 수 있는 발판으로 만들고 싶습니다. 그게 내가 공 작가의 제안에 기꺼이 응한 이유예요."

"그러니까……."

"상금은 그냥 원고료 정도만 받을게요. 대신 그 작품을 내 이름으로 내게 해줘요."

가까스로 풀리던 실타래가 다시 엉켜버린 듯했다. 느닷없는 치코의 등장에, 예상치 못한 소정훈의 제안까지. 한편으론 나름 합리적인 제안이었다. 물론 이름이 탐나지 않는 것은 아니었다. 이름을 얻는다면 당선 이후까지 보장받을 확률이 높을 테니까. 하지만 내게 더 시급한 것은 상금이었다.

"그러니까 선배는 이름을 얻고, 저와 저 여자는 상금을 얻고, 뭐 그런 건가요?"

"그렇지요. 원고에 대한 수고비, 작업비로 내겐 2천만 원만 주시오. 이 작업을 하게 되면 다른 일을 할 수 없게 되고, 그동안의 생활비와 수고비 정도는 나도 필요하니까."

"나머지 전부를 나와 여자가 나눠 갖는다?"

"대신 당선이 되는 순간 이건 철저하게 나 혼자만의 작품이 되는 거요."

"이름값이 더 비싸군요."

"받아들이기 어려워요?"

"그건 아닌데, 또 다른 문제가 생깁니다. 황은 나하고만 밀약을 한 것이니까 심사를 할 때 내 이름에만 한 표를 줄 겁니다. 선배님 이름으로 내면 황 편집자의 한 표를 기대할 수 없어요. 그에게 나와 선배의 공모를 말할 수도 없구요. 어떻게 하지요?"

"그런 문제가 생기는군."

느닷없이 암초가 돌출했지만 곧 해결책이 떠올랐다. 어차피 황만 속이면 되는 문제였다. 일단 작품을 필명으로 낸 뒤, 황에게 필명을 알려주는 것이다. 당선작으로 결정된 뒤 소정훈이 그것을 자신의 작품이라 주장해도 황으로선 어쩔 수 없을 터였다. 뒤늦게 눈치챈다 한들 자기 뒤가 구린 마당에 당선을 취소시키긴 힘들 테니까. 내가 아이디어를 말하자 소정훈이 고개를 끄덕였다.

"그럼 됐네요. 다음에 저 여자와 함께 회의를 합시다. 어떤 이야기를 어떻게 써나갈지. 그리고 당선을 시키기 위해 우리가 할 수 있는 최선의 방법이 무엇인지. 작품이 좋은 게 나오고 운이 따라준다면 모든 게 해결되겠지만, 하여간 한번 논의를 해봅시다."

나는 소정훈과 악수를 하고 헤어졌다. 치코는 여전히 내 방에서 나오지 않고 있었다.

우리 셋은 치코의 옥탑방에서 첫 번째 회의를 열었다. 그녀의 방은 깔끔하게 청소가 되어 있었다. 한쪽 벽에 놓인 한 단짜리 책장에 소설책도 몇 권 보였다. 관계심리학이나 재테크, 자기계발서 같은 실용서들이 훨씬 많긴 했지만.

그날 내 제안을 들은 치코는 눈을 반짝이며 말했다.

"그럼 저도 끼워주는 거예요? 3억. 아, 말만 들어도 가슴이 뛴다."

"그게 전부 당신 차지는 아니지. 하지만 잘만 되면 1억 가까이 쥐게 될 거요."

"아, 그게 어디예요!"

예상했던 반응이었다. 나는 내심 그녀를 어떻게 활용해야 할지로 고민이었다. 그녀가 어떤 역할을 해낼 수 있을지 감이 안 잡혔다. 남의 속도 모르고 치코는 신이 나서 떠들어댔다.

"회의를 한다고 했지요? 그럼 우리 집에서 해요. 옥탑방이라 좁긴 하지만 노명 씨 고시원보다는 훨씬 나을 거예요. 우리 집 알죠?"

나는 현관 앞에서 둘을 인사시켰다. 소정훈은 담담했지만 치코는 특유의 눈웃음을 흘렸다. 나와 소정훈이 들어가 앉자 치코가 종이컵에 티백 차를 내왔다. 나는 그녀에게 소정훈의 제안과 우리의 응모 계획부터 확인시켜주었다. 치코는 상금을 더 많이 갖게 된다는 사실에 기뻐하는 눈치였다.

"앞으로 어떻게 진행할지 대강의 일정을 정해봅시다. 초고는 언제까지 쓸 건지, 어떤 방식으로 쓸 건지, 또 작품 쓰는 것 이외에 우리가 대비해야 할 것은 무엇인지."

소정훈은 마치 역사적인 상륙작전의 지휘관처럼 말했다.

"일단 최근 장편소설 당선작의 흐름 정도는 알아야 하지 않을까요? 어떤 작품들이 되는지 파악을 해둬야 할 것 같아요."

소정훈이 고개를 끄덕였다.

"혹시 최근 당선작들 읽은 것 있어요?"

"아니요. 손을 놓은 지 오래돼서…… 있으세요?"

"나도 없어요."

"아휴, 내가 제일 낫네. 나는 몇 편 읽었어요."

나와 소정훈이 동시에 치코를 돌아보았다. 그녀는 책장에서 네 권의 소설책을 의기양양하게 뽑아서 내려놓았다. 최근에 발간된 장편소설상 당선작들이었다.

"이 정도 준비성은 있어야죠. 회의하기로 한 뒤에 곧바로 주문해서 이틀 동안 하루에 두 권씩, 네 권을 독파했다구요."

치코는 한껏 우쭐댔다. 나도 그렇지만 소정훈도 감탄한 눈빛이었다.

"정말 준비성 하나는 철저하네요. 대단해요."

"요새 경향들이 어때요? 주로 어떤 작품들을 뽑아요?"

"제가 뭘 알겠어요? 고작 네 권 읽어본 것뿐인데……."

그녀답지 않게 갑자기 꼬리를 내렸다.

"뭐, 괜찮으니 느낀 대로 한번 말해보세요. 우리도 읽어보긴 할 테니까."

"다 다르긴 한데, 일단 요즘 시대상을 반영한 작품들이 많은 것 같아요. 어렵고 힘든 시대잖아요. 그래서인지 주인공들도 하나같이 잉여들이에요. 낙오자나 실업자, 혹은 청년 백수 같은. 하지만 풀어내는 방식은 다 다른 것 같아요."

치코는 회사에서 브리핑을 하듯 바닥에 놓인 책을 한 권씩 들어

보이며 설명을 이어갔다.

"듣고 보니 정말 다 다르군요. 그래도 공통점이 있지 않을까요? 그 작품들을 하나로 꿰는 코드나 특징 같은 것 말이에요."

치코의 말이 끝나자 소정훈이 질문 공세를 폈다.

"그게 다 달라서 쉽게 파악이 안 되는데, 음, 굳이 공통점을 찾자면 팍팍하고 막막한 이야기들을 대체로 다 유머러스하게 풀어낸 점 같아요."

"적어도 한 가지는 알아낸 것 같군요. 어떤 소재로 무슨 이야기를 쓰든 가벼운 스타일이 유리하다는 것 말이에요."

소정훈이 가방을 뒤적거리더니 시놉시스를 꺼내서 돌렸다. 모두 다섯 장 분량이었다. 인물과 사건, 배경은 물론 이야기의 진행도 단계별로 짜여 있었다. 이번에는 소정훈의 준비성에 감탄하지 않을 수 없었다. 나도 준비를 해 오긴 했지만 그저 형식적인 수준에 불과했다.

"예전에 써보려고 했던 장편소설인데, 이걸로 하자는 건 아니고, 뭐라도 들고 있어야 새로운 아이디어가 나올 수 있을 것 같아서 가지고 왔어요."

나는 소정훈의 시놉시스를 빠르게 읽었다. 일종의 환상소설이었다. 오랜 실업생활 끝에 주인공이 어느 날 은행에 취직을 하면서부터 소설은 시작된다. 주인공은 취업 직후 오랫동안 뒷바라지해온 여자와 매몰차게 헤어진다. 같은 은행에서 일하는 동료 여자와 눈이 맞은 것이다. 그때부터 그는 몸에 꼬리뼈가 자라나는 환상에 시달린다. 주인공의 환상은 현실로 변하고 그가 회사에서 성공 가도를 달릴수록 꼬리뼈는 점점 더 자라나고, 마침내 이상한 동물원에 갇혔다가 탈출해서 죽는 것으로 이야기는 끝이 났다.

시놉시스를 읽고 나서 한 가지 의문이 들었다. 이야기 자체만 놓고 보면 특별히 좋지도 나쁘지도 새롭지도 않았다. 좋게 말하면 카프카적이라 볼 수 있었지만 나쁘게 말하면 몇 년 전까지 유행했던 무국적 알레고리 소설들과 비슷했다. 내가 의아하게 여긴 것은 작품의 성격이었다. 처음 만났을 때, 소정훈은 말했었다. 그가 추구하는 세계는 서사가 중시되는 소설이라기보다 의식 자체를 관찰하는 소설이라고. 그래서 『율리시스』같이 머리 아픈 작품을 무려 네 번이나 읽었다고 하지 않았던가. 그렇다면 그는 장편상 당선이라는 현실적 목표를 위해 잠깐 외도를 하겠다는 것인가. 아니면 자신의 문학적 성향을 바꾸겠다는 것인가. 내가 의문을 궁굴리고 있을 때, 치코가 먼저 반응을 보였다.

"이건 너무 진부하네요."

소정훈의 표정이 미세하게 흔들렸다. 아무리 시놉시스라 해도 치코 같은 아마추어 '초짜'에게 '진부하다'는 말을 듣고 언짢지 않을 소설가는 없을 것이다.

"노명 씨는 어때요?"

나는 신중하게 말문을 열었다.

"이야기가 너무 단선적이어서 장편소설감 같지는 않구요. 그리고 전에 전통적인 서사가 중심이 되는 소설에는 별로 관심이 없다고 했던 것 같은데……."

"아, 일단 당선을 해야 하니까. 그리고 난 이런 알레고리적인 소설도 좋아해요. 언제 기회가 되면 써봐야겠다고 생각하고 있었는데, 이번에 써보면 어떨까 싶었던 거죠."

나는 살짝 실망했지만 곧 그럴 필요가 없음을 깨달았다. 차라리 다행이었다. 이 자리는 문학정신을 고집하는 게 아니라 버려야 하는 자리였다. 당선작을 만들어 상금을 타기 위해 공동창작을 도모하는 자리. 자신이 쓰고 싶은 소설이 아닌, 독자들이 읽고 싶은 소설을 써야 했다. 독자, 그중에서도 파워 독자라 할 수 있는 심사위원들이 원하는 바가 무엇인지 고민하는 것이 중요했다. 그런 면에서 소정훈이나 치코는 심리적인 준비를 모두 마친 상태였다.

"시놉시스만으로 판단하는 것도 무리겠지만 이 상태로는 저 역시……."

"알겠어요. 처음부터 다시 생각해보기로 해요."

나는 잠시 사이를 두고 말을 이었다. 황의 제안을 상기시키기 위해서였다.

"일단 영화로도 만들어질 것이란 점을 염두에 둬야 해요. 그러려면 스토리가 탄탄하고 흥미로워야 할 것 같아요. 섣불리 환상이나 관념적인 주제를 끌어들이다가 어설퍼지면 안 되니까요."

"그럼 두 분 준비한 것도 볼까요?"

내가 먼저 두 장짜리 시놉시스를 꺼내 돌렸다. 아직 엉성한 아이디어를 내보여야 한다는 사실이 언짢았지만 어쩔 수 없는 일이었다.

"일단 뭐라도 있어야겠기에 작성해본 거니까 그렇게들 알고 훑어보세요."

사실 시놉시스라고 할 것도 없었다. 며칠 동안 고심해도 떠오르는 게 없어 내가 처한 현실을 과장하고 비틀어보았을 뿐이다. 가난하고 이름 없는 소설가들이 공모전 상금을 타내기 위해 이합집산하며 쟁투하는 과정을 그린 것이었다.

"이건 우리 이야기잖아요."

치코가 시놉시스를 읽다 말고 킥킥 웃어댔다. 소정훈은 묵묵히 생각을 가다듬는 듯 보였다. 솔직히 좋은 평을 기대하진 않았다. 기발한 상상력을 펼쳐놓은 것도 아니고 그냥 떠오르는 대로 끄적거린 거였으니까. 그런데 소정훈의 평가가 의외였다.

"괜찮은데요."

"정말요?"

"네. 하지만 액자소설이니까, 만약 이걸 소설로 만들자면 소설 속 소설을 무엇으로 채울지가 핵심일 것 같군요."

"그건 아직 생각하지 못했어요."

이번에는 치코가 자신의 시놉시스를 꺼내서 돌렸다.

나는 그것을 빠르게 훑어보고 내려놓았다. 축구단에서 선수를 공개 모집하기 위해 서바이벌 게임을 한다는 이야기였다. 어린 시절, 축구선수가 꿈이었지만 갖가지 일자리를 전전하다가 현재는 택배기사를 하고 있는 주인공이 공개 모집 광고를 보고 참가해서 꿈을 이룬다는 설정이었다. 리얼리티 서바이벌 게임이란 소재도 지나치게 흔하지만 이야기 전개도 상투적인 성공담에 그치고 있었다. 게다가 축구선수가 되고 싶은 남자는 뜬금없게도 고아 출신이었다. 나는 싱크대 앞으로 가서 일회용 커피를 한 잔 타 왔다. 치코가 입을 비죽 내밀고 눈을 흘겼다. 내 행동을 무성의하다고 본 모양이었다. 소정훈은 세심하게 시놉시스를 검토했다. 치코가 기대감에 차서 그를 바라보았다.

"이건 너무 흔한 상상력인 데다 개연성도 부족해서 안 되겠어요."

치코는 실망감을 감추려는 듯 혀를 살짝 내밀었다.

"저야 소설을 알아야 말이지요."

"현재로선 노명 씨의 시놉이 가장 나은데요. 하지만 두 가지 문제가 걸리는군요."

"뭐죠?"

"그러니까 소설가소설이잖아요. 아무래도 소설가소설은 흔하기도 하고, 또 신선함에서 떨어지는 편이니까 그게 첫 번째고, 또 액자 속 이야기를 무엇으로 할지, 그게 두 번째 걸리는 점이에요."

나도 전적으로 수긍하는 점이었다.

"그렇게 걸리는 게 두 가지나 있는데 대체 뭐가 좋다는 거지요?"

치코가 골이 난 듯 부루퉁히 물었다.

"그래도 우리 사회의 현실을 반영하는 뭔가가 있잖아요. 이 빌어먹을 세상을 옮겨다놓은 듯한 무엇인가가. 잘만 쓴다면 설득력이 있을 것도 같아요."

소정훈이 나와 치코를 번갈아 보며 대답했다.

"그러니까 그 뭔가가 뭐냐구요?"

"그 뭔가가 뭔지는 정확히 모르겠지만 하여간 뭔가가 있는 것 같긴 해요."

치코가 피이, 하면서 고개를 돌렸다.

"하지만 너무 직접적인 건 안 좋아요. 상징이 필요할 것 같아.

소설 속의 내용을 이끌어갈 상징 말이에요."

"그게 소설 속 소설과도 연관이 되어야겠죠."

소정훈이 말하고, 내가 대답했다.

"그럼 소설 속 소설을 내가 만든 축구 콘테스트로 설정해보면 어때요?"

치코가 손가락을 딱, 튀기며 외쳤다.

"축구 이야기는 박현욱이 『아내가 결혼했다』에서 써먹었잖아요."

내가 치코에게 딱 잘라 말했다.

"박현욱요?"

"그래요. 안 읽어봤어요?"

"그 사람이 소설가예요? 영화감독 아니에요? 〈올드보이〉 만들었던."

치코가 눈을 동그랗게 뜨고 되물었다.

"그 사람은 박찬욱이구요."

"아, 그런가. 박찬욱, 박현욱. 왜들 이름까지 비슷하고 난리야?"

"축구는 좀 그렇지만 스포츠는 괜찮을 것 같은데……. 어차피 영화화를 노리는 것이라면 대중성도 생각해야 할 테고."

소정훈이 말했다.

"맞아요. 감동적인 영화들 중에 스포츠영화가 얼마나 많아요?"

치코가 손뼉을 치며 맞받았다. 소정훈이 치코의 말을 황급히 가로막았다.

"하지만 축구는 곤란해요. 박현욱뿐만이 아니라 영화 소재로도 여러 번 사용된 데다 노명 씨가 준비한 걸 텍스트와 부합하기도 쉽지 않아요."

"그럼 야구는 어때요?"

"그건 박민규가 썼잖아요.『삼미 슈퍼스타즈의 마지막 팬클럽』. 그
것도 안 읽어봤어요?"

내가 다시 면박을 주었다. 치코는 눈 하나 꿈쩍하지 않았다.

"음, 그럼 피겨스케이팅. 김연아도 있으니까."

"그것도 소설적이라는 느낌은 안 드는데요."

"그럼 역도? 역도 괜찮다. 장미란이 있으니까."

"그것도 마찬가지예요."

"그럼 경마? 아니면 사격? 씨름? 격투기?"

"격투기?"

나와 소정훈의 눈길이 마주쳤다.

"뭔가 치열한 느낌은 있는데, 너무 대중적인 냄새가 나네요."

내가 갸웃거리는데, 소정훈이 고개를 저었다.

"아휴, 웬만한 건 다 써먹었네요."

치코가 한숨을 쉬며 투덜거렸다.

"소재를 써먹은 것 자체가 문제가 되진 않아요. 소재라는 건 누구
나 쓸 수 있고 실제로 반복되곤 하니까. 다만 그것을 새롭게 보여주
는 게 힘든 거죠."

브레인스토밍 효과가 없지는 않았다. 무엇보다 구상 자체가 명확
해진 느낌이었다. 겉 이야기와 속 이야기를 어떻게 연결해야 할지 어
렴풋이 윤곽이 잡혔다.

"그러니까……."

나는 방바닥에 어질러진 물건처럼 두서없이 펼쳐져 있는 의견들을 정리하기 위해 입을 열었다.

"소설 속 소설의 소재를 스포츠로 잡더라도 겉 이야기와 맞물리는 종목으로 해야 돼요. 겉 이야기의 인물들이 경쟁에서 패배한 인물들인 것처럼 속 이야기의 인물 또한 유사한 인물이어야 하는 거죠."

"비슷하면서도 또한 달라야 해요. 마치 뫼비우스의 띠처럼 연관이 되도록."

소정훈이 내 말을 수정했다.

"그렇다고 해서 너무 빤한 성공스토리나 통속적인 소재는 곤란하구요. 너무 동떨어진 환상도 썩 좋아 보이진 않을 거예요. 겉 구조의 인물들이 소설가니까 뭔가 소설을 상징할 만한 그런 스포츠가 없을까요?"

"마라톤!"

내 입에서 터진 말이었다. 소정훈이 가볍게 고개를 가로저었다.

"마라톤과 소설이 비슷한 면이 있긴 하죠. 혼자 고독하게 해나간다는 점에서도 그렇고 무엇보다 자기와의 싸움이라는 면에서도 닮았어요. 하지만 역시 너무 흔해요."

"게다가 우린 고독하게 싸움을 하는 것도 아니잖아요. 이렇게 함께 머리를 맞대고 반칙을 하는 거지."

치코가 신랄한 투로 말했다.

"반칙이 싫으면 그만두시든가."

내가 냉소적으로 대꾸했다.

"누가 싫댔어요? 사실이 그렇다는 거지."

모두들 말이 없었다. 아이디어는 쉽게 떠오르지 않았다. 회의를 중단하고 잠깐 쉬기로 했다. 나는 소정훈과 함께 옥탑방 바깥으로 나가 담배를 피워 물었다. 치코가 따라 나왔다. 우리는 나란히 서서 어두워진 골목을 내려다보았다. 고시원까지는 걸어서 십 분 거리였다. 행복고시원 쪽으로 이어지는 골목은 가로등만 휑하게 비춰 을씨년스러웠다. 인적이 끊긴 골목 저편에서 신발이 바닥에 끌리는 소리가 들려왔다. 무심코 소리 나는 쪽을 보았다. 누군가 뒤뚱거리면서 걸어오고 있었다. 한쪽 발을 내딛고 한쪽 발을 끌면서 힘겹게 걸어오는 남자. 옆방 절름발이가 떠올랐지만 어두워서 얼굴이 확실히 보이지는 않았다. 남자의 발걸음 소리가 점차 멀어졌다.

"오리걸음 어때요?"

소정훈이 웃으면서 말했다.

"에이, 그건 스포츠가 아니잖아요."

"농담이에요."

소정훈이 두 번째 담배에 불을 붙였다. 치코가 손가락을 딱, 튀겼다. 나와 소정훈은 동시에 치코를 돌아보았다.

"뭐 생각난 거라도 있어요?"

소정훈의 물음에 치코가 낮은 목소리로 비장하게 외쳤다.

"타조!"

"타조?"

"타조경기라는 게 있다고 들은 적이 있어요."

"타조경기?"

소정훈이 치코에게 되물었다.

"네, 아프리카 어느 나라 부족인데, 그걸 타고 경주를 한다고 들었던 것 같아요."

"그래서요?"

"그걸로 하는 거예요. 우리나라에서 타조경기가 열리는 거죠."

치코의 눈빛이 어둠 속에서 반짝 빛났다. 반면 소정훈의 입은 살짝 벌어졌고, 눈의 초점도 미세하게 흔들렸다. 나는 치코의 머리를 가볍게 쥐어박고 싶었다. 타조 같은 소리 하고 있네, 면박을 주면서. 그러나 치코는 꿈이라도 꾸듯 즉석에서 이야기를 만들어나갔다.

"대기업 총수가 기업 홍보와 이벤트를 위해 상금을 내걸고 타조 경기를 여는 거예요. 워낙 시대가 어려우니까 인생역전을 꿈꾸는 불나방들이 모여들고. 음, 주인공은 아프리카에서 온 난민 소년이에요. 어릴 적 고향에서 타조를 타고 다녔던 기억이 있는 거죠. 그래서 그 소년이 타조경기에서 승리하고 코리안 드림을 이루는 거죠. 어때요?"

치코는 마치 전력질주를 하다가 멈춰선 타조처럼 숨을 거칠게 내쉬며 콧구멍을 벌름거렸다.

"타조는 어디서 구하고요?"

나는 치코를 옅은 흥분 상태에서 끄집어내고 싶었다.

"타조를 왜 구해요?"

"경기에 나가려면 연습을 해야 할 거 아닙니까? 그럼 훈련용 타조가 있어야죠."

"그러니까 그걸 회의하면서 생각해야죠."

"타조가 흔한 것도 아니고, 지원자가 많다면서요?"

소정훈이 미간을 찌푸리며 물었다.

"음, 타조농장에 취직을 하는 거예요."

치코는 눈빛을 빛내며 이야기를 계속했다.

"타조농장에 취직해서 타조 사료 주고 타조 우리 청소하고 주인 몰래 밤마다 타조를 타고 훈련하는 거죠. 그러다가 농장주에게 들켜 쫓겨날 위기에 처하는데, 그 타조가 주인공을 구해줘요."

"어떻게요?"

"주인공이 쫓겨나고부터 타조가 식음을 전폐하고 앓아눕는 거죠. 그래서 할 수 없이 농장주가 주인공을 다시 불러들이는 거고요."

"근데요. 타조경기를 연다고 참가하는 사람이 있겠어요?"

"상금이 많다는 것만 알려지면 또 모르죠."

내 물음에 소정훈이 대답했다.

"어때요? 내 아이디어."

치코의 얼굴에 득의양양한 미소가 떠올라 있었다.

"좋아요. 좋아."

나는 고개를 끄덕이며 마지못해 대답했다.

"정말요? 근데 목소리가 왜 그래요."

"너무 좋아서요."

"내 생각엔 소설보다 동화로 만들면 괜찮을 것 같은데요."

치코가 못마땅한 표정으로 소정훈을 쳐다보았다.

"소설로 하기엔 썩……."

"안 좋다구요?"

소정훈이 슬며시 고개를 끄덕였다. 치코의 얼굴이 금세 시무룩해졌다.

"일단 아이디어는 많을수록 좋죠. 부분적인 에피소드로 들어가도 되고, 또 타조농장에서 일한다는 발상 자체는 재미있으니까요."

나는 치코를 달래기 위해 짐짓 미소까지 지어 보였다.

우리는 다시 옥탑방으로 들어갔다. 오랫동안 회의를 이어가도 무릎을 칠 만한 아이디어는 떠오르지 않았다. 옥탑방 창문 밖으로 달이 떠올랐다.

"오늘은 밤이 깊었으니 여기까지 하죠. 아직 소설 속 소설의 소재가 나오지 않았으니까 며칠 뒤에 여기서 다시 모이는 걸로 해요. 어디 첫술에 배부르겠습니까?"

나와 소정훈이 자리에서 일어났다. 모두들 지친 기색이 역력했다. 나도 몹시 피곤함을 느꼈다. 그래도 희망만은 놓을 수 없었다.

숨어
있는
경쟁자

두 번째 회의가 열리는 날이었다. 약속 시간 까지 네 시간밖에 안 남았지만 준비된 건 아무것도 없었다. 어두침 침한 고시원 방구석에 틀어박혀 있어선지 이렇다 할 아이디어가 떠오르지 않았다. 며칠 동안 눈코 뜰 새 없이 바쁘기도 했다. M출판 사의 신간 관련 독후감을 세 편이나 써서 응모했다. 며칠 여행이라 도 다녀올 수 있다면 꼭꼭 숨어버린 아이디어가 고개를 내밀 것도 같았다. 그러나 돈도, 시간도 턱없이 부족했다. 오늘따라 산책도 별 로 내키지 않았다. 혼자 서점을 돌아보고 카페에서 커피를 마시며 거리 풍경을 감상하는 일에도 이골이 났다. 극장엘 가자니 딱히 구 미를 당기는 영화가 없었고, 미술관으로도 발걸음이 떼어지지 않았 다. 나는 노트북 화면을 닫고 벌러덩 침대에 드러누웠다. 에라 모르 겠다. 스르르 잠이 밀려들었다.

우리는 조각배를 타고 망망대해를 건너는 중이었다. 소정훈이 열 심히 노를 저었지만 배는 앞으로 나아가지 못했다. 풍랑이 거세지며

배가 심하게 출렁거렸다. 밀려드는 파도에 조각배가 위태롭게 흔들렸다. 나는 겁에 질려 노를 쥔 채 수면을 내려다보았다. 어디선가 여인의 가냘프고 고운 노랫소리가 들려왔다.

"귀를 막아."

소정훈이 외쳤지만 나는 따르지 않았다. 아름다운 노래를 듣지 말아야 할 이유가 무엇이란 말인가.

"귀를 막아야 살 수 있어."

소정훈은 필사적으로 악을 썼다. 나는 그의 충고 따윈 듣고 싶지 않았다. 다시 노래에 귀를 기울였고, 그 순간 집채만 한 파도가 밀려와 배를 집어삼켰다. 바닷물에 빠져 허우적대다가 잠에서 깨어났다.

꿈속의 그것은 세이렌의 노래가 틀림없었다. 뱃사람들을 홀려 죽게 만들었다던 그리스 신화 속 요정. 부하들의 귀를 밀랍으로 봉하고, 자신의 몸을 돛대에 결박했던 오디세우스만이 노래를 듣고도 유일하게 살아남았다던가. 무사히 고향에 돌아간 오디세우스는 아내를 유혹한 자들에게 복수하고 왕관을 되찾았다고 했다. 곰곰 생각해보면 그게 전부였을 것 같진 않다. 어쩌면 알려지지 않은 후일담이 있을 것이다. 이를테면 이런 이야기. 단 한 번 세이렌의 노래를 들어본 오디세우스는 평생 그녀의 목소리를 잊지 못한다. 그건 죽음의 목소리이면서 또한 천상의 목소리였기 때문이다. 그는 죽기 전에 세이렌의 노래를 다시 한 번 듣기로 결심한다. 그래서 배를 타고 바다로 나섰다가 포세이돈의 제물이 되고 만다. 얼마든지 다른 이야기도 있을 수 있다. 오디세우스는 우여곡절 끝에 세이렌을 찾아내는 데에 성공한다. 그러나 세이렌의 노래를 다시 들을 수는 없었다. 세이렌이 오디세우스를 살려 보낸 뒤부터 스스로 노래를 부르지 않았기 때문이다. 이런 후일담들은 전해지지 못했을 것이다. 오디세우스가 영웅이어야 하기 때문이다. 영웅은 영웅다운 최후를 맞이해야 하는 법, 그렇기에 진실은 사라지고 신화만 남는다. 문학이나 예술 역시 마찬가지 아닐까. 수많은 예술가들의 신화 이면엔 또 다른 진실이 숨겨져 있을지도 몰랐다. 그것들 가운데 썩은 내 진동하는 시궁창이 없으리란 법도 없다.

그런데 왜 그런 꿈을 꾼 것일까.

나는 침대에 누운 채 시간을 확인했다. 아직 여유가 있었다. 낮잠이나 한숨 더 자려고 몸을 돌려 눕는데, 눈이 번쩍 뜨였다. 노랫소리가 아닌 신음 소리. 단속적이면서 끈질기게 들려오는 그것은 여자의 교성이었다.

저것이었군. 교성이 세이렌의 노래로 둔갑하다니.

갑자기 맥이 빠져버렸다. 절름발이가 또다시 여자를 끌어들인 게 틀림없었다. 그것도 대낮부터. 이 양반이 식사 때마다 밥 대신 비아그라라도 드시나? 아니면 회춘이라도 했나? 절름발이가 부러운 나머지 질투심까지 솟았다.

섹스도 좋지만 좀 작작 하란 말이다.

지난번처럼 자리를 피해주고 싶지는 않았다. 침대에서 벌떡 일어나 헛기침을 해봐도 교성은 멈추지 않았다.

어쭈, 이것 봐라.

나는 핸드폰을 들고 실제 통화를 하듯 큰 소리로 떠들어대기 시작했다.

"어, 오랜만이다. 잘 지내지? 뭐 나야 그렇지. 아냐, 그럴 필요는 없어. 어허허허허. 그래 알았다. 나중에 전화하자. 여기가 고시원이라, 응, 공부 좀 하려고 들어왔어. 옆방 사람들한테 피해를 끼치면 안 돼서 전화를 오래 하기가 좀 그래. 알았어. 고마워."

모노드라마는 효과 만점이었다. 가냘프면서도 연속적으로 들려오던 교성이 뚝 끊긴 것이다. 옆방과 맞닿은 벽에 귀를 대보아도 마찬가지였다. 교성은커녕 인기척도 나지 않았다. 깨소금 맛이다, 이놈아. 나는 혼잣말을 중얼거리며 다시 침대에 드러누웠다. 잠을 청하며 눈을 감았을 때였다. 옆방 문이 열리고 닫히는 소리가 났다. 이어 발이 바닥에 쓸리는 특유의 걸음 소리가 들려왔다.

모처럼 재미 좀 보려던 것인데 너무 심했나.

침대에서 일어나 방문을 열고 복도를 살폈다. 절름발이는 사라지고 없었다. 담배를 피우거나 바람을 쐬러 나간 것 같았다. 텅 빈 복도의 정적과 마주하자 난데없는 의심이 들었다.

여자와 함께였다면 하다못해 속닥거리는 소리라도 들렸어야 하는 게 아닐까.

나는 호기심을 참지 못하고 복도로 나갔다. 옆방 앞으로 가서 방문 손잡이를 잡고 슬며시 돌려보았다. 거짓말처럼 스르르 문이 열렸다. 그때껏 내 손길을 기다리기라도 했던 듯 너무도 쉽게. 나는 안으로 발을 들여놓았다.

방은 몹시 지저분했다. 무너질 듯 많은 옷들이 걸려 있는 행거, 구겨진 이불이 놓인 침대, 한쪽 벽면의 구닥다리 서랍장과 선반 위 식기와 잡동사니들……. 방 안 어딘가에서 퀴퀴한 냄새가 풍겨 왔다.

방 안을 훑어보던 내 시선이 책상 위 노트북에 꽂혔다.

어쩌면…….

나는 노트북 마우스를 움직여보았다. 화면보호기 문양이 사라지면서 바탕화면이 나타났다. 윈도우 화면 아래쪽에 내려진 아이콘들을 살펴보았다. 그중 하나를 클릭하자 포르노 동영상이 재생됐다. 화면 가득 여자의 엉덩이가 들썩거렸고, 숨넘어갈 듯 과장된 교성이 반복되었다. 허탈감, 배신감, 수치심이 한꺼번에 밀려들었다. 그러면 그렇지. 애초에 여자친구 따윈 없었던 것이다. 나는 방을 떠날 수가 없었다. 동영상 옆 문서파일 아이콘에 시선이 가서 멈췄다. 이상한 예감에 이끌려 그것을 클릭했다.

이럴 수가!

몇 분의 시간이 지난 뒤, 내 입에서 탄성이 터져 나왔다. 문서파일은 다름 아닌 소설 원고였다. 이미 A4 용지로 60장 이상 써 내려간 장편소설이었다.

언젠가 나눴던 절름발이와의 대화가 떠올랐다. 시나리오 같은 것엔 미련조차 없다던…….

그럼 시나리오 대신 소설을 쓴다는 뜻이었나. 기가 막히고 코가 막힐 노릇이었다. 하긴, 시나리오는 소설만큼 공모전이 자주 있는 것도, 상금이 많은 것도 아니니까. 드라마 작가든 시나리오 작가든 만화 작가든 꾸역꾸역 소설판으로 모여드는 이유 중 하나였다. 아직까지 소설판에는 공모전이 많으니까 말이다. 마치 옛날 옛적 신대륙의 서부로 금을 찾아 몰려들던 온갖 군상들처럼. 그러자 절름발이가 쓰고 있는 소설의 내용이 궁금해졌다.

마우스를 움직여 첫 페이지로 커서를 올렸다. 화면 상단에 '총잡이들'이라는 제목이 붙어 있었다. 파일의 문서정보를 찾아 매수를 확인해보았다. 원고지 455매였다.

코요테가 울어대는 황야의 밤 풍경을 묘사하는 장면부터 소설은 시작되고 있었다. 모닥불의 불꽃이 타닥타닥 튀어 오르고, 몇 명의 총잡이들이 모닥불 주위에 앉거나 누워 대화를 나누고 있다. 이거, 장르소설인가. 나는 고개를 갸웃거리면서 빠르게 읽어 내려갔다. 속단하긴 일렀지만 첫 페이지만 놓고 봐선 문장력이 탄탄했다. 미국의 서부 개척기라는 배경도 호기심을 끌었다. 등잔 밑이 어둡다더니 바로 옆방에서 소설쓰기에 매진하는 이가 있었다니.

기회를 봐서 다시 그에게 말을 붙여봐야겠다고 생각했다. 화면의 커서를 내리다가 어느 한 곳에서 손을 멈추었다. 인물들이 대화를 나누는 장면이었다.

"이봐 밥. 자네야말로 내로라하는 무법자인데, 이제 거꾸로 무법자를 잡으러 다니고 있으니 대체 세상이 어떻게 된 건가?"

로드리고가 밥의 눈치를 보며 물었다. 밥이 고개를 갸웃거리더니 한숨을 쉬고 대답했다.

"별 수 없잖아. 그래야 내 죄를 사면해준다니까."

"현상금 수배자들을 잡는 것도 이젠 옛날 같지 않아."

"왜지?"

"모두들 조직적으로 움직이고 있어. 은행이나 대목장주들이 총잡이들을 고용해서 놈들을 잡지."

"그래, 이 짓거리로 생계를 이어갈 날도 얼마 남지 않은 것 같아."

"젠장, 은행털이도 옛날처럼 쉽지는 않다더군."

"무슨 말이지?"

"이젠 아무리 총으로 쏴도 금고가 열리지 않는다는 거야. 열쇠가 아니라 다이얼을 돌려야 열린다더군. 한마디로 세상이 변한 거지."

로드리고가 잠을 청하려는 듯 자리에 드러누우면서 말했다.

"하지만 시대가 변했다고 사람까지 변할 순 없지."

알베르토가 밥과 로드리고를 돌아보며 냉소적으로 말했다. 밥은 아무런 대답 없이 모닥불에 나뭇가지를 집어넣었다.

멀리에서 코요테 울음소리가 들려왔다. 밥은 자신의 윈체스터 장총 총구에 기름칠을 하기 시작했다. 로드리고는 모자로 얼굴을 가리고 잠을 청했다. 금세 곯아떨어진 그가 드르렁드르렁 코를 골기 시작했다. 코고는 소리에 장단이라도 맞추듯 모닥불의 불꽃이 너울너울 춤을 추었다.

"자네도 눈 좀 붙이라고. 내일은 더 멀리 가야 할지도 모르니까 말이야."

밥이 알베르토에게 말했다. 그러면서 자신은 윈체스터 장총의 손질을 계속했다.

알베르토는 알았다는 눈짓을 하고 담요 위에 누웠다. 밥과 로드리고의 대화가 무겁게 알베르토의 가슴을 쳤다.

'하지만 나는 변하지 않았어.'

알베르토는 밥의 멱살을 잡고 그렇게 항변이라도 하고 싶었다.

날이 새면 다시 레오나르도를 잡으러 길을 떠나야 했다. 그의 목에 걸린 현상금을 떠올리다 보면 뱃속이 든든해지는 기분이었다.

나는 더 읽어보고 싶은 호기심을 물리치고 일어섰다. 절름발이가 언제 들이닥칠지 몰라 심장이 바싹 오그라들어 있었다. 언제 기회를 엿보아 다시 들어와야겠다고 결심하고 방을 나왔다.

두 번째 회의는 지지부진했다. 소설 속 소설에 대한 아이디어가 나오지 않아 답답한 시간만 흘러가고 있었다. 치코는 자신의 의견을 기어코 관철시키려는 눈치였다.

"타조경기로 하자니까요. 얼마나 신선하고 재밌어요?"

"그게 재미있을까요?"

"난 재미있을 것 같은데."

"걸 이야기와도 너무 안 맞아요."

내겐 치코와 소정훈의 논쟁이 시시껄렁한 말장난으로 여겨졌다. 절름발이의 소설 문장들이 자꾸만 떠올랐다. 아니, 그 방을 나오는 순간부터 내 머릿속엔 인물들이 살아 꿈틀거리기 시작했다. 드넓은 황야와 말발굽 소리, 총잡이들의 대화가 점점 더 생생해졌다. 마치 병원균에 감염이라도 된 듯 그 이야기에 감염된 것 같았다. 소설 속 소설은 그것이어야 했다. 현상금 수배자를 찾아다니는 총잡이들의 이야기.

"타조경기는 너무 뜬금없어요."

"뜬금없으니까 신선한 거라구요."

"타조경기로 한다고 칩시다. 디테일들을 어떻게 감당할 건데요."

"제가 직접 타조농장에서 아르바이트를 할게요."

"타조농장에서?"

"그래요. 못 할 게 뭐 있어요?"

"자세는 훌륭한데, 그러기엔 시간이 부족해요. 우리한테는 딱 한 번의 기회밖에 없다구요."

소정훈이 손사래를 치며 한숨을 내쉬었다.

"노명 씨는 왜 아무 말도 없어요?"

소정훈이 나를 돌아보았다. 도둑질이라도 하다가 들킨 것처럼 뜨끔했다.

"음, 각도를 달리해보면 어떨까요?"

나는 뜸을 들이다가 말을 꺼냈다.

"각도를 달리하다니요?"

소정훈이 관심을 내비치며 되물었다.

"꼭 스포츠일 필요는 없다는 거죠. 그게 더 상투적일 수도 있고요."

둘은 진지한 낯빛으로 나를 쳐다보았다. 무심한 척 내가 말을 이었다.

"차라리 그것보단……"

"그것보단?"

"서부극을 패러디한 이야기는 어떨까요?"

"왜 하필 서부극이에요?"

"그렇게 따지면 타조경기가 더하죠. 어디 계속해보세요."

소정훈이 이야기를 재촉했다.

"서부극에 보면 현상금 사냥꾼들이 나오잖아요. 그 마카로니 웨스턴에서 특히요."

"그건 일본식 표현이고, 스파게티 웨스턴."

소정훈이 내 말을 정정해주었다.

"그런가요? 어쨌든. 그런 서부극에 나오는 현상금 사냥꾼들 말이에요. 왠지 그 사람들과 우리가 쓰는 걸 이야기의 공모전 사냥꾼들이 비슷해 보이지 않나요? 오직 돈을 위해 사냥하듯 사람을 죽이는 이들이나, 우리처럼 돈만을 바라보고 문학의 가치를 내팽개친 사람들이나……. 시대나 배경이나 내용은 다르지만 지켜야 할 가치가 전도되었다는 점에서 비슷하게 맞아떨어지는 면이 있는 것 같아요"

"말을 듣고 보니 씁쓸해지는데요."

"맞아요. 너무 비약이 심한 거 아니에요?"

"그걸 어떻게 만든다는 거죠? 우리가 서부극을 소설로 다시 써야 한다는 말인가요?"

치코가 짜증스런 말투로 되물었다.

"맞아요. 서부영화의 관습적인 부분들을 끌어오되 전혀 다르게 스토리를 짜보는 거예요."

나한테 구체적인 스토리가 있을 리 없었다. 그야말로 즉흥적으로 뱉은 말이었다.

"서부극을 다시 써본다……"

소정훈이 미간을 찌푸리며 뒷말을 흐렸다. 약간 걱정이 되기 시작했다. 솔직히 나는 서부영화라면 문외한에 가까웠다. 어린 시절 보았던 몇 편의 영화 속 장면만 조각조각 기억날 뿐이었다. 클린트 이스트우드나 찰스 브론슨, 제임스 코번 같은 배우들의 마초적인 몸짓과 언제나 미개하고 잔인한 악당으로 등장했던 인디언들. 백인과 인디언이 추격전을 벌이는 서부의 대평원과 악당과 보안관, 무법자와 무법자가 총격전을 벌이는 황량한 개척민 마을…….

그러나 기존 서부극 내러티브에 구애될 필요는 없었다. 나는 정리되지도 않은 아이디어들을 거침없이 쏟아냈다. 어찌 보면 내 스스로 도취된 셈이었다.

"잘 쓰면 겉 이야기와 연결도 되는 것 같긴 한데……."

활시위처럼 팽팽해진 침묵을 깨고 소정훈이 대답했다. 나는 심사위원들의 호평이라도 받은 양 잔뜩 고무되었다.

"스파게티 웨스턴 같은 수정주의 서부극이라는 게 미화된 서부 신화의 이면을 까발리는 것들인데, 그래 봤자 백인 중심의 세계관일 뿐이거든요. 또 다른 신화라는 거죠. 하지만 현상금 사냥꾼들의 이야기를 비틀어서 소설 속 소설로 만든다면 재미있을 것 같긴 하네요."

소정훈은 서부극에 대해 나보다 많이 알고 있는 듯했다. 당장 인터넷에서 관련 영화를 다운받아 봐둬야 할 것 같았다. 모티브를 훔쳤다는 걸 들키지 않기 위해서라도.

"노명 씨 감각이 아직 죽진 않았는데요."

소정훈이 손가락으로 나를 지목하며 크게 웃었다. 나는 기분이 좋아 어깨를 으쓱해 보였다. 치코는 새치름하게 나와 소정훈을 번갈아 바라보았다.

"일단 그쪽으로 방향을 정하죠. 하지만 아직 속 이야기를 어떻게 풀어나갈지 막연한 상태니까 각자 아이디어를 다듬고 구체적인 스토리를 구상해서 한 번 더 회의를 합시다."

소정훈의 마무리 발언으로 회의는 끝났다. 시놉시스를 확정하려면 몇 번의 회의를 더 거쳐야 했다. 그래도 처음 모였을 때보다 훨씬 홀가분한 표정들이었다.

나는 그들과 헤어져 골목을 천천히 걸어 내려왔다. 고시원과 상가와 아파트와 연립주택의 창마다 불이 훤히 켜져 있었다. 내가 사는 행복고시원에 가까워질수록 급체라도 한 듯 명치께가 뻐근해졌다.

도둑놈.

허공에서 불쑥 하나의 목소리가 들려왔다. 나는 화들짝 놀라 소리 나는 쪽으로 고개를 돌렸다. 그리고 아무도 없는 허공을 한동안 노려보았다. 나는 고개를 뻣뻣이 가로저었다. 비로소 한 가지 결심이 명확해졌다. 기회를 날릴 수 없다는 것, 오직 그 욕망만 붙잡아야 한다는 것.

그렇지 않아. 서부극이라는 모티브만 가져온 것뿐이라고.

나는 주인 없는 목소리에 단호하게 대답했다. 그래도 떨떠름한 기분은 가시지 않았다. 이내 소정훈의 감탄과 호탕한 웃음이 떠올랐다. 치코의 놀라워하는 표정도. 이제 와서 돌이킬 순 없었다.

우리 소설은 전혀 다른 것이 될 거야.

나는 주술이라도 걸듯 뇌까렸다. 목소리는 어디론가 사라지고 없었다. 골목 어디선가 술에 취해 흥얼거리는 노랫소리가 흘러나왔다.

네 번의 회의를 거치면서 시놉시스가 구체화되었다. 막연하던 소설 속 소설의 스토리가 짜여진 것이다. 현상금 사냥꾼들 간의 물고물리는 이전투구를 통해 미국 서부의 변화상을 보여주기로 했다. 시대상황에 발 빠르게 적응하는 자와 몰락해가는 자들의 이야기.

인디언 혼혈인 '노래하는 돌'과 멕시코인 '치코'와 백인 현상금 사냥꾼 '매케인'이 그 주인공이 될 터였다. 치코와 매케인이 현상금 수배자들을 찾으러 돌아다니다가 스톤힐 묘지에 엄청난 금화가 묻혀 있다는 사실을 알게 된다. 치코는 매케인의 배신으로 스톤힐 묘지의 결투에서 죽게 되고 오직 최고의 총잡이가 되기만을 꿈꾸는 '노래하는 돌'이 치코의 복수를 대신한다. 시대가 변하면서 총잡이들은 모두 대목장주의 고용인으로 전락하고 매케인은 정치인으로 변신해 성공적인 삶을 살아가게 된다.

스토리의 개요가 잡혀갈 무렵 치코가 새로운 의견을 냈다.

"참, 그리고 나도 나름 알아보았는데요, 장편 공모에서는 시놉시스도 정말 중요하대요. 그러니까 그것도 엄청 신경 써야 할 것 같아요."

"뭐 그렇긴 한데 일단 소설에 집중하고 그건 나중에……."

소정훈의 말을 치코가 잘랐다.

"아니라니까요. 시놉이 안 좋으면 소설은 보지도 않는대요. 그러니까 뭔가 시놉을 튀어 보이게 잘 만드는 게 중요하다구요."

치코와 소정훈이 다시 신경전을 벌였다.

"그럼 시놉을 잘 꾸미는 건 당신한테 전적으로 일임할게요. 어때요?"

나는 둘의 의견을 중재했다. 치코의 역할이 상대적으로 적은 만큼 책임감을 줄 필요가 있었다. 치코도 나름 만족한다는 표정이었다.

각자의 역할을 정하는 과정에서 초고의 겉 이야기는 소정훈이, 속 이야기는 내가 쓰기로 했다. 치코는 경험이 없으므로 나와 소정훈이 초고를 쓰면 그것을 읽고 피드백을 하며 어색한 문장이나 문체의 톤을 일정하게 맞추는 작업을 맡기로 했다. 초고를 만들어놓은 뒤엔 디테일과 묘사에 강점을 가진 소정훈이 전체적으로 묘사를 수정하고 문장을 가다듬기로 했다. 나는 부분적인 에피소드와 개연성을 보완하는 역할을 맡았다. 치코는 시놉시스와 전체적으로 어색한 에피소드를 자연스럽게 바꾸는 것, 특히 여성의 심리묘사를 책임지기로 했다.

나는 점점 더 서부극의 매력에 빠져들었다. 서부극에는 묘한 중독성이 있었다. 콘테스트용 잡문을 쓰거나 소설을 쓰다가 고개를 들면 창밖 저편으로 영화 속 서부의 풍경이 어슴푸레하게 펼쳐졌다. 황량한 모래바람이 휘몰아치는 기차역과 쉭쉭 증기를 내뿜고 기적을 울리며 달려오는 기관차, 삐거덕삐거덕 소리를 내면서 돌아가는 이주민 마을의 풍향계, 뜨겁게 타오르는 태양 아래 익어가는 사막, 높이 솟은 바위산과 그 아래 말라가는 선인장, 하늘 높이 선회하는 독수리와 먹이를 찾아 어슬렁거리는 코요테, 그리고 노을을 등진 채 말을 타고 달려가는 고독한 총잡이. 어느 날부터인가는 그곳, 머나먼 서부가 전생의 고향인 것처럼 그립기까지 했다. 나는 밥을 먹다 말고 손가락을 들어 방문에 총을 겨누는 시늉을 했고, 소주잔에 소주를 따라서 카우보이가 위스키를 마시듯 '원샷'을 했다. 하루는 꿈속에서도 총잡이가 되어 황야를 누비고 다녔다. 나는 악명 높은 수배자를 쫓아 대평원을 전속력으로 질주했다. 개척민들이 사는 마을에서 마구 총질을 한 끝에 마침내 수배자를 쓰러뜨렸다. 현상금을 탄 나는 텍사스의 가장 번화한 마을에 들러 매춘부 두 명을 데리고 이층으로 올라가 들쩍지근한 정사를 나누었다. 풍만한 엉덩이를 손바닥으로 찰싹찰싹 두들기자 여자들이 까르르 웃으며 교태를 부렸다. 나도 마초 총잡이답게 껄껄껄 화통하게 웃어젖히며 바지를 까 내렸다. 라이플의 명수인 소정훈은 아래층에서 위스키를 마시며 새로운 현상금 수배자에 대한 정보를 수집하고 있었고, 그 옆에서 여자 총잡이인 치코가 밴조를 연주하며 감미로운 노래를 불렀다.

서부극의 상황에 내 자신을 대입해보기도 했다.

만약 내가 서부의 외딴 마을에서 다른 총잡이와 결투를 벌이고 있다면……. 그렇다면 나는 총알받이로 이용당할 게 빤했다. 영화속에서 오직 주인공의 총 솜씨를 빛내주기 위해 잠깐 등장하는 총잡이들처럼. 그래서인지 몰라도 나는 악당 총잡이들, 특히나 조무래기들에게 애정이 갔다.

얼마나 먹고살기 힘들었으면 총잡이가 되어 황야를 떠돌았겠는가.

악당이 된 총잡이들. 그들은 가장 약한 자들이었다. 총질 말고는 할 수 있는 일이 아무것도 없는 자들. 가난한 집에서 태어나 부쳐먹을 땅도, 배운 것도, 특별한 기술도 없다 보니 현상금 사냥꾼이라도 돼야 했을 것이다. 그들은 '독고다이'로 활동할 만큼 총 솜씨가 특출 나지도 못해 다른 악당과 힘을 합칠 수밖에 없었다. 하지만 그들이라고 최고의 총잡이를 꿈꾸지 않았을까. 처음부터 비겁한 악당이 되고 싶었을까. 천만의 말씀일 것이다. 단지 그들은 가난에, 삶에 패배한 자들일 뿐이었다.

어느 날, 회의 자리에서 소정훈이 재미있는 제안을 했다.

"이게 남들에게 절대 알려지면 안 되는 비밀이잖아요. 그런 의미에서 우리 소설 속 서부극의 주인공 이름으로 서로를 불러보면 어떨까요?"

나와 치코는 멀뚱히 얼굴만 마주 보았다.

"일종의 암호명이군요."

내가 히죽 웃으면서 대답했다.

"싫어요?"

"아니. 좋아요. 뭘로 하시게요?"

소정훈은 자신을 매케인으로 불러달라고 했다. 우리 소설에서 매케인은 노회하고 약삭빠른 최고의 총잡이였다. 나중에는 신분을 세탁하고 정치인으로 변신해 성공적인 삶을 살아가게 될 운명이었다. 소정훈은 매케인처럼 잘생긴 은발도 아닐뿐더러 최고의 글쟁이나 악한도 아니었다. 하지만 본인이 원한다니 뭐 어쩔 수 없었다.

"그럼 난 뭘로 해요?"

"당신은 치코로 해."

"내가 왜 치코예요? 내가 지저분한 멕시코 도적이랑 비슷해요?"

치코가 언성을 높이며 눈을 부라렸다.

"소설에선 치코가 노래하는 돌과 함께 주인공이잖아요. 그러니까 내 말은 주인공 맡으라는 말이었어요."

"그런가? 쳇, 좋아요. 호칭이야 아무려면 어때."

치코가 입을 비죽이 내밀었다.

"그럼 당신은요?"

"글쎄요, 나는 뭘로 할까?"

"당신은 노래하는 돌로 해요. 그냥 돌대가리라고 하면 되겠네."

치코가 혀를 낼름 내밀었다.

그렇게 해서 나는 노래하는 돌의 줄임말인 '돌'로, 그리고 다시 '돌탱 씨'로, 소정훈은 '매케인'으로, 최보희는 '치코'로 불리게 되었다.

우리는 팀워크도 다질 겸 주점에서 술을 마시기로 했다. 셋 모두 유쾌한 얼굴에 가벼운 발걸음으로 노량진의 주점으로 향했다.

주점에 마주 앉아 첫 잔을 들었다. 소정훈, 아니 매케인의 건배 제의에 따라 치코가 술잔을 높이 들며 권주사를 외쳤다.

"3억 원을 위하여!"

나와 매케인이 웃음을 터뜨렸다. 치코의 건배 선창에 금세 미래가 희망적으로 보였다. 치코의 저돌적인 자세에 나는 감탄했다. 적어도 그런 면에서는 그녀가 내 스승이자 선배였다.

"다른 심사위원이 누가 될지도 알아야 하는 게 아닐까요?"

술이 몇 순배쯤 돌았을 때 치코가 말했다. 매케인은 잠깐 생각에 잠겼다가 고개를 저었다.

"알아내기도 어려울뿐더러 알아낸다 해도 별 도움이 되지 않을 거예요."

"왜 도움이 안 돼요?"

치코가 득달같이 되물었다.

"이젠 우리가 무얼 어떻게 써야 할지 다 정했잖아요. 그러니까 최대한 좋은 작품을 뽑아내고 투고하면 되는 거예요. 굳이 심사위원이 누가 될지 알아봐야 작품 쓰는 데 필요한 집중력만 뺏길 테니까."

"노명 씨는 어떻게 생각해요?"

치코가 내게로 고개를 돌렸다.

"내 생각도 비슷해요. 하지만 심사위원 명단을 알 수만 있다면 나쁠 것도 없겠지요."

"내 말이 그거예요. 나쁠 건 없잖아요."

"아니요. 오히려 해가 될 거예요. 우선 좋은 작품을 쓰는 게 중요한데, 누가 심사를 하는지 알게 되면 미리부터 눈치를 보고 자신의 글을 검열하게 되고, 그러다 보면 배가 산으로 갈 수도 있어요."

매케인은 단호했다. 평소의 신중하고 너그러운 태도와 달리 강단이 넘쳤다. 처음 만났던 날, 커피숍에서 자신의 소설관을 피력하던 모습이 떠올라 고개가 끄덕여졌다.

"하지만 시놉시스를 만들 땐 그렇지 않았잖아요. 어쨌든 가장 좋은 평가를 받을 만한 쪽으로 정한 것 아니었나요?"

치코 역시 고집스레 물러서지 않았다.

"맞아요. 시놉시스 단계에선 그랬죠. 당선이 될 만한 작품을 예상하고, 그런 쪽으로 스토리를 뽑아내야 했으니까. 하지만 이젠 달라요. 우리가 만든 시놉시스대로 다른 것 신경 쓰지 말고 작품에 집중하는 게 중요해요."

매케인은 어린아이 투정을 살살 달래듯이 말했다.

"듣고 보니 그러네요. 심사위원을 알면 더 혼란스러워질 가능성

총잡이들

도 많을 것 같아요. 예를 들어 심사위원이 여성이냐 남성이냐부터 시작해서 평론가냐 소설가냐 등등에 따라 작품의 성향도 달라질 수 있죠. 그들의 취향을 알아낸다고 한들 우리가 만든 시놉시스를 다시 짤 수는 없잖아요."

나도 치코를 설득하기 시작했다. 그때 주머니에서 핸드폰이 진동을 했다. 황급히 자리를 벗어나 통화 버튼을 눌렀다.

"원고 작업은 잘되고 있어?"

황이었다. 녀석도 양반은 못 되는 모양이었다. 그의 말투는 오랜 친구에게 안부인사라도 하듯 태연했다.

"조만간 시작하려고 해."

내가 매케인, 치코와 공동 작업을 한다는 건 황이 모르는 사실이었다. 그건 황이 출판사에 '빅엿'을 먹이듯, 나 또한 황에게 '빅엿'을 먹이는 행위였다. 나는 차라리 그렇게 되길 바랐다. 나중에 그 사실을 알게 되었을 때 짓게 될 황의 표정이 어떨지 궁금하기까지 했다. 그에게 한 방 먹인다는 생각만으로도 짜릿한 쾌감이 피부 세포 구석구석까지 잔물결처럼 퍼져나갔다. 어떻든 당선만 된다면 누이 좋고 매부 좋은 일 아닌가.

"다행이군. 다음 주 초에 일간신문 세 군데하고 인터넷 포털사이트에 광고가 나갈 거야."

"외부인은 여전히 나만 알고 있는 거지?"

"날 믿으라구. 참 그리고……"

몇 좌석 건너편에서 치코가 나를 뚫어져라 쳐다보고 있었다. 노골적으로 감시라도 하는 눈초리였다.

"내일모레 우리 출판사 편집진하고 몇몇 작가들이 모이는 술자리가 있는데, 혹시 나올 수 있겠어?"

"내가 왜?"

"정기적인 편집회의 끝나고 으레 갖는 술자리야. 근데 이번에는 다른 작가들도 많이 참석할 것 같아."

"내가 나가서 들을 말도 없을 것 같은데."

"혹시 네가 글 쓰는 데 도움이 될 만한 정보가 있을 수도 있을 것 같아서 말이야."

"무슨 정보?"

황이 한 템포 쉬었다. 치코는 여전히 나를 바라보고 있었다.

"혹시 아냐? 그중 심사위원이 있어서 술김에 자기 취향을 드러낼지. 그러니까 나오든 말든 알아서 해."

황은 그렇게 말하고 일방적으로 전화를 끊었다.

"무슨 전화예요?"

내가 자리로 돌아오자마자 치코가 물었다. 술기운이 올랐는지 얼굴이 발그레했다.

"몇 개 일간신문에 문학상 공모 광고가 나간답니다."

"이젠 정말 열심히 쓰는 일만 남았는데요."

매케인이 나와 치코를 돌아보며 다짐하듯 말했다.

"황이 출판사 술자리에 나오라는데요."

"무슨 정보라도 준대요?"

치코가 눈을 반짝이며 물었다.

"그건 아닌데, 그중에 심사위원이 될 사람이 있을 것 같다네요."

"굳이 나가지 않아도 되지 않겠어요?"

매케인이 조심스럽게 의견을 밝혔다.

"무슨 말이에요! 나가보는 게 낫죠. 세상일이라는 게 뭐든 인간관계가 중요한 거라구요. 나가보세요."

치코가 매케인을 정면으로 반박했다.

"그런 술자리라는 게 어디 술만 마시는 자리겠어요? 그런 자리에서 다 서로 인연이 되고 그러지 않겠어요. 편집장이 부르는 건데 그런 자리를 피할 이유가 뭐가 있어요? 사업하는 사람들은 중요한 비즈니스를 골프장에서 진행하잖아요. 출판사와 작가들은 골프장엘안 다니니까 술집에서라도 하겠죠, 뭐."

"당신은 그런 자리에 나가본 적도 없으면서 뭘 안다고 그래요?"

매케인이 치코에게 언성을 높였다.

"세상일을 다 경험해봐야 아나요? 그럼 뭐하러 책을 읽어요? 세상사 어차피 다 비슷비슷한 거라구요. 이 바닥이라고 별 수 있겠어요."

치코도 지지 않고 매케인을 빈정거렸다. 나는 여전히 결정을 내리지 못했다. 썩 내키지는 않았지만 안 나가는 것만이 능사도 아니었다.

"나가든 안 나가든 알아서 결정해요. 난 아무래도 상관없어요."

매케인은 언짢은 심경을 숨기지 않았다. 치코는 매케인을 째려보며 입을 비죽거렸다.

"노명 씨, 아니 돌탱 씨, 혼자 나가기 껄끄러우면 내가 같이 나가면 어때요?"

"당신이?"

치코가 사뭇 요염한 미소를 지으며 나를 바라보았다.

심사위원들

술자리 장소는 황과 밀약을 나누었던 추어탕집 옆 한식집이었다. 방 안의 왁자지껄한 소리들이 마당으로 새어나왔다. 문을 열자 저마다 옆 사람과 앞 사람을 붙들고 떠들어대는 작가들, 평론가들, 출판사 관계자들이 보였다. 나는 슬그머니 안으로 들어섰다. 황은 옆 사람과 이야기를 나누는 데만 정신이 팔려 있었다. 눈길이 마주친 사람들과 대강의 인사만 나눈 채 나는 구석 자리로 가서 앉았다. 치코가 가운데 비어 있는 자리를 손으로 가리켰지만 못 본 척 무시했다.

"하여간 소심하기는."

치코가 눈을 흘기며 투덜거렸다. 그녀는 특유의 붙임성을 발휘해 맞은편 사람과 이야기를 나누기 시작했다.

"소설 공부하는 최보희라고 해요."

"소설가 강호식입니다."

"소설 쓰는 공노명입니다."

치코는 오랜 지기를 만난 양 스스럼이 없었다. 소설가 강호식도 치코에게 관심을 내비쳤다. 다른 쪽 옆 사람은 맞은편 사람과 뭔가를 열심히 논쟁 중이었다. 나 혼자만 꿔다놓은 보릿자루 신세였다. 괜한 자격지심 같아 먼저 말을 붙여보았다. 하지만 역시 단단한 벽이 느껴졌다. 안녕하세요. 공노명이라고 합니다. 아, 네, 그러세요. 옆 사람은 나를 제대로 쳐다보지도 않고 대답한 뒤 다른 사람과 이야기를 계속했다. 그 맞은편 작가의 잔에 술이 빈 것을 발견하곤 기회는 이때다 싶어 술을 따라주기도 했다. 공노명이라고 합니다. 잘 부탁드립니다. 그는 태연히 술을 받더니 이렇게 대꾸했다. 뭘 부탁한다고요? 네? 나는 한 대 얻어맞은 표정으로 그를 바라보았다. 그는 싸늘히 웃음을 짓더니 옆 사람에게 고개를 돌렸다. 나는 상대가 뱉은 침을 얼굴에 정통으로 얻어맞은 기분이었다. 영화 속 서부라면 당장 결투를 신청하고도 남을 일이었다. 정말이지 놈의 가슴에 총알을 박아 넣어도 시원치 않을 것 같았다. 하지만 이곳은 서부 개척기의 텍사스도 아니었고, 차르가 통치하는 제정 러시아도 아니었다. 결투 같은 건 상상 속에서나 가능한 일이었다. 나는 신이 나서 떠들어대는 치코를 쳐다보았다. 누군가와 그토록 빨리 친해질 수 있는 그녀가 신기할 따름이었다.

오지 말걸, 잘못했어.

나는 원고 작업에 한창일 매케인이 부러웠다. 그처럼 고고하게 자존심이라도 지킬 것을. 치코의 얄팍한 꼬임에 빠져 실속도 명분도 모조리 잃어버린 것이다. 치코가 새삼 미워졌다. 하긴 내 귀가 얇아서 그런 건데 누굴 탓하겠어. 그렇게 자책할 때, 치코가 술잔을 부딪처 왔다.

"돌 씨, 인상 좀 펴요."

내가 눈을 흘겨 주의를 주었다. 치코가 혀를 내밀더니, 아 참 노명 씨, 라고 했다. 나를 투명인간 취급하던 소설가 강이 그제야 알은체를 했다.

"아 참, 한 잔 받으세요."

소설가 강이 내 잔에 술을 따라주었다. 그뿐이었다. 강은 다시 고개를 돌려 치코에게 하던 이야기를 이어갔다. 얼핏 들으니 강은 그녀를 소설가 지망생쯤으로 아는 모양이었다. 치코에게 어떻게 등단을 준비해야 하는지 열심히 설명하고 있었다.

술자리는 바야흐로 군웅할거 시대였다. 모두가 왕이었고, 영주이자 기사였다. 각자의 자리에서 부어라 마셔라 해대며 왕이자 영주이자 기사로서의 권리를 누렸다. 어찌 보면 이곳은 문학이라는 들판에서 달콤한 과실을 따 먹은 자들의 잔치판이었다. 그리고 나는 그들의 잔치판에 불쑥 끼어든 불청객이었다.

나는 중견작가들이 앉아 있는 자리로 시선을 돌렸다. 중견작가들은 사소한 행동에서마저 경륜과 여유가 묻어났다. 이들 중 누군가는 분명 심사위원이 될 터였다. 개중에는 문학상마다 단골 심사위원으로 등장하는 소설가 김대수도 있었다. 그가 교수로 부임한 대학의 문예창작과는 최근 몇 년간 신인작가 양성소로 급부상하고 있었다. 특별한 일도 아니었다. 문학도 이젠 엄연히 산업의 메커니즘을 따라야 했다. 실제로 몇몇 대학의 문예창작과는 문학산업의 일꾼들을 길러내는 사관학교 역할을 도맡고 있었다. 사람들이 소설을 많이 읽던 시절, 우후죽순처럼 생겨난 문예창작과 졸업생들은 자신들을 받아줄 문단을 필요로 했다. 그러나 대중들이 소설을 읽지 않게 되면서부터 오히려 역전현상이 일어났다. 이제는 문단이 문예창작과를 필요로 하게 되었다. 작가의 꿈을 품고 문예창작과에 진학한 학생들, 그리고 소설가 지망생들이야말로 그들의 소설을 읽어주는 주요 독자층이기 때문이었다. 그렇기에 문단은 그들 가운데 소수의 신인작가들을 꾸준히 길러내야 했다. 그들을 통해 독자층을 반복 재생산해야 하니까. 그런 면에서 보면 신인작가를 신제품에 비유한 매케인의 말도 틀리다고만 할 순 없었다.

내가 생각하는 소설가는 세 부류였다. 첫 번째 부류는 타고난 소설가들이다. 언어에 대한 천재성을 타고났거나 특별한 삶의 경험이 있는 낭만적인 의미의 작가가 그들이었다. 빨치산의 아들로 태어났거나 끕진하게 겪은 풍파를 어떻게든 글로 토해낼 수밖에 없는 이들, 혹은 지독한 감수성으로 세상을 삐딱하게 바라보는 이들. 두 번째 부류는 소설가나 작가라는 환상에 매료돼 인생을 걸게 된 후천적 노력파들이었다. 나나 매케인 같은 자들……. 마지막 세 번째 부류가 바로 산업적 시스템을 통해 양성된 소설가들이었다. 물론 첫 번째와 두 번째, 세 번째가 칼로 무 자르듯 확연히 구분되는 것은 아니었다. 첫 번째와 두 번째가 뒤섞여 작가로 살아가는 이도 있었고, 두 번째와 세 번째가 적절히 버무려져 탄생한 작가도 있었다. 첫 번째 유형의 소설가는 어느 시대에나 있기 마련이었다. 문제는 두 번째와 세 번째 부류의 소설가들이었는데, 문학이 산업적인 시스템을 갖추면서부터 두 번째 유형들은 점점 설 자리를 잃어갔다. 세 번째 유형의 소설가들이 그들의 자리를 발 빠르게 대체해나갔다. 후천적인 노력으로 작가가 될 수 있다면 일찍부터 시스템 속에서 길러져 문학산업의 전사가 되는 편이 작가 개인을 위해서나 문단 전체를 위해서나 훨씬 더 유리하기 때문이었다. 그런 소설가들은 젊은 시절부터 다분히 전략적인 주목을 받으면서 스타작가로 길러졌다.

나는 시선을 가까이로 거두며 머리를 굴렸다.

과연 저들 중 누가 심사위원이 될 것인가. 아무리 봐도 모를 일이었다. 그래도 어렵게 참석한 이상 허무하게 물러갈 순 없었다. 술기운이 부족한 용기를 채워주었다. 때마침 몇 년 전까지 문학상을 휩쓸었던 중견작가 김대수의 옆자리가 비게 되었다. 그때까지 아양을 떨던 신인작가가 화장실이라도 간 모양이었다. 나는 부리나케 술잔을 들고 일어났다.

"선생님, 인사드리러 왔습니다. 소설 쓰는 공노명이라고 합니다."

김대수가 나를 흘깃 쳐다보았다. 주변에 둘러앉은 작가들이 무슨 문제인가로 논쟁을 벌이고 있었다. 귓가에서 매미 수십 마리가 한꺼번에 맴맴 울어대는 것 같았다.

"누구?"

김대수가 귀를 가까이 가져다대며 인상을 찌푸렸다. 나는 김대수의 귀에 대고 소리를 질렀다.

"공노명입니다."

"아! 공 작가."

김대수가 고개를 끄덕이며 술잔을 들어 부딪쳤다.

"한 잔 받아요."

김대수가 내 어깨를 두드리며 잔에 술을 따라주었다. 나는 두 손으로 떠받들 듯 잔을 들어 올렸다. 그동안의 지독한 외로움 때문이었을까. 문단의 대가에게 술 한 잔 받는 것마저 감격적이었다.

"그래, 요새도 잘 쓰고 있죠?"

김대수가 나를 지그시 바라보며 말했다.

"네, 뭐 그냥저냥요."

"나는, 그 뭐냐 공 작가 그 소설 감동이었어요."

"네? 어떤…… 소설요?"

"그거 있잖아요. 제목이 뭐였더라…….'

갑자기 술이 확 깨는 기분이었다. 설마 김대수가 내 데뷔작을 말하는 건 아닐 터였다. 혹시 다른 작가로 착각을 하고 있는 건 아닐까. 그럼에도 섣불리 부인하기엔 머쓱한 상황이었다. 아니라고 말할 기회를 놓쳐서이기도 하지만 기대감에 찬, 그리고 후배 작가에게 충고를 해주고 싶은 선배 작가의 애정을 외면해서는 정녕 안 될 것 같았다.

"아, 생각났다. 당신을 그리는 나라, 그거 맞지요?"

"아, 당신이 그리워하는 나라, 요?"

"아, 맞아 맞아. 그 작품 정말 좋았어요."

그건 몇 년 전 한국작가상을 수상했던 공노식 작가의 작품이었다. 김대수가 술에 취해 나를 공노식으로 착각하는 게 분명했다. 나는 김대수의 귀에 대고 또박또박 발음했다.

"선생님, 그건 제가 아니라요, 공노식 작가 작품이었습니다. 저는 공노명입니다."

마치 양심선언을 하는 내부고발자라도 된 심정이었다. 하지만 김대수는 내 말을 여전히 못 알아들은 눈치였다. 불붙은 앞자리 사람들의 논쟁 소리 때문인 듯했다. 김대수가 다시 술을 따르며 내 어깨를 두드려댔다.

"공 작가, 지난번 문학상 물먹은 거 너무 상심하지 말아요."

기분이 묘했다. 내가 진짜 공노식이 된 기분이랄까. 문학상을 놓친 공노식의 아픔이 십분 이해되는 듯했다.

"아, 네, 그럼요."

아무렴. 김대수라고 항상 자부심이 넘치고 당당하기만 할까.

"작가라는 사람은 말이에요."

그가 또 무슨 말인가를 꺼냈지만 잘 들리지 않았다.

에라, 모르겠다. 내가 거짓말을 한 것도 아니고 자신이 착각한 건데 뭘 어쩌겠어.

그렇게 생각하자 마음이 편해졌다. 두 번 다시 김대수를 만날 일도 없을 터였다. 나는 김대수의 술을 받으며 그저 "네, 네."라는 대답만 반복했다. 혹여라도 김대수가 내 대답을 무성의하다고 판단할지 몰라 이따금씩 "그럼요."나 "맞습니다."와 같은 추임새도 넣어주었다. 김대수도 내 태도가 마음에 들었는지 계속 말을 이어갔다. 얼마쯤 뒤, 방문이 열리면서 누군가 안으로 머리를 불쑥 들이밀었다. 나는 하마터면 술잔을 떨어뜨릴 뻔했다. 그는 진짜 공노식이었다. 하필이면 그가 맞은편에서 논쟁을 벌이던 두 작가 사이에 비집고 들어와 앉았다. 공노식이 김대수에게 꾸벅 고개를 숙여 보였다.

"선생님, 안녕하셨어요."

김대수는 술에 취해 게슴츠레한 눈으로 진짜 공노식을 건너다보았다.

"어, 그래요. 누구?"

"소설가 공노식입니다."

"아, 그래요. 공 작가."

김대수가 고개를 끄덕이며 술잔을 내밀었다.

"가만, 공 작가라고 했나?"

김대수는 앞자리 공노식과 옆자리 나를 번갈아 쳐다보았다. 문득 내가 진짜 공노식이라고 강변이라도 하고 싶은 심정이었다. 다행히 공노식은 옆자리 작가들의 논쟁에 새롭게 가세했다. 김대수가 눈을 동그랗게 뜨고선 손가락으로 나를 가리켰다. 나는 어색하게 웃으며 어깨를 으쓱해 보일 수밖에 없었다.

"그럼, 선생님 전 이만."

나는 고개를 꾸벅 숙이고 일어났다. 김대수가 붙잡지나 않을까 목덜미가 간지러운 한편으로 시간만 낭비했다는 후회가 밀려들었다. 김대수가 심사위원이 된다 해도 달라질 건 없었다. 워낙 작품세계가 다양한 위인이라 취향에 맞춘다는 것 자체가 불가능했다.

내가 소주 한 병을 다 비웠을 때였다. 멀리에 있던 황이 내 쪽을 흘깃 보더니 일어났다. 손을 들어 보여도 그는 못 본 체 밖으로 나갔다.

새끼, 쌀쌀맞기는.

나는 치코와 눈을 맞추며 손바닥으로 이마를 두세 번 문질렀다. 그만 철수하자는, 미리 약속해둔 신호였다. 치코는 내 신호를 본체

만체하며 소설가 강과의 대화에만 열중했다. 이쯤 되면 내가 더 앉아 있을 이유가 없었다. 나는 들어왔을 때와 똑같이 술자리를 빠져나왔다. 마치 소리도 냄새도 없이 스며들었다 증발해버리는 안개처럼. 치코는 제 세상인 듯 잘 어울릴 테니 걱정할 필요가 없었다.

어디예요? 설마 혼자만 집으로 가는 건 아니겠죠?

골목에서 나와 큰길을 걷는데, 치코의 문자메시지가 도착했다.

먼저 갑니다 아주 물 만난 고기던데 파닥파닥 더 놀다 오세요

곧바로 답장이 날아왔다.

그럼 우리 둘 다 우거지 죽상을 하고 있어야겠어요? 아무튼 기다려요 나도 갈 테니까

어쩔 수 없이 기다리기로 했다. 어두워진 거리를 차들이 쌔앵쌔앵 내달리고 있었다. 그사이 비가 내렸는지 도로는 축축이 젖어 있었다. 공기에 스며든 습기가 폐부에 달라붙듯 깊숙이 빨려 들어왔다. 외롭다. 무턱대고 그런 말이 튀어나왔다. 앞에서 걸어오던 여자가 마치 바바리맨과 마주치기라도 한 듯 기겁을 하며 피했다. 멀리에서 치코가 허겁지겁 뛰어왔다.

"우리끼리 한잔 더 할래요?"

나는 그녀와 지하철역, 그리고 방금 전 도망쳐왔던 골목 쪽을 번갈아 보았다. 치코와 술을 마신다고 해도 기분이 나아질 것 같지는 않았다. 그래도 고시원으로 곧바로 들어가고 싶지는 않았다.

"그럽시다."

치코가 애인이라도 되듯 내 팔짱을 끼었다. 고갯짓으로는 앞에 보이는 이층의 호프집을 가리켰다. 나는 못 이기는 척 걸음을 옮기다가 팔을 슬며시 그녀의 허리에 둘러보았다. 치코가 샐쭉 웃으며 허리를 빼냈다. 나는 머쓱해져서 손을 바지 주머니에 집어넣었다. 치코가 계단을 앞장서서 올라갔다.

바늘도둑,
소도둑

며칠 동안 나는 절름발이의 움직임을 파악하는 데 주력했다. 다리를 끄는 걸음 소리 덕분에 크게 어렵진 않았다. 문을 쾅, 소리 나게 여닫는 버릇도 적잖이 도움을 주었다.

그날 이후 교성은 들려오지 않았다. '야동'을 끊었거나 '음소거' 모드로 보는 것인지도 몰랐다. 모노드라마를 연출했던 게 미안해질 정도였다. 대신 절름발이는 이전보다 더 자주 방을 비웠다. 어쩌면, 내가 신경을 쓰다 보니 그렇게 여겨지는 것일지도 몰랐다. 그는 아침, 점심, 저녁에 각각 한 차례씩 규칙적으로 외출을 했다. 관찰한 지 사흘째 저녁에는 약속이라도 있는 건지 한참 동안 돌아오지 않았다.

나는 절름발이가 외출할 때마다 복도로 나가 옆방 문의 잠김 여부를 확인했다. 점심때에는 방문을 잠그지 않고 나가는 경우가 많았는데, 그만큼 또 빨리 돌아왔다. 길어도 한 시간을 넘기지 않았다.

문인들과의 술자리가 있던 날, 치코와 단둘이 맥주를 마시면서 옆방 절름발이에 대해 말해주었다.

"세상에 소설 쓰는 사람들 참 많네요."

치코가 휘둥그레진 눈으로 나를 바라보았다.

"유유상종이라고, 관심사가 같다 보면 이상하게 그런 사람들끼리 얽히더라구요."

나는 적당히 얼버무렸다. 절름발이와 예전부터 알던 사이라고 밝힐 필요는 없었다.

"혹시 그 사람도 광고를 봤을까요?"

몇 개 일간지와 잡지 그리고 인터넷에 광고가 나간 상태였다. 전국의 뜨지 못한 작가들이 상금 3억 원짜리 패자부활전에 부나방처럼 몰려들 것이다. 최고의 상금이기에 당선자는 스포트라이트를 받을 것이었다. 나는 시간이 지날수록 초조해졌다. 만약 우연한 기회에 광고를 접했다면 그렇듯 애면글면하지 않았을 것이다. 그러나 황이 내민 미끼를 덥석 문 순간부터 한시도 자유로울 수 없었다. 그것에 대한 갈망이 뜨거워질수록, 그리고 가능성이 희박함을 깨달을수록 초조감이 부풀어 올랐다.

"당연히 봤겠죠. 못 봤다 해도 틀림없이 공모 마감일 전에는 알 수 있을 거예요. 이런 정보들은 돌고 돌거든요."

치코에게서도 똑같은 초조감이 엿보였다. 아니, 치코와 함께 있으면 그런 감정이 마치 핵연쇄반응이라도 일으키듯 엄청난 상승작용을 했다. 의연하게 창작에 몰두하는 건 매케인뿐이었다.

"그럼 뭔가 조치를 해야 하는 거 아니에요?"

치코가 비장한 어투로 말했다.

"무슨 조치요?"

"그 방에 들어가봤다고 했죠?"

"문이 열려 있길래 호기심에요."

여자의 교성이 이따금씩 들려왔다는 말까지 할 필욘 없었다.

"그 사람 소설은 어땠어요? 잘 쓰는 것 같아요?"

전전긍긍하는 치코의 눈빛은 안쓰러울 지경이었다. 그래도 서부극 모티브를 훔쳐왔다고, 그녀에게 털어놓을 순 없었다.

"꽤나 흥미로운 작품인 건 맞아요."

"어떤 이야긴데요?"

"그냥 뭐, 장르소설 쪽이긴 한데……."

나는 말을 얼버무리면서 자세한 언급을 피했다. 다행히 치코도 더 물어 오지는 않았다. 대신 긴 한숨을 내쉬더니 결심한 듯 물었다.

"그 사람이 쓴 파일을 날려버리는 게 어때요?"

"뭐라구요?"

"지금 우리가 이것저것 따질 형편이에요? 흥미로운 작품이라면서요? 만에 하나라도 그 사람이 당선되면 그땐 어떻게 할 거예요?"

"에이, 그래도 그렇지."

치코의 말은 농담이 아니었다.

"지금 다른 사람 생각할 때가 아니라구요."

"그래도 페어플레이를……."

"페어플레이? 그래서 셋이 함께 소설 쓰나요? 심사위원까지 끌어들이고?"

그녀가 노골적으로 코웃음을 쳤다.

"그래도 그건 아니에요."

"어휴, 진짜. 공노명, 아니 돌탱 씨, 자기 자신에게 좀 솔직해질 수 없어요?"

"솔직해지다니요?"

"스스로에게 물어봐요."

"지금 내가 그걸 원한다는 말이에요?"

"아니에요? 좋아요. 그럼 그 사람이 방을 비우는 시간만 알려줘요. 내가 기다리고 있다가 들어가서 파일을 날려버릴게요."

"진짜로 하는 말이에요? 그 사람은 어떻게 하고요. 몇 달 동안 힘들여 쓴 작품일 텐데."

"그렇게 몇 달 동안 힘들여 쓸 정도라면 한 번 날아갔다고 포기하겠어요? 분명히 또 도전할 거라구요. 공모 기회는 얼마든지 있잖아요? 그 사람에겐 미안한 일이지만 어쩔 수 없어요. 하지만 우리에겐 이번이 처음이자 마지막 기회잖아요."

"그건 우리 사정이고."

"손에 직접 피를 묻히기는 싫고 달콤한 열매만 먹겠다? 좋아요. 내가 직접 처리할게요."

저런 단호함은 대체 어디에서 나오는 것일까. 문득 치코라는 인간 자체가 궁금해졌다. 언젠가 한번 그녀가 살아온 삶에 대해 물어보았지만 그녀는 말을 삼갔다. 나도 굳이 남의 과거사를 들추고 싶지는 않았다.

"바늘도둑이 소도둑 된다더니 짜고 치는 고스톱도 모자라 도둑질까지 하겠다 이 말이군요?"

나는 신경질적으로 되물었다.

"아, 느낌이 이상해서 그래요. 나도 그러고 싶진 않지만 이건 우리에게 평생 올까 말까 한 기회라고요."

술기운이 달아날 만큼 절박한 말투였다.

"알아요. 나쁜 짓이라는 건. 내가 잠깐 미쳤나 봐요. 사정이 너무 급하다 보니……."

"빚을 많이 졌나요?"

그녀가 무겁게 고개를 끄덕였다. 잠깐 침묵이 흘렀다. 치코는 고개를 수그린 채 한숨만 내쉬었고, 나는 무덤 속을 들여다보듯 스스로의 욕망을 들여다보았다. 그러고는 테이블 위로 한 손을 뻗어서 슬그머니 그녀의 손을 잡았다.

"당신 말대로 내가 그 사람 방에 들어가서 원고를 날려버릴게요."

치코가 놀란 눈빛으로 바라보았다.

"됐어요. 그 사람이 된다는 보장 있어요? 우리가 잘 쓰는 게 더 중요하죠. 게다가 그 사람도 고시원에 사는데, 얼마나 사정이 딱하겠어요?"

"그래도 날려버릴래요."

"정말요? 꼭 그렇게까지?"

"이왕 도둑이 될 거면 바늘도둑보다는 소도둑이 낫겠어요."

나는 치코의 손을 놓고 소주잔을 들었다. 치코의 눈동자가 카메라 렌즈처럼 반짝, 커졌다가 작아졌다.

그날부터 나는 고시원에 틀어박혔다. 옆방 절름발이의 움직임 하나하나에 신경을 곤두세우면서. 되도록 빨리 거사를 해치우고 소설쓰기에 집중하고 싶었다. 다행히 휴게실이 있는 복도 쪽 천장엔 CCTV가 설치되어 있지 않았다.

나는 발걸음 소리가 멀어지길 기다렸다가 일어섰다. 복도로 나가 주위를 살핀 뒤, 옆방 앞으로 갔다. 문은 역시 잠겨 있지 않았다. 절름발이가 되돌아오기 전에 일을 끝내야 했다. 방 안으로 뛰듯이 들어갔다. 예상대로 책상 위 노트북이 켜져 있었다.

두 개의 인터넷 창이 열려 있었다. 문제의 소설 문서 창은 아래로 내려져 있었다. 짐작한 대로 절름발이는 온종일 소설과 씨름 중이었다. 남의 원고를 날려버릴 생각을 하니 손이 덜덜 떨려왔다. 나는 화면 상단의 파일 경로를 보고 원고의 위치를 파악했다. 문서창을 닫은 다음 폴더에서 파일을 찾아 삭제 버튼을 눌렀다.

이 파일을 휴지통에 버리시겠습니까?

그때 복도에서 인기척이 들려왔다. 나는 깜짝 놀라 문밖으로 고개를 내밀었다. 다행히 절름발이는 아니었다. 현관문과 가장 가까운 방에 있던 투숙객 한 명이 밖으로 나가는 소리였다. 다시 들어와 노트북 화면을 노려보았다.

이 파일을 휴지통에 버리시겠습니까?

화면엔 여전히 같은 질문창이 떠 있었다. 나는 적군을 조준하는 저격병처럼 화면을 뚫어지게 노려보았다. 결코 짧지 않은 몇 초의 시간이 흘러갔다. 독하게 결심했지만 도저히 실행에 옮길 수 없었다. 나는 방아쇠에서 손가락을 내려놓듯 결국 '아니요'를 클릭했다. 대신 USB에 소설을 담고 노트북을 원래의 상태로 되돌려놓았다. 어느덧 손에 땀이 차올랐고, 다리까지 후들거렸다.

이래 놓고 뭐 소도둑이 된다고?

노트북에서 손을 떼고 돌아서려 했을 때였다. 누군가의 시선이 느껴지면서 등골이 오싹했다. 반사적으로 고개를 문 쪽으로 돌렸다. 아무도 없었다. 신경과민인가 싶어 헛웃음이 나왔다. 책상 위 한쪽에 세워진 사진 한 장이 눈에 들어왔다. 싸구려 액자에 든 빛바랜 사진 한 장.

사진 속에는 꽃밭에서 환하게 웃고 있는 어린 여자아이가 있었다. 붉은 철쭉이 흐드러지게 핀 들판에서 아이는 카메라를 바라보며 꽃보다 더 화사하게 웃고 있었다.

절름발이에게 딸이 있었나. 나도 모르게 고개가 갸웃거려졌다. 문화센터 시절, 그가 이혼했다는 소리를 들었던 기억이 났다. 아이의 환한 웃음에 가슴이 먹먹해졌다.

방으로 돌아와 원고를 열어보았다. 지난번보다 50매 정도 늘어나 있었다. 곧바로 소설을 읽기 시작했다.

멕시코 산적 출신인 알베르토와 밥과 로드리고는 현상금이 걸린 레오나르도를 잡으러 가는 길이다. 그러나 밥과 로드리고는 애먼 농부를 죽인 뒤, 그 죄를 알베르토에게 뒤집어씌운다. 알베르토는 혼자 쫓기는 신세가 돼 떠돌다가 황야에 은둔해 있는 총잡이를 만난다.

은둔하는 총잡이

알베르토가 허허벌판 한가운데서 오두막을 발견한 건 저녁 무렵이었다. 그는 멀리서 오두막 주위를 관찰했다. 밥 일당이나 다른 현상금 사냥꾼들이 매복해 있는 것 같진 않았다. 괜찮다면 헛간에서 잠자리를 얻을 수도 있을 것 같았다. 그는 스코필드를 꺼내 들고 말에서 내렸다. 주변을 경계하며 오두막을 향해 조심스럽게 걸어갔다.

노인 한 명이 오두막 옆 우물에서 물을 긷고 있었다. 말 울음소리가 들리자 노인이 뒤를 돌아보았다. 알베르토가 총을 들고 선 모습을 보고도 노인은 놀라지 않았다. 태연히 고개를 돌려 계속 물을 길었다.

"노인장, 벌판에서 길을 잃었습니다. 하룻밤 신세를 질 수 있겠습니까?"

노인은 그제야 알베르토를 관찰하듯 찬찬히 살펴보았다.

"잘 곳이 마땅치 않소."

"헛간에다 짚단만 조금 있으면 됩니다."

"그럼 그렇게 하시오."

노인이 대수롭지 않게 대답했다. 알베르토보다 머리통 하나만큼 키가 큰 데다 눈매가 유난히 부리부리했다. 노인은 따라오라며 손짓을 하더니 물통을 들고 오두막으로 걸어갔다. 알베르토가 다시 한 번 주위를 두리번거리고 뒤를 따랐다.

노인이 오두막 안으로 들어가 물통을 내려놓았다. 그리고 문 앞에 놓여 있던 넓은 나무의자를 가리켰다. 그 위엔 먼지가 부옇게 앉은 말안장과 못 쓰게 된 못통과 톱, 대패와 그릇들이 어지럽게 널려 있었다.

"그것들을 치우고 침대로 쓰면 헛간보다야 나을 거요."

알베르토가 감사의 표시로 성호를 그어 보였다. 노인은 알베르토가 짐을 옮기는 걸 지켜보다가 밖으로 나갔다. 알베르토가 그 뒤를 몰래 따라가보았다. 노인은 십여 마리의 돼지와 닭들이 함께 사육되고 있는 축사로 갔다. 돼지와 닭에게 줄 사료를 나무로 만든 양동이에 퍼 담아서 축사 안으로 들어갔다. 알베르토는 경계심을 풀고 다시 집 안으로 돌아왔다.

무척 피곤했던 모양으로 자리에 앉은 채로 잠이 들고 말았다. 노인이 어깨를 흔들어서야 알베르토는 잠에서 깨어났다.

"식사하시오."

알베르토는 식탁으로 가서 의자에 앉았다. 딱딱한 빵과 버터, 돼지고기와 양배추, 콩을 넣은 스프가 제법 먹음직스러웠다. 반병쯤 남은 위스키도 있었다.

알베르토는 허겁지겁 음식을 먹어치웠다. 노인이 흥미롭다는 듯 그를 지켜보았다.

"한잔하겠소?"

노인이 잔에 위스키를 따라 건넸다. 알베르토는 술을 마시면서 오두막 안을 둘러보았다. 오랜만에 알코올이 들어가자 긴장이 풀렸다.

"그 총 한번 만져봐도 되겠소?"

노인이 알베르토가 허리에 찬 총을 가리켰다. 그는 순간 긴장하지 않을 수 없었다. 노인을 믿어도 될지 의심이 났다. 그러나 노인의 태연한 표정에 이내 마음이 놓였다. 죽이려 했다면 잠들었을 때 시도해도 충분했을 것이다. 알베르토는 콜트 리볼버를 꺼내 탁자 위로 건넸다. 스코필드는 왼쪽 총집에 그대로 놓아두었다. 노인이 그것을 받아서 이리저리 살펴보더니 고개를 끄덕거렸다.

"총을 쏠 줄 아십니까?"

노인의 얼굴에 보일 듯 말 듯 웃음이 스쳐갔다.

"내 입으로 이런 말하기긴 쑥스럽지만 한때는 나도 명사수 소릴 들었지."

"아아, 네."

알베르토가 웃으면서 빵을 뜯어 입에 넣고 씹었다. 노인의 눈가에 눈물이 살짝 맺히는 걸 그는 놓치지 않았다.

"프랭크 머서라고 들어봤소?"

노인이 눈길을 돌리더니 점잖게 물었다.

"프랭크 머서요?"

알베르토는 고개를 갸웃거렸다.

"남부 최고의 악당이었소. 지나가던 개도 짖기를 멈춘다는 소문이 있을 만큼 악명이 자자했지. 보안관들도 쩔쩔 맸고 아무도 그를 체포하지 못했소. 그는 혼자가 아니었으니까."

"그런데요?"

"그자를 죽인 사람이 바로 나요."

그제야 알베르토는 프랭크 머서가 누구인지 기억해냈다. 오래전에 죽었지만 제시 제임스나 빌리 더 키드만큼이나 유명한 무법자였다. 특히 프랭크 머서가 유명세를 탄 것은 훗날 국회의원이 된 '꼬마 조지'에게 죽임을 당했기 때문이었다. 서부 역사에서 꼬마 조지와 프랭크 머서의 대결은 OK 목장의 결투만큼이나 유명한 것이었다. 꼬마 조지는 키가 땅딸하고 얼굴이 어려 보여서 붙은 별명일 뿐 실제로 꼬마는 아니었다. 매일 목장에서 소나 치던 꼬마 조지가 갓난아이 울음도 그치게 한다는 최고의 무법자 프랭크 머서를 쓰러뜨렸던 것이다. 유력 일간신문의 만화는 당시 결투를 다윗과 골리앗의 대결에 비유하기도 했다.

프랭크는 그 고장 사람들에게 도려내야 할 암적인 존재였다. 반면 처치 곤란한 쓰레기를 제거해준 꼬마 조지는 영웅이었다. 꼬마 조지는 승승장구했다. 무법자 프랭크를 죽이면서 보안관으로 추대됐다. 그는 추적대를 조직해 남아 있던 프랭크 일당을 일망타진했다. 갑자기 탄생한 영웅은 지역민들의 추대로 국회의원이 돼 4선까지 역임했다. 부통령 후보로도 나섰지만 다른 후보에 아깝게 밀려 최종 경선에 나서진 못했다. 그럼에도 꼬마 조지는 서부에서 최고로 출세한 사람으로 꼽히며 오랫동안 사람들의 입에 오르내렸다. 오죽하면 '개천에서 용 난다'는 속담 대신 '목장에서 꼬마 조지 난다'라는 속담이 생겨날 정도였다. 하지만 수그러들지 않는 의혹이 하나 있었다. 바로 꼬마 조지가 정말로 프랭크 머서를 죽였는가, 하는 것이었다. 제3의 인물이 개입됐을 거라는 의혹은 잊혀질 만하면 다시 고개를 들었다. 당시 정황은 확실했다. 결투가 있던 날 밤, 프랭크 머서는 걸음이 비틀거릴 정도로 술에 만취해 있었다고 했다. 더욱이 달이 뜨지 않는 어두운 밤이어서 술집과 민가에서 흘러나오는 희미한 불빛 말고는 골목에 아무것도 보이지 않았다 했다. 꼬마 조지가 어둠 속에서 조용히 매복을 하고 있었던 데 반해 프랭크는 술집의 불빛이 흘러나오는 지점에 서서 주민들 전체를 향해 여성과 남성의 성기를 빗댄 욕설을 주구장창 퍼부어댔다는 것이다. 나 여기 있으니 쏠 테면 쏘아봐라, 고 광고라도 하듯이. 반대편의 주장 역시 만만치 않았다. 평소 의협심이라곤 코요테 젖가슴 털만큼도 가지고 있지 않던 꼬마 조지가 갑자기 의거를 감행한 이유가 납득이 되지 않는다는 것이었다. 게다가 초짜 카우

보이인 조지가 어둠 속에서 프랭크를 쏴 죽일 만큼 사격 솜씨가 뛰어났는지도 의문이라고 했다. 꼬마 조지가 가지고 있던 권총도 남북전쟁 초기에나 쓰던 골동품 콜트 드래군이었다고 했다. 반면 프랭크는 술에 취해 결투에 나타났던 적이 많았고, 취중이라 해도 이십 야드 밖에서 위스키 병을 맞출 만큼 명사수라고 했다. 진실 논쟁은 남부 최대 판매부수를 자랑하는 휴스턴 트리뷴 지 1면을 장식할 정도로 화제가 되었다. 진실을 알고 있는 건 꼬마 조지뿐이었다. 프랭크는 죽어 흙이 된 지 오래였고, 목격자들의 진술은 상당 부분 엇갈렸다. 하지만 조지 역시 그 일에 대해선 말을 아꼈다. 하긴 그는 더 이상 '꼬마'가 아닌 국회의원이었다. 언젠가 휴스턴 트리뷴 지 기자가 조지를 직접 찾아가 인터뷰를 했다. 그가 재선 국회의원이 되던 무렵이었다.

"그 주정뱅이 무법자를 죽인 건 의원님이 아니었다는 주장이 끊임없이 제기되고 있는데, 그것에 대해 어떻게 생각하십니까?"

조지 의원은 언제나 즉답을 피하고 애매하게 대답했다.

"누가 쏘았느냐가 중요한 게 아니라 시민들의 등골을 빼먹던 악당이 저승으로 사라졌다는 게 중요하오."

"물론 그렇지요. 하지만 사람들은 정말로 의원님이 프랭크를 죽였는지 궁금해합니다."

"사람들이 말하는 그대로요."

"그대로라니요? 사람들의 의견은 둘로 나뉘어 있습니다."

"그야 미국은 개인의 의견을 존중하는 민주주의 국가니까."

"하하, 그럼 단도직입적으로 묻겠습니다. 그날 프랭크 머서를 쏜 사람이 정말 의원님이었나요?"

"물론 나는 방아쇠를 당겼소. 하지만 프랭크 머서를 죽인 건 바로 정의의 심판을 바라는 시민들의 열망이었소."

꼬마 조지의 비유적인 대답은 진실 의혹을 해소하긴커녕 증폭시키기만 했다. 언론들은 심심하면 그때의 이야기를 꺼내 판매부수를 늘렸고, 내친김에 광고 지면마저 탐욕스럽게 채워 넣었다. 다른 신문의 기자들이 꼬마 조지를 찾아가 당시의 상황에 대해 물어도 대답은 늘 그런 식이었다. 그렇게 의혹이 해소되지 않은 채 조지는 몇 년 전 세상을 떠났다.

'프랭크 머서는 누가 죽였는가? 영원히 어둠 속으로 묻히고 만 진실'

조지 사망 이틀 후에 발간된 휴스턴 트리뷴 지의 라이벌 격인 댈러스 카우보이 지의 메인 타이틀이었다. 다시 무법자 프랭크 머서 죽음의 진실 논쟁이 촉발된 것이다. 휴스턴 트리뷴 지보다 더욱 선정적이고 공격적인 논조를 자랑하는 신문답게 댈러스 카우보이 지는 꼬마 조지가 아닌 다른 누군가가 프랭크를 죽였을 것이라는 쪽으로 의견을 몰아갔다. 그러니까 그 기사는 알베르토 같은 멕시코 뜨내기 귀에까지 들렸을 정도로 세간의 화제가 되었다.

알베르토는 노인의 얼굴을 관찰하듯 쳐다보았다. 총을 들고 이리저리 살펴보는 노인의 눈길은 마치 애인이 준 선물을 바라보듯 부드러웠다. 노인이 다시 테이블 위에 총을 올려놓았다.

"노인장 이름이 어떻게 되시죠?"

"폴이오."

"풀 네임은?"

"그냥 폴이라고만 아시오."

노인은 무뚝뚝하게 말했다. 알베르토는 얼른 화제를 돌렸다.

"그 말이 사실입니까? 프랭크 머서를 쏘았다는 말이요."

"사실이고말고. 내가 쏘았소. 윈체스터 장총으로 놈을 쏘아 죽였지. 하지만 꼬마 조지를 돕기 위해서는 아니었소."

"그럼 무엇 때문이었습니까?"

"여자 때문이었지. 꼬마 조지는 총 한번 쏘아본 적 없는 애송이였어. 애초에 프랭크에 맞서려고 했던 게 아니었소. 프랭크가 지나가다 우연히 목장에 들렀는데, 꼬마 조지가 그의 요구대로 말굽을 갈아주었지. 하지만 말굽을 잘못 가는 바람에 말이 흥분해 날뛰었고, 프랭크는 말에서 떨어져 엉덩방아를 찧고 말았어. 화가 머리끝까지 치민 프랭크는 꼬마 조지에게 욕설을 퍼부었소. 내 불알에 낀 때만도 못한 놈아, 네놈이 내게 결투를 신청하지 않으면 네놈 가족들을 먼저 죽여주마. 그래서 꼬마 조지는 어쩔 수 없이 결투에 나서게 된 거요."

알베르토는 난데없는 진실게임에 끼어든 것 같아 기분이 묘했다.

"프랭크에게 오빠를 잃은 캐더린이라는 여인이 있었소. 때마침 그녀가 날 찾아와 프랭크를 죽여주면 전 재산을 주겠다고 하더군. 전 재산이 얼마였는지 아시오?"

알베르토는 어깨를 으쓱해 보였다.

"금화 십 달러가 다였소. 하지만 보너스로 그녀의 끝내주는 몸뚱이를 하룻밤 내게 주었지. 캐더린은 정말 예뻤소."

노인의 눈동자가 허공 어디쯤에 머물러 있었다.

"그래서 어떻게 되었나요?"

"그날 프랭크는 술에 너무 취해 있었소. 꼬마 조지는 겁을 집어먹고 반대편에 납작 엎드리다시피 매복해 있었고. 프랭크와 조지는 어둠 속에서 서로 총질을 했지만 모두 상대를 맞추지 못했소. 한동안 여관과 술집, 여염집의 유리창들만 박살 났지. 그때 내가 프랭크의 뒤로 몰래 다가가 놈의 이름을 불렀지. 놈이 돌아볼 때, 심장에 총알을 박아 넣었소."

알베르토는 빵 조각을 칼로 베어냈다. 이제 노인에게 물어야 할 차례였다. 프랭크 머서를 죽인 진짜 영웅이 왜 이런 허허벌판의 오두막에서 쓸쓸하게 말년을 보내고 있는지. 정말 여기서 이러시면 아니 되옵니다, 라고 말리고 싶은 심정이랄까. 어쩌면 노인은 지금껏 자신의 말을 들어줄 누군가를 기다렸던 게 아닐까. 알베르토의 뇌리에 그런 물음이 유탄처럼 날아들었다.

"그럼 노인장은 왜 이런 곳에 있는 겁니까? 당신 같은 영웅이 외딴 집에 처박혀 있는 건 뭐랄까, 많이 부당한 일이잖아요."

노인은 알베르토를 한동안 쳐다만 보았다. 음식 접시들을 치운 뒤, 다시 테이블로 와서 앉았다. 알베르토는 노인의 행동을 말없이 지켜보았다. 노인은 그것이 유일한 취미라도 되는 듯 시가를 천천히 아끼면서 피웠다.

"그래, 뭐 이젠 말을 해도 되겠군. 조지는 오래전에 갔고, 캐더린도 떠났고, 이제 이런 이야기쯤 아무도 흥미로워하지 않을 테니까."

노인이 외딴 곳에 들어온 것은 캐더린 때문이었다. 프랭크는 혼자가 아니었다. 그래서 폴은 자신이 프랭크를 죽였다고 밝히지 못했다. 그냥 숨죽이고 일이 어떻게 돌아가는지 지켜보았다. 그런데 꼬마 조지의 행동이 또한 의외였다. 그는 겁쟁이였지만 그것을 덮을 만한 놀라운 재주를 가지고 있었다. 바로 사람들의 심리를 이용하는 타고난 선동가라는 점이었다. 사람들은 꼬마 조지가 무법자 프랭크를 죽였다고 신이 나서 떠들어댔다. 소문이 바람을 타고 전해지기 시작했다. 모두가 자신을 떠받들자 조지는 마을 자경단과 추적대를 조직했다. 악명에 기대고 있었을 뿐 프랭크 일당이 숫자가 많은 건 아니었다. 우두머리를 잃은 일당은 오합지졸이 되어 우왕좌왕했다. 때문에 조지는 자경단과 추적대로 어렵지 않게 프랭크 일당을 일망타진할 수 있었다. 그 일을 끝낸 뒤, 조지는 캐더린과 함께 폴을 찾아왔다. 진실을 밝히지 말아달라는 부탁을 하기 위해서였다. 캐더린이 조지에게 자초지종을 밝혔던 것인데, 그녀는 이미 조지에게 몸과 마음을 통째로 빼앗긴 상태였다.

"조지는 캐더린과 결혼했나요?"

"물론이오. 둘은 동부로 가서 크게 성공했소."

노인이 허허벌판으로 들어온 건 훨씬 뒤의 일이었다. 조지가 철도회사와의 담합과 로비 의혹으로 정치생명이 끝장날 위기에 처한 적이 있었다. 지역구의 신문기자 한 명이 폴을 찾아왔다. 프랭크 머서를 죽일 당시의 정황을 다시 캐묻기 위해서였다. 기자는 폴이 그 주인공이라고 확신하고 있었다. 폴은 그 사실을 부인했다. 기자는 다음에 또 오겠다며 떠났다. 일주일 뒤, 그를 찾아온 건 기자가 아닌 총잡이 두 명을 대동한 캐더린이었다. 그녀는 평생 먹고살 만큼의 돈다발을 던지면서 부탁했다. 조지가 프랭크를 죽이지 않았다는 사실이 탄로 나면 그것으로 정치생명은 끝이라고. 프랭크 머서를 죽인 건 꼬마 조지가 확실하다는 증언을 폴이 직접 신문사에 해달라고. 그것은 부탁이 아닌 협박이었다. 결국 폴은 몰래 마을을 떠나 이곳으로 들어왔다. 3선 국회의원이 되면서부터 조지는 무서울 정도로 탐욕스럽게 변해갔다. 그는 반대자를 겁박하고 언론을 매수하는 것도 모자라 거대 회사가 내미는 떡고물에 중독된 부패 정치인이 되었다. 그런 모든 일이 폴에게는 환멸로 다가왔다. 그는 세상과 인연을 끊고 오두막에서 이십 년째 살아오고 있었다. 누군가에게 진실을 털어놓을 기회만 엿보면서.

"지금이라도 언론에 모든 것을 털어놓는 게 어떠십니까?"

알베르토가 마지막 남아 있던 위스키 잔을 비우며 물었다.

"내 말은 이제 먹히지도 않을 걸세."

"왜 그렇죠?"

"이미 관가나 정가에 조지의 추종자들이 좍 깔려 있어. 그의 영향력은 어마어마하지. 조지에게 피해가 가는 진술을 그들이 가만히 두고 보겠나? 아마도 그들은 나를 미친 노인네로 몰아갈 걸세."

듣고 보니 반박할 수 없는 말이었다.

"나는 조지와 캐더린이 나를 찾아오던 순간을 기억해. 두 번째로 캐더린이 나를 찾아오던 순간도. 첫 번째는 내 의지로 결정했지만 두 번째는 아니었네. 난 두려웠어. 내가 거절했다면 캐더린은 총잡이들에게 나를 죽이라고 했을 거야."

"아마도 그랬겠죠."

"내가 살면서 가장 후회하는 게 무엇인지 아나?"

알베르토는 고개를 천천히 가로저었다.

"두 번째로 캐더린이 나를 찾아왔을 때, 내가 내린 결정이야. 그녀에게 비굴한 모습을 보이지 말았어야 했어. 그랬다면 그녀는 나를 죽였을지언정 나에 대한 존경심까지 버리진 못했을 거야. 하지만 나는 두려웠다네."

"어느 누구라도 그랬을 겁니다."

알베르토가 망설이다가 노인을 위로했다. 노인이 되묻기라도 하듯 알베르토를 쳐다보았다.

"이제라도 속 시원히 털어놓으니 홀가분하군."

노인의 눈빛이 등불 아래 형형하게 빛났다.

그들은 잠자리에 들었다. 알베르토가 나무의자에 눕자 노인이 등불을 후우 불어서 껐다. 얼마 안 있어 노인의 코 고는 소리가 들려왔다. 알베르토도 곧 잠 속으로 빠져들었다.

알베르토가 총소리에 놀라 깨어난 건 새벽 무렵이었다. 그는 자리에서 벌떡 일어나 주위를 두리번거렸다. 머리맡에 꺼내놓았던 콜트 리볼버가 보이지 않았다. 총집에 남아 있던 스코필드를 들고 등불을 켰다. 노인의 모습이 보이지 않았다. 알베르토는 문을 열고 몸을 낮춘 채 밖으로 달려 나갔다. 동쪽 하늘로부터 희미하게 여명이 밝아오고 있었다. 푸르스름한 빛이 비쳐드는 우물 벽에 누군가 몸을 기대고 있었다. 노인은 알베르토의 총을 한 손에 든 채 목에서 피를 뿜으며 축 늘어져 있었다. 노인의 목에서 흘러내린 피가 축축한 땅으로 물처럼 스며들었다.

"잘 가시오. 노인장."

알베르토는 우물가에 땅을 파고 시신을 묻었다. 헛간에서 못 쓰는 나무를 가지고 와서 십자가도 세워주었다. 무덤을 만들고 나니 해가 지평선 위로 높이 솟아올라 있었다. 집을 뒤져서 음식과 물을 가지고 떠나려던 알베르토는 다시 말에서 내렸다. 그리고 칼을 뽑아 한 자 한 자 글자를 써나갔다.

프랭크 머서를 죽인 진짜 영웅 폴, 진실과 함께 잠들다

알베르토는 땀을 뻘뻘 흘리며 마침내 묘비명을 완성했다. 그리고 무덤을 향해 성호를 그은 뒤, 스톤힐 묘지 쪽으로 방향을 잡았다. 그곳은 밥과 로드리고 일당의 목적지였다.

노인의 죽음을 목도하고 불현듯 깨달은 것이다. 진실이란 누가 대신 밝혀주지 않는 것임을. 알베르토 자신이 직접 나서지 않는 한 그는 평생 누명을 뒤집어쓴 채 도망쳐 다닐 수밖에 없는 운명임을. 밥과 로드리고와 싸우다가 죽든가 누명을 벗고 진실을 되찾든가, 선택은 두 가지뿐임을.

———❖———

나도 모르게 한숨이 새어 나왔다. 혼자임에도 얼굴마저 달아올랐다. 그동안 소설가랍시고 그를 얕잡아 보았던 것과 그의 소설을 지우려 했던 결심 같은 것들이 떠올라서였다.

한편으론 또 다른 의심이 들었다. 꼬마 조지와 프랭크 머서의 대결, 그리고 은폐된 진실을 숨긴 채 고독하게 살아가는 노인……. 어딘가 모르게 기시감이 들었다. 아, 그렇지. 나는 손바닥을 탁 소리가 나게 부딪쳤다. 〈리버티 밸런스를 쏜 사나이〉. 절름발이가 쓴 그 내용은 그 영화의 스토리를 가져와 교묘하게 덧붙이고 과장하고 비튼 것이었다. 최근에 소설쓰기를 위해 다운받아 본 영화이기에 더욱 기억에 또렷했다. 소정훈의 말대로 정말 이 세상에 미답지란 없는 것일까.

언젠가 절름발이가 모텔에서 들려주었던 이야기가 떠올랐다. 어

느 유명한 감독이 자기 시나리오를 교묘하게 비틀어서 자기 대본으로 만들었다고 했던……. 진실이 무엇인지는 그 유명한 감독만이 알 것이다. 그럼에도 절름발이 또한 억울한 심사를 버리지 못했을 수 있다. 어쩌면 그는 〈리버티 밸런스를 쏜 사나이〉를 패러디함으로써 자신의 상황을 은유적으로 말하고 싶었던 것일지 몰랐다.

언제 절름발이와 술이라도 한잔하면서 넌지시 물어봐야 할 것 같았다. 나는 화면을 노려보다가 신경질적으로 노트북의 전원을 껐다. 술 생각이 간절해져 치코에게 전화를 걸었다.

치코는 침울해 보였다. 언제나처럼 호들갑을 떨지도, 생긋생긋 웃지도 않았다. 나 역시 묵묵히 술잔만 비웠다. 치코가 사뭇 진지한 어조로 물었다.

"돌탱 씨, 나 믿어요?"

나는 고개를 끄덕이며 웃어주었다.

"당연하죠. 우린 파트너니까."

"매케인도요?"

이건 또 무슨 말인가.

"묻잖아요. 매케인 씨도 나처럼 믿느냐고요."

"우린 한 팀이에요. 서로를 의심하면 안 돼요. 힘을 합쳐도 모자랄 판에."

치코가 엷게 한숨을 쉬었다. 소주를 '원샷'으로 비우고 마른 오징

총잡이들

어를 찢어서 씹었다.

"그 사람이 나한테 집적거렸던 거 몰랐죠."

"뭐라구요?"

"그 사람 이 동네 고시원으로 이사 온 거는 알아요?"

그건 나도 알고 있는 사실이었다. 매케인은 공모가 끝날 때까지 원고에 집중하기 위해 상도동 쪽 고시원에 투숙하겠다고 했다.

"굳이 작업실까지 옮긴 게 이상하지 않아요?"

"대체 무슨 말이에요? 그렇게 질금질금 흘리지 말고 다 털어놔봐요."

나도 모르게 언성을 높이고 말았다.

"그 사람 이사 오고 나서요. 수시로 내 옥탑방을 기웃거렸어요."

"왜요?"

"왜긴요? 자기하고 사귀자는 거지."

"그것 참……."

누군가 코를 깃털로 살살 간지럽히는 것 같았다. 이거야 원 웃어야 할지 화를 내야 할지, 판단이 서지 않았다. 매케인이 그런 행동을 했으리라고는 꿈에도 예상하지 못했다. 그 역시 수컷이라는 걸 망각한 게 잘못이었을까. 하지만 치코의 말이 미심쩍기도 했다. 혹시 그녀가 오해하는 것이라면. 사소한 호의를 가지고 침소봉대하는 것이라면. 이러다가 협동작전에 균열이 생긴다면 큰일이었다. 단순한 해프닝이길 바랐지만 전말을 들어볼 필요는 있었다.

"언제부터였어요?"

"한 달 전이었어요. 처음에는 나도 대수롭지 않게 여겼는데, 그게 아니더라구요."

　치코는 부도 직전의 상황이었다. 급한 대로 이백만 원을 빌려야
했는데, 돈 나올 구멍은 어디에도 없었다. 지푸라기라도 잡는 심정
으로 매케인에게 도움을 청한 것도 그래서였다. 비밀을 공유하는
사이에 이백만 원 정도는 빌려줄 수도 있지 않겠나 여겼던 것이다.
물론 매케인도 여유 있어 보이진 않았기에 크게 기대하진 않았다.
그런데 예상 외로 매케인은 돈을 빌려주었다.
　"거기까지라면 얼마나 좋았겠어요? 진짜 고마운 사람으로 기억했
을 텐데."
　매케인은 돈을 빌려줄 테니 저녁이나 먹자고 했다. 치코가 나도
부르자는 걸 매케인이 말렸다. 원고 작업에 열심일 텐데 방해할 필
요가 없다는 것이었다. 그날은 저녁 식사만 하고 헤어졌고 다음 날
둘은 다시 만났다. 저녁 무렵, 매케인이 전화를 걸어와 만나자고 한
것이다. 그날 만취한 매케인이 감춰둔 속내를 드러냈다. 집으로 가
려는 치코를 붙잡더니 옥탑방까지 쫓아왔다. 그것은 시작에 불과했
다. 그날부터 매케인은 거의 이틀에 한 번꼴로 그녀의 옥탑방으로
찾아왔다. 어쩔 수 없이 술을 마신 적도 몇 번 있었다. 치코는 초고
작업에 지장이 있을까 봐 딱 부러지게 거절도 못 했다. 저러다가 제
풀에 지쳐서 그만두겠지 싶었던 것이다. 그러나 매케인의 행동은 점
점 더 노골적이 되어갔다. 술에 취한 척 치코의 몸에 손을 대기까지

했다. 술기운을 가장한 것이라 화를 내도 소용이 없었다.

🐦

"당신이 분명히 거절 의사를 밝혔는데도 매케인 선배가 계속 지분거렸단 말이에요?"

나는 치코의 말을 중간에서 잘랐다. 짜증이 치밀어 올라 듣고 있기가 힘들었다.

"그걸 왜 묻죠?"

치코가 눈을 동그랗게 뜨며 되물었다.

"거절 의사를 분명히 했는데도 그랬다는 게 나로선……."

"그럼 내가 거짓말을 한다는 거예요?"

"아니. 단지 이해가 안 돼서."

"이해가 안 되다니요? 내가 먼저 꼬리를 치기라도 했다는 거예요?"

"그 선배가 절대로 그럴 사람이 아닌 것 같아서……."

"이제 보니 노명 씨도 똑같아요. 남자들이 다 그렇죠. 이런 일이 생길 때마다 오히려 여자들이 행동을 잘못한 거라며 뒤집어씌우기 일쑤잖아요."

조도가 낮은 갓등 아래 그녀의 눈시울이 붉어져 있었다.

"내가 매케인을 만나 주의를 줄게요."

"주의를 준다고요? 그렇게 끝날 일이 아니에요."

"그럼 어떡해요?"

"아니에요. 그냥 술이나 마셔요."

치코가 싸늘한 눈빛으로 말했다.

"어쨌든 지금 우리에겐 매케인 선배가 필요해요. 당신이나 나나 그만한 내공이 못 되니까."

나는 치코를 달래듯이 말했다. 그녀가 기다렸다는 듯 반박했다.

"왜 자꾸 그렇게만 생각해요? 그 사람에게 장점이 있는 만큼 노명 씨나 나에게도 장점은 분명 있다구요. 게다가 노명 씨도 등단한 작가고, 시놉시스까지 나왔고, 그것도 따지고 보면 노명 씨 발상이 채택된 거잖아요. 아직 시간도 많은데, 우리끼리 한다고 못 할 게 뭐 있어요?"

치코가 기다렸다는 듯 속내를 털어놓았다.

"그건 안 돼요. 비밀이 새어 나갈 수도 있고, 아직 나는……."

나는 뒷말을 흐렸다. 치코도 더는 추궁하지 않았다.

"참, 옆방 남자 소설은 지웠나요?"

나는 고개를 천천히 가로저었다.

"다시 들어가보기나 했나요?"

"정오 무렵에 방을 비우길래 들어가보긴 했는데…… 아무튼 그렇게까진 하지 말자구요."

치코는 뻥 뚫린 액자를 들여다보듯 내 얼굴을 바라보았다. 기분이 안 풀렸는지 같이 나가자는 말도 하지 않았다. 그녀가 나간 출입문에서 찬바람이 쌩, 불어왔다.

절름발이 이야기를 괜히 들려주었나 싶었다. 그러나 치코가 설마 그의 소설을 지우기야 하겠는가. 지금은 매케인과 치코의 문제부터 해결해야 했다. 몇 달 남지도 않았는데 공모에 차질이 생길 일은 어떻게든 막아야 했다.

🐾

젊은이들 서넛이 근린공원 운동장에서 농구시합을 벌이고 있었다. 멀리에서도 땀내가 훅 끼쳐오는 듯했다. 몇몇 주민들은 빠른 걸음이나 달리기로 트랙을 돌았다. 돗자리를 펴고 모여 앉아 담소를 나누는 이들도 보였다. 모두 가을밤의 정취를 만끽하러 나온 주민들이었다. 나는 그들처럼 한가롭지 못했다. 짧은 가을이 지나가고 찬바람이 불면, 공모전 마감일이었다. 장거리 육상경기로 치면 중반 지점을 지났을 뿐이다. 그런데 이런 황당한 일이 벌어지다니. 근린공원 맞은편 입구에서 매케인이 걸어와 내 옆자리 벤치에 앉았다.

"무슨 급한 일이라도 있어요?"

매케인이 생수를 한 모금 들이켜고 물었다.

"저기……."

나는 치코에게 들은 사연을 그대로 전했다. 예상대로 매케인의 표정이 굳어졌다.

"돌탱 씨. 나를 믿을 수 있나요?"

매케인도 치코와 똑같은 질문을 던지고 있었다. 무슨 대사 연습하는 것도 아니고. 혹시 둘이 짜고서 나를 골탕 먹이려는 것은 아닐까.

"나는 치코도 믿지만 선배도 믿습니다."

치코에게 했던 것과 같은 대답을 들려줄 수밖에 없었다.

"나도 믿고 치코도 믿는다……."

"네. 파트너니까요."

"그럼 둘 다 안 믿는다는 말과 다를 바 없군. 잘됐네. 어차피 판단은 돌탱 씨가 내리는 거니까."

"무슨 일이 있었던 거죠?"

"돈을 빌려주고 내가 잠깐 치코에게 정신을 뺏기긴 했어요. 인정합니다. 하지만 아주 잠깐이었어요. 내가 좀 외로웠던 모양입니다."

꺼

치코에게 들이댔다가 거절당하고 난 며칠 뒤였다. 매케인이 그녀를 불러낸 건 동업자 관계로 돌아가기 위함이었다. 커다란 미련이 있는 것도 아닌데, 불편한 사이로 남고 싶지 않아서였다. 함께 일을 도모하는 판에 껄끄러워지는 건 곤란했다. 그러니까 그건 매케인이 어렵게 마련한 사과의 자리였다.

치코가 흔쾌히 웃으면서 건배 제의를 했다. 매케인은 반신반의하면서도 엷은 한숨을 쉬었다. 바람구멍이라도 난 듯 가슴 한쪽이 시려 왔다. 그런 기분을 떨쳐버리려 그는 연거푸 술잔을 비웠다. 그만 마시라는 이성의 경고를 본능은 무시했다. 경고음 따위 사라진 지 오래였다. 본능이 변명하듯 이성에게 속삭였다. 여전히 어색한 무언가가 남아 있지 않으냐고. 그런 감정은 빨리 털어내야만 한다고. 이성이 반박했다. 치코에 대한 감정이 완전히 자유로워지지 못했으므로 주의해야 한다고.

치코의 권주가 빨라지기 시작했다. 연거푸 잔을 들어 건배를 제안했다. 매케인도 덩달아 취해갔다. 치코가 술집 테이블에 머리를 대고 엎어졌다. 매케인이 당황해 치코를 흔들었지만 그녀는 정신을 차리지 못했다. 그대로 놓아둘 순 없었다. 치코를 들쳐 업다시피 해서 옥탑방까지 올라갔다. 한 걸음 한 걸음 나아갈 때마다 힘들게 쌓아 올린 마음의 장벽이 위태롭게 흔들렸다. 치코 방에서 나올 땐, 위기를 무사히 넘겼다는 안도감 때문인지 입에서 긴 숨이 새어 나오기까지 했다.

정작 이상한 일은 다음 날 벌어졌다. 매케인이 옥탑방으로 간 건 지갑을 돌려주기 위해서였다. 치코가 술에 취해 떨어뜨린 지갑을 보관하고 있었는데, 경황이 없어 돌려주지 못했던 것이다. 그런데 웬 남자가 치코의 옥탑방으로 올라가고 있는 게 아닌가. 치코의 방으로 가기 위해서는 별도의 철문과 계단을 지나야 했다. 요컨대 남자가 치코를 만나러 갔다는 사실은 의심할 여지가 없었다. 언제 어디에서 만났는지는 기억나지 않았지만 분명 낯이 익은 남자였다.

매케인은 치코에게 농락이라도 당한 듯싶어 어처구니가 없었다. 이내 다른 의심이 고개를 쳐들었다.

이상하지 않나. 지금 같은 시기에 다른 남자가 드나들다니.

그는 치코에게 전화를 걸려다 말고 돌아섰다. 대신 옥탑방으로 통하는 철제 계단을 조심스레 올라갔다. 낯선 남자가 단순한 애인은 아닐 거라는 심증을 떨치기 힘들었다. 때늦은 더위로 옥탑방 창문은 활짝 열려 있었다. 방 안에 앉아 있는 남자의 뒷모습과 그 너머 치코가 또렷이 보였다. 매케인은 길고양이처럼 창문 아래로 살금

살금 다가갔다. 두런두런 말소리와 옅은 웃음소리가 조금 더 가깝게 들려왔다. 어느 순간 그는 분명히 들을 수 있었다.

"소설…… 이 대목에서…… 나 같으면…… 임팩트가…… 작위적인…… 하지만…… 좋은 점도…… 실소를…… 어색…… 이런 대목은……."

그는 온 신경을 집중했다. 자신의 숨소리마저 거슬릴 지경이었다. 이마에서 땀방울이 주르륵 흘러내렸다. 매케인은 손등으로 땀을 훔치며 벽에 귀를 가져다 댔다. 그때, 한 옥타브 높은 목소리가 흐릿한 말소리를 지워버렸다.

"아직 초고라니까요. 좀 더 기다려야 한다구요."

치코의 목소리였다. 매케인은 피가 거꾸로 솟는 기분이었다. 분명 그들은 소설에 대해 이야기를 나누고 있었다. 혹시 치코가 배신을 하려는 게 아닐까. 당장이라도 옥탑방 문을 열어젖히고 무슨 수작을 부리는지 알아내고 싶었다.

남자가 창문 가까이 다가왔다. 방충망 사이로 담배 연기가 후욱 뿜어져 나왔다.

"그만 가봐야겠어."

남자와 치코의 말소리가 한층 가깝게 들렸다. 그들의 대화를 더 듣지 못해 아쉬웠지만 할 수 없었다. 남자가 방충망으로부터 멀어지자마자 매케인은 계단을 살금살금 내려왔다. 하지만 삼십 분이 지나도 남자는 내려오지 않았다. 매케인은 발길을 돌릴 수밖에 없었다. 과민성대장증후군이 도졌는지 창자가 꼬이듯 아랫배가 아파 왔던 것이다.

"그러니까 치코가, 우리가 쓰는 소설에 대해 그 남자와 이야기를 나누었다, 그런 말인 거죠?"

나는 다짐이라도 받듯 물었다.

"내 예감은 그래요."

주변은 어느새 한산해져 있었다. 공원 곳곳을 비추는 가로등도 밝아졌다.

"왜 저한테는 말하지 않았어요?"

"그건 확실한 것도 아니고, 또……."

나는 매케인이 얼버무린 뒷말의 의미를 알아챘다. 그는 치코처럼 나 또한 의심하고 있는 게 분명했다. 내가 매케인을 의심하고, 치코를 의심하는 것처럼. 지금처럼 서로가 서로를 의심하는 상황이라면 공모는 해보나 마나였다. 차라리 셋이 만나 허심탄회하게 속내를 털어놓는 게 어떨까.

매케인은 내 의견에 고개를 가로저었다.

"치코가 뭘 솔직하게 털어놓는 여자가 아니잖아요? 그냥 내가 감시를 좀 해봐야겠어요."

매케인이 먼저 벤치에서 일어났다. 그가 앞장서서 터벅터벅 공원 출입구 쪽으로 걸어갔다. 나는 두 걸음 정도 떨어져서 그를 뒤따랐다. 현재로선 그의 의견에 따르는 것 말고 다른 방법이 없었다.

〈하이 눈〉과
옥탑방
느와르

나는 택시를 잡아타고 Y대 병원 응급실로 향했다. 아버지가 쓰러지셨어. 수화기 너머 누나의 목소리는 의외로 침착했다. 큰 고비는 넘겼으니 조심해서 와라.

다급히 고시원을 나서다가, 야외 휴게실에 있는 절름발이를 발견했다. 나는 걸음을 멈추고 뒤돌아 그에게 다가갔다. 절름발이도 알은체를 하더니 담배를 한 대 권했다.

"그동안 잘 지내셨죠? 제가 밥이라도 한번 사야 하는데, 바빠서 그만……."

절름발이는 어리둥절한 표정을 지었다. 나도 당황스러워졌다. 계획에 없던 말이 즉흥적으로 튀어나온 것이다.

"소설은 요즘도 쓰시죠?"

절름발이가 불쑥 물어 왔다.

"아, 네. 안 쓰다가 요새 다시……."

"그래도 소설은 공모전도 많고 상금도 많으니까……."

"선배도 한번 해보시죠."

"하하, 그건 쉽겠나, 뭐."

갑자기 그가 얼굴을 붉혔다. 나는 담배를 서둘러 끄고 돌아섰다.

"그럼 다음에……."

나는 골목을 빠져나오며 결심했다. 조만간 절름발이에게 포장마차 컵밥이 아니라 괜찮은 곳에서 맛있는 식사를 한 끼 대접하기로.

◆

아버지는 잠들어 있었다. 숨소리가 희미해 코 밑에 손을 대보았다. 잠든 고양이의 그것 같은 희미한 숨결이 손등에 와 닿았다. 나는 주삿바늘이 꽂힌 자글자글한 손목을 어루만졌다. 미세하게 맥박이 뛰는 게 느껴졌다.

"도대체 어떻게 된 애가 생전 얼굴도 안 비치고 사니?"

누나가 나를 질책하듯 말했다. 어머니는 뚱한 얼굴로 바라보기만 했다. 마치 서먹한 사촌 조카를 대하는 듯한 태도였다. 하도 괘씸해 한바탕 퍼붓고 싶지만 병원이라 참는다. 그런 무언의 메시지가 읽혔다. 나 역시 데면데면할 수밖에 없었다. 먼저 마음을 열고 다가가야 했지만 쉽지 않았다. 나는 어색한 분위기를 피하려고 복도로 나왔다. 누나가 따라 나왔다. 누나는 몰라보게 몸이 불어 완연한 중년 여성이 되어 있었다.

"어떻게 되신 거야?"

"날마다 술 드시는 것도 모자라 잠도 안 주무시고 밤늦게까지

TV만 보셨다더라."

"아버지도 참……."

"아버지 영화 좋아하시잖아? 어젯밤에도 DVD로 영화를 보셨다나 봐."

"DVD로?"

"그래. 엄마 성격에 잔소리를 안 하셨겠니. 그러다가 말다툼이 벌어졌나 봐. 소리를 지르시다가 혈압이 올랐는지 쓰러지셨대. 다행히 엄마가 바로 119로 연락해 응급실로 왔다지 뭐니……."

어렴풋이 짚이는 데가 있었다. 내가 사다놓은 DVD 〈하이 눈〉은 아버지가 특히 좋아하는 영화였다.

어제도 어머니는 아버지를 다그쳤을 것이다. 몸까지 불편한 양반이 왜 그렇게 건강을 해칠 일만 하느냐고. 노년에 이르렀다고, 인간에 대한 이해와 연민이 저절로 깊어지는 건 아니었다. 어머니와 아버지도 그랬다. 둘은 여전히 서로를 불만족스러워했고 심심치 않게 티격태격 다투었다.

어머니가 옆에 와서 앉았다.

"고시원에 있다면서? 힘들면 방 하나 비어 있으니까 집으로 내려와 있어라."

말은 그렇게 했지만 싸늘함이 느껴졌다.

"괜찮아요."

"먹는 건 어쩌고?"

"식당에서 월식 끊어 먹어요."

"그러다가 몸 상할까 걱정이구나."

어머니의 얼굴에 그늘이 졌다. 응급실에서 마주쳤을 때보다 안색이 더욱 어두웠다.

"난, 너라는 놈이 정말 이해가 안 간다."

어머니의 말에 나도 모르게 긴장이 되었다. 다시 설교가 시작되려 하고 있었다. 오래전 지난 일들을 시시콜콜 들먹일 게 틀림없었다. 로라와의 동거에서부터, 소설을 쓰기 위해 회사를 그만둔 일, 한동안 가족들과 연락을 끊은 일, 원룸 전세금을 탕진하고 고시원에 들어간 일까지. 어머니의 설교에 등장하는 단골 레퍼토리였다. 언제나처럼 설교는 푸념으로 마무리될 게 뻔했다.

"그러지 말고 어떻게 취직자리를 알아보면 안 되겠니? 학원 강사나 뭐 그런 거라도 말이다."

"제가 알아서 할게요."

내 말투는 딱딱하게 변했다.

"어머니, 아버지를 이해해주세요."

왜 그런 말이 튀어나왔는지 나도 모를 일이었다.

"내가 네 아버지를 뭘 이해 못 한다는 거야?"

"영화 좀 보고 늦게 주무시고 가끔 술 드시고 그런 것들 말이에요. 살면 얼마나 더 사신다고 그래요. 하고 싶은 대로 하셔야죠."

어머니가 성마른 목소리로 말했다.

"아버지가 가끔 술을 마신다고? 단 하루도 거른 적이 없어."

"주정을 부리는 것도 아니잖아요."

"넌 한 번도 내 편이 되어주질 않는구나."

"편은 무슨 편이에요?"

"내가 한평생 너희 아버지 때문에 이 고생인데도 너는 한 번도 나를 이해해주지 않았어."

"아버지가 일부러 엄마를 고생시키려고 그랬겠어요? 어쩔 수 없었던 거라구요. 엄마가 그렇게 매번 부정적으로 말씀하시는 걸 듣는 것도 솔직히 지겨워요."

나도 모르게 큰 소리가 튀어나왔다.

"넌 네 아버지를 몰라."

"저도 알 만큼은 알아요."

"너 어릴 적에 네 아버지가 내 속을 썩이고 다닌 걸 알면 너도 그렇게는 말 못 할 거다."

"회사에서 잘린 게 아버지 잘못만도 아니잖아요."

"누가 그걸 말하니, 이놈아?"

어머니가 몸에 오물이라도 튄 듯 미간을 찌푸렸다.

"네 아버지는 회사에 다닐 때도 회사 생활 같은 거는 관심도 없는 사람이었어. 술집 여자랑 바람이 난 게 한두 번이었는지 알아?"

어머니는 고함치다시피 말했다. 평생 가슴에 품어놓은 한을 풀기라도 하겠다는 듯이. 병실에 들어갔던 누나가 복도로 뛰쳐나왔다.

"내가 차마 네놈한테 이런 말까진 안 하려고 했다만 이젠 다 말해버려야 속이 시원하겠다. 네 아버지가 회사에서 잘린 건 회사 일도 팽개치고 다른 여자한테 눈이 팔려서 그랬던 거란 말이다. 알아? 어린 새끼들까지 다 팽개치고 그 여자하고 살림을 차리려고 했다구. 내가 아이들 생각해서 그러지 말라고 사정사정해서 돌아온 거야. 네놈이 그런 사정을 알기나 하냐고?"

어머니가 숨을 몰아쉬었다.

"그만해요. 엄마. 병원이잖아요."

누나가 어머니를 억지로 병실로 데리고 들어갔다.

"너, 어머니한테 좀 잘할 수 없니?"

깊은 물속에 빠져 있다가 나온 뒤처럼 귀가 먹먹했다.

"엄마가 한 말이 사실이야?"

"벌써 몇 십 년 전 얘긴데, 사실이면 어떻고 아니면 어떻겠니? 내가 보기엔 너나 엄마나 똑같다."

누나가 길게 한숨을 내쉬고 병실로 들어갔다. 선언이라도 하듯 또박또박 발음하는 어머니의 말소리가 귓전에 울렸다. 기억의 수면 위로 어떤 장면 하나가 희미하게 떠올랐다. 여섯 살짜리 아이의 머리통을 쓰다듬던 젊은 여자. 떠오른 건 여자의 얼굴이 아니었다. 달콤하면서도 향긋한, 이상하게도 심장을 두근거리게 만들던 냄새였다.

❧

병원 복도 의자에 앉아 있는데 핸드폰이 울렸다. 다급한 목소리가 튀어나왔다.

"내 예상이 맞았어요. 치코 집으로 빨리 좀 오세요."

매케인이었다. 무슨 예상이 맞았다는 말일까. 그러니까, 치코가 배신을 도모한다는……. 통화를 끝내고 치코에게 전화를 걸었지만 받지 않았다. 무엇인가가 잘못된 게 틀림없었다. 매케인과 치코 사이에, 아니 우리 팀 전체에 말이다.

아버지를 한 번 더 보고 복도로 나오는데 누나가 뒤따라와 봉투를 내밀었다.

"어머니가 전부터 조금씩 돈을 모으셨나 봐. 너 사정 어려운 거 같다고 도와주시려는 거니까 받아."

나는 엉거주춤 서서 봉투를 내려다보았다.

"받으라니까."

누나가 내 손에 억지로 봉투를 쥐여주었다. 나는 봉투와 누나의 얼굴 그리고 병실을 번갈아 보았다. 누나는 재빠르게 돌아섰다. 몇 걸음 걷다가 돌아서더니 연락 좀 하고 살자 말하며 손을 흔들었다.

택시 안에서 돈을 꺼내 세어보았다. 오만 원짜리 지폐 사십 장, 이백만 원이었다. 누군가에겐 한 달 치 월급도 안 되겠지만 내겐 적지 않은 돈이었다. 두세 달 치 고시원 방세와 생활비로 충분했다. 당장 콘테스트용 잡문을 쓰지 않고 장편소설 마감에만 매진할 수 있게 된 것이다.

어머니는 이 돈을 어떻게 마련했을까. 소설쓰기를 가장 반대했던 어머니가 아닌가.

🤠

나는 철제 계단을 단숨에 뛰어올라갔다. 걱정했던 대로였다. 옥탑방 앞에서 치코와 매케인이 실랑이를 벌이고 있었다. 벌써 무슨 사달이 일어난 듯했다. 치코가 현관문 앞에 버티고 서서 매케인을 막아서고 있었다. 매케인이 비키라며 윽박질러도 요지부동이었다.

"무슨 일이에요?"

"노명 씨, 마침 잘 왔어요. 이 사람이 글쎄 갑자기 와서 행패라구요."

치코가 구세주라도 만난 듯 애처로운 눈길로 호소했다.

"뭐, 행패?"

매케인이 뒤로 한 발짝 물러섰다. 그가 코웃음을 치더니 나를 돌아보았다.

"치코가 우리 소설을 그자에게 넘겨서 자기들끼리 다시 쓰고 있는 게 분명해요."

매케인이 목소리를 높였다. 나는 어리둥절해져 매케인을 쳐다보았다.

"그자라니요?"

"그때 말한 그 남자 말입니다. 분명히 어디서 본 소설가 놈인데, 오늘도 왔더라구요. 내가 분명히 엿들었어요. 둘이 음모를 꾸미는 게 틀림없어요. 아마 그자와 돈을 나누려는 걸 겁니다."

"어떻게 그럴 수 있다는 거죠?"

"우리가 쓴 걸 그자와 다시 고쳐서 응모하려는 거라구요."

치코는 팔짱을 낀 채 딴청을 피우고 있었다. 다리를 삐딱하게 벌리고 선 채 어디 해볼 테면 해보라는 투였다. 어찌 보면 매케인을 더욱 도발하는 태도였다.

"싸우지들 말고 차근차근 이야기해보자구요."

나는 협상 전문가라도 된 듯이 둘을 돌아보았다. 그때, 매케인이 치코를 거세게 뒤로 밀쳤다. 치코가 손바닥만 한 거실 바닥으로 벌러덩 나동그라졌다.

매케인이 재빠르게 방으로 들어갔고, 치코는 주저앉은 채 허리를 붙잡고 인상을 찌푸렸다. 나는 조심스럽게 치코를 붙잡아 일으켰다. 매케인은 내가 알고 있던 그가 아니었다. 광기에 휩싸인 듯 눈을 희번덕거리면서 방 안 구석구석을 훑어보더니 책상과 책장을 계속 뒤적거렸다. 중독자가 숨겨진 마약이라도 찾듯 허겁지겁 무엇인가를 찾고 있었다. 책상 위에 놓인 종이뭉치들을 빠르게 넘겨본 뒤엔 책장과 서랍을 헤집었다. 치코가 도움을 청하는 눈빛으로 나를 돌아보았다. 나로선 잠자코 지켜보는 수밖에 없었다. 매케인이 무엇을 찾아내려는 건지 나 또한 알아야 했으니까. 이곳저곳 한참을 쑤석거리던 매케인이 치코를 돌아보며 외쳤다.

"어디다 뒀어?"

"뭘요?"

치코가 태연하게 되물었다.

"내가 완성한 원고."

"그걸 내가 어떻게 알아요?"

"뭐라고? 내가 너한테 준 원고 출력본 말이야. 내가 완성한 초고 원고."

완성한 초고 원고라니. 매케인이 그새 초고를 완성했다는 말인가. 그것을 치코와 나눠 보기까지 했다니.

나는 귀를 의심하며 둘을 번갈아 보았다. 치코는 싸늘한 비웃음만 흘릴 뿐이었다. 그녀가 팔짱도 풀지 않은 채 대답했다.

"그 원고 내가 보자고 했어요? 당신이 그러고 싶어서 보여준 거잖아요. 그리고 그게 여기 없는 게 무슨 대수예요? 당신 노트북에 그대로 있을 텐데 왜 나한테 와서 난리예요, 난리가."

"그걸 네가 다른 놈한테 넘겼으니까 문제지."

매케인이 다그쳤다.

"그거 내놓으라구."

"찢어서 버렸어요."

매케인이 방구석에 놓인 쓰레기통을 뒤집어엎었다. 좁은 방바닥으로 쓰레기가 쏟아져 나왔다. 헝겊 쪼가리들과 라면봉지, 비닐과 휴지 조각과 먼지 뭉치들이 어지럽게 흩어졌다. 매케인은 그대로 주저앉아 쓰레기들을 헤집었다.

"없잖아."

"어제 바깥에다 버렸어요. 지금쯤 쓰레기매립장에 들어갔겠지."

치코가 어깨를 으쓱했다. 완전히 냉정을 되찾은 태도였다.

"거짓말하지 마. 그 자식한테 주었잖아. 그 자식이 그 내용을 토대로 다시 자기가 써보겠다고 그랬잖아."

"그 자식이라뇨? 대체 누구?"

치코의 말꼬리가 올라갔다.

"내가 모를 줄 알아? 내 귀로 똑똑히 들었어."

치코의 눈매가 사나워졌다.

"몰래 나를 감시했다는 말이야?"

"그러고 싶어서 그랬던 건 아니야."

"비열한 새끼."

"그 새끼한테 팔아넘긴 원고 내놔."

매케인이 치코의 팔을 붙잡고 앞뒤로 흔들어댔다. 치코는 거칠게 저항했다. 내가 매케인을 뒤에서 붙들어 가까스로 떼어놓았다. 매케인이 한 발짝 뒤로 물러났을 때, 치코가 소리치듯 말했다.

"두 번 다시 내 방에 얼씬거리면 스토커로 신고해버리겠어."

내가 매케인의 등을 떠밀면서 밖으로 나가려 할 때였다.

"으아아아악!"

매케인이 괴성을 질러대며 나를 밀쳤다.

"이런 나쁜 년. 그게 어떻게 쓴 원고인 줄 알아?"

매케인이 치코에게 핸드폰을 꺼내 내밀었다.

"그 새끼한테 내 원고는 절대 안 된다고 전해."

"왜 이래요?"

나는 매케인을 다시 붙들어 문 쪽으로 끌고 가려 했다. 매케인은 그대로 물러나지 않았다. 나를 밀치더니 주방 선반으로 가서 과도를 집어 들었다.

"공동창작이고 뭐고 다 끝났어. 내 원고나 내놔."

갑자기 침이 마르면서 눈앞이 하얘졌다. 치코는 어느 틈에 내 등 뒤로 숨어 있었다. 나는 반사적으로 물러서며 방어 자세를 취했다. 뭐라고 말을 해야 했지만 입술이 붙어서 떨어지지 않았다. 매케인이 과도를 들고 흰자위를 번득였다.

"칼, 칼부터 내려놓으세요."

나는 뒷걸음치며 가까스로 외쳤다. 매케인이 나를 노려보면서 히죽 웃음을 날렸다. 지킬 박사와 하이드가 따로 없었다. 머리털이 주뼛 서면서 팔뚝에 소름이 오소소 돋았다. 바들바들 떨고 있는 치코의 숨결이 등에 느껴졌다.

"그 칼 내려놓으시라구요. 오해부터 풀어야지요."

매케인은 칼날을 자신 쪽으로 돌리더니 왼쪽 팔등을 스윽 그어 내렸다. 눈 깜짝할 새였다. 팔꿈치에서 팔등까지 선홍빛 선이 그어졌다. 이내 붉은 핏물이 팔뚝에서 주르륵 흘러내렸다. 치코가 비명을 지르며 옥탑방을 뛰쳐나갔다. 나는 겨우 버티고 서서 매케인을 노려보았다. 붙박인 듯 발이 떨어지지 않았고, 전기퓨즈가 끊긴 듯 한순간 의식이 작동을 멈춰버렸다. 방바닥에 검붉은 얼룩이 생겨났다. 핏방울의 표면이 일그러지면서 금세 얼룩은 커졌다. 매케인이 다시 칼을 치켜들려다가 실수로 떨어뜨리고 말았다. 나는 그 틈을 놓치지 않고 매케인을 밀어 넘어뜨렸다.

"미쳤어요?"

매케인은 그대로 넋이 빠진 듯 앉아 있었다. 나는 칼을 집어 문밖으로 던져버렸다. 화장실에서 수건을 가지고 와서 매케인의 팔을 묶었다. 119로 전화를 걸려는데 매케인이 내 손을 막았다.

"됐어요."

그는 비틀거리며 일어섰다. 그러고는 치코의 옥탑방을 허청허청 걸어 나갔다. 멀리 여의도 증권가 빌딩들 사이로 보이는 서녘 하늘이 자줏빛 노을로 불타고 있었다. 치코는 어디론가 사라져 보이지도 않았다.

밤 열한 시 무렵 치코가 문자메시지를 보내왔다. 나는 그동안 대형서점과 복합쇼핑몰을 무작정 쏘다니다가 늦은 저녁을 사 먹고 영화를 보았다. 외계인들이 점령한 암울한 미래, 지구인들이 외계인에게 투항할 것인지 아니면 끝까지 싸우다가 죽을 것인지 고민하는 내용이었다. 극장에서 나가자마자 치코의 메시지를 확인했다. 자신의 집으로 와달라는 내용이었다. 나도 그대로 고시원에 들어갈 기분은 아니었다. 내가 도착했을 때, 치코는 소주를 한 병 가까이 비운 상태였다. 옥탑방에 들어서는 순간 내 머릿속은 다시 뒤죽박죽이 되었다. 셋이 진행하는 원고는 초고의 반만 써놓은 상태였다. 이제 와서 매케인이 중단한다면 어려움은 불을 보듯 훤했다.

치코 말에 의하면 매케인은 두 개의 소설을 준비 중이었다. 하나는 셋이 함께 쓰는 원고였고, 다른 하나는 독자적으로 준비하는 원고였다. 그는 그렇게 두 개를 한꺼번에 응모할 예정이었다. 그러다가 치코에게 사실을 털어놓고 원고를 보여주었다. 매케인이 왜 치코에게 원고를 보여주었는지는 의문이었다.

"왜 나한테 그런 얘기를 안 했어요?"

치코가 긴 한숨을 내쉬었다.

"미안해요. 말하기도 좀 거시기하더라구요."

매케인은 전화조차 받지 않았다. 연락하라는 메시지를 남겨도 묵묵부답이었다.

"오늘은 그냥 술이나 마셔요. 다음에 이야기하고."

"한 가지는 알아야겠어요. 매케인의 말이 사실이에요?"

"무슨 말요?"

"그 남자한테 우리 소설을 넘겨주었다는 말."

"나를 못 믿는 거예요?"

"이상하잖아요. 그 남자는 누구고 당신과는 어떤 사이죠?"

"그냥 알게 된 사이예요. 그리고 그 남자가 본 건 매케인의 소설이에요. 그냥 책상 위에 있는 걸 보더니 읽고 싶다고 하길래, 읽어보라고 한 것뿐이라구요. 다른 뜻은 없었어요."

"그 남자는 언제 어떻게 알게 됐어요?"

치코는 대답하지 않았다. 나도 남의 사생활에 간섭한다는 비난을 받고 싶지는 않았다. 그만 일어나려는 나를 치코가 붙잡았다.

"오늘은 여기서 좀 있어줘요."

시간은 자정을 넘어가고 있었다. 나로선 치코의 태도가 혼란스러웠다. 그 남자를 부르지는 않는군. 그 정도로 가까운 사이는 아닌건가. 치코가 호소라도 하는 눈빛으로 나를 보았다. 그녀의 눈동자가 불안하게 흔들리고 있었다.

"그냥 무서워서 그래요. 자꾸 생각이 나서⋯⋯."

치코가 중얼거리듯 말했다. 그녀가 두 팔 사이에 고개를 푹 파묻었다. 그녀의 몸이 위아래로 조금씩 들썩거렸다. 나는 어지럽게 펼쳐진 술병과 과자봉지를 치웠다. 치코를 일으켜 세우자 그녀가 팔을 벌리며 안겨 왔다. 그녀를 이끌고 침대 위로 올라갔다. 치코가 손을 뻗어 벽에 있는 전등 스위치를 눌렀다. 어두워진 방 안으로 골목의 불빛들이 희미하게 비쳐 들었다. 비좁은 옥탑방이 별안간 낭만적인 공간으로 탈바꿈했다. 돌아누운 치코를 껴안으며 봉긋한 가슴에 손을 얹었다. 손바닥에 치코의 가슴이 오르락내리락하는 게 전해져

왔다.

"그냥 안고만 있어줘요."

그녀가 내 손을 떼어내며 말했다.

열린 창문으로부터 살랑살랑 바람이 불어왔다. 달아오른 내 욕정을 식혀주려는 듯이. 치코와 나의 체온이 뒤섞이며 한기가 누그러졌다. 한 달만큼이나 길었던 하루였다. 병원에서 옥탑방까지, 아버지의 입원에서 매케인의 자해, 그리고 예상치 못한 이 순간까지. 고개를 들어 치코의 얼굴을 들여다보았다. 그녀는 눈을 감고 새근새근 잠들어 있었다. 이렇게 치코와 살림을 차려도 나쁘지 않을 것 같았다. 그동안 티격태격 벌인 실랑이들도 모두 이 순간을 위해 존재했던 게 아닐까. 만약 장편소설이 당선된다면, 그렇다면 치코도 내 청을 수락하지 않을까. 밝은 빛을 받으며 희망찬 축가와 함께 행진하는 나와 치코의 모습이 눈앞에 그려졌다. 나는 치코를 껴안은 손에 힘을 주었다. 그녀가 잠에서 깨어나 내 손을 천천히 쓸어주었다.

"나는, 어릴 적에 부모님이 다 돌아가셨어요. 그래서 고모 집에서 자랐어요."

"그랬군요."

어두운 방의 사물들이 마술에라도 걸린 듯 잠에서 깨어났다. 책장의 책들과 주방의 그릇 하나하나, 벽에 걸린 조악한 액자와 한쪽 벽의 옷걸이와 벽지의 세세한 무늬들이 조용히 꿈틀거렸다. 그것들이 나를 한꺼번에 조롱하고 낄낄거리면서 내려다보았다.

"당신은 모를 거예요. 내가 얼마나 힘들게 살아왔는지를."

"근데 어떻게 그렇게 당당할 수 있어요?"

치코는 한동안 말이 없었다. 그러더니 한결 차분하게 대답했다.

"이 세상에 혼자라는 걸 알면 매사 당당하게 돼요. 미안해요. 노명 씨도 힘든 거 아는데……."

나로선 뭐라 해줄 말이 없었다.

"그래도 노명 씨를 만나 새 인생을 시작한 기분이에요."

"내가 뭘 해주었다고?"

"문학을, 소설을 만나게 해주었잖아요."

갑자기 한숨이 새어 나왔다. 그녀에게 사기라도 친 기분이었다. 내 손을 치코가 꽉 붙잡았다. 피로가 한꺼번에 덮쳐오며 눈꺼풀이 무거워졌다.

잠깐 눈만 붙인 줄 알았는데, 일어나보니 새벽이었다. 프레스기로 머리를 짓누르는 것 같은 두통이 찾아왔다. 숙취였다. 치코는 옆에서 새근새근 코를 골며 자고 있었다. 창문으로 푸른 여명이 새어 들어왔다.

나는 잠든 치코를 두고 옥탑방을 나섰다. 일곱 시도 되지 않은 시각이었다. 쓰레기가 놓인 보도 옆에 누군가 만들어놓은 구토 자국이 선연했다.

🤠

고시원 앞에서 마주친 건 경광등을 깜박거리는 구급차였다. 두 명의 남자가 들것을 들고 현관으로 들어가고 있었다. 잠시 뒤 경찰 마크가 새겨진 승합차가 도착했고, 차에서 내린 남자 두 명이 고시원 안으로 들어갔다. 과학수사대. 그들의 검은 티셔츠 등판에 새겨진 문구가 선명했다. 계단 아래쪽에선 누군가가 담배를 피우고 있었다. 나는 남자에게 다가가 조심스레 물었다.

"무슨 일이에요?"

"211호 남자가 죽었대요."

"뭐라구요?"

211호라면 바로 내 옆방이었다. 절름발이의 방.

"아니 정말이에요? 어쩌다가?"

"낸들 알아요?"

나는 남자에게 담배를 하나 빌렸다.

"씨발, 고시원을 옮기든가 해야지, 원."

남자가 투덜거리며 바닥에 침을 퉤 뱉었다. 마스크를 쓴 구급대원들이 고시원 밖으로 나왔다. 그들은 들것에 실린 시신을 구급차로 옮겼다. 시신의 얼굴은 머리 위까지 흰 천이 덮여 있어 확인할 길이 없었다. 뒷문이 닫힌 뒤, 구급차는 천천히 골목 아래로 사라져갔다. 편의점으로 가서 숙취해소음료를 사서 마시고 왔다. 이번에는 카메라와 가방을 든 다른 두 명의 남자가 차례대로 현관을 나왔다. 그들이 올라탄 경찰 승합차도 골목을 빠져나갔다. 고시원 문을 열고 복도로 들어섰다. 어느새 두통은 느껴지지 않았다. 긴가민가하며 내 방으로 다가갔다. 옆방 211호 방문에 노란색 테이프로 '폴리스라인'이 둘러쳐져 있었다. 나는 옆방 절름발이를 기억해내려 애썼다. 어찌된 일인지 얼굴은 잘 떠오르지 않고 바닥을 쓰는 듯한 걸음소리만 귓전에 생생히 울렸다.

총무가 내 방문을 두드린 건 몇 시간이 지난 뒤였다. 이십 대 후반의 총무 옆에 낯선 남자가 서 있었다.

"동작경찰서 형사님이세요. 오늘 옆방 손님 죽은 거 아시죠? 그 일 때문에 몇 가지 물어보시겠다고……."

"아, 네……."

내가 문을 더 열었지만 형사는 들어오지 않고 안을 흘낏 들여다보기만 했다.

"옆방 손님과는 서로 알고 지내셨나요?"

"예, 그냥 조금 아는 정도였어요."

형사가 고개를 끄덕였다. 나도 모르게 긴장이 되었지만 이내 평정심을 되찾았다. 틀린 말은 아니었다. 고시원에 들어온 이후 안부 인사조차 주고받은 적이 드물었으니까. 형사가 몇 가지 질문을 더 던졌다. 옆방에서 무슨 소리가 났던 적은 없었느냐, 남자의 사망 추정 시간에 어디에 있었느냐.

나는 어제 저녁부터 새벽까지의 행적을 모두 말해주었다. 치코를 여자친구라고 둘러붙이긴 했지만 그의 방에 몰래 들어가 소설 파일을 복사해 왔다는 사실만 빼고는 사실 그대로였다.

"협조해주셔서 고맙습니다."

형사가 손가락 두 개를 까딱 이마에 댔다가 뗐다.

"저기요. 근데, 왜 죽은 건가요?"

형사는 새삼스럽다는 표정으로 나를 보았다.

"조사가 다 끝난 건 아니지만 정황상 자살로 보입니다."

"자살요?"

"총무 말로는 몇 달 동안 외출도 하지 않고 계속 칩거했다는데, 방세도 계속 밀렸다더군요. 최근에는 오래 사귀었던 여자친구와도 헤어졌다는 것 같고, 몸까지 불편한 걸로 봐선 자신의 처지를 비관한 걸로 보입니다."

"여자친구와 헤어졌다구요?"

"네. 보신 적이 있나요?"

"아, 아니요. 근데 어떻게 자살한 거죠?"

"약을 먹었어요."

형사는 검지손가락으로 옆방 문을 가리켰다. 하드보일드 탐정영화의 주인공처럼 감정이 거세된 몸짓이었다.

"장애가 있어 비관이 더 심했던 것 같아요."

"아, 네."

"평소라면 신음 소리가 들렸을 텐데, 지난밤엔 주변 방의 투숙객들이 없어서 못 들었던가 봐요."

나는 더 물을 수 없었다. 내가 방에 있었더라면 남자의 신음 소리를 들었을지도 몰랐다. 만약 휴게실이나 복도에 다른 누군가라도 있었다면, 절름발이의 죽음을 막을 수 있었을까.

"나중에라도 더 생각나는 게 있으면 연락주십시오."

형사가 명함을 내밀었다.

방으로 들어오는데, 언젠가 들었던 교성이 떠올랐다. 그에겐 정말 여자친구가 있었던 것일까. 그러면 노트북에 있던 포르노 동영상은 무엇이란 말인가. 머릿속 회로가 얽혀버린 느낌이었다. 형사가 했던 말이 떠올랐다.

장애라고? 그를 그 한 단어로 규정할 수 있을까. 아니, 나와 치코와 매케인이야말로 장애를 가진 인물들이 아닐까. 겉은 멀쩡했지만 속은 썩을 대로 썩어 문드러져 망가져버렸으니 말이다. 과도를 들고 눈을 번득이면서 방바닥에 붉은 피를 뚝뚝 흘리던 매케인의 모습이 떠올랐다. 탐욕스런 치코나 비굴한 나도 별반 다르지 않았다. 한마디로 우린 모두 병들어 있었다. 무엇인가에 전염되어 있었고, 그런 면에서 우리야말로 균형을 잃은 절름발이들이었다. 그에 비한다면 절름발이는 지극히 온전한 사람이었다. 고독을 견디며 묵묵히 자신의 길을 가고 있지 않았는가. 문득 그의 책상 위에 있던 여자아이 사진이 떠올랐다. 절름발이는 대체 어쩌자고 그런 짓을 저질렀을까.

나는 책상 위에 던져둔 명함을 집어 들었다. 아무도 모르고 있을 사실을 나라도 말해야 할 것만 같았다. 그것이 이승을 떠나는 사람에 대한 마지막 예의일 것 같았다. 형사는 바로 전화를 받았다.

"갑자기 생각난 게 있어서요."

나는 핸드폰에 대고 형사에게 말했다.

"뭡니까?"

"그 사람 작가였습니다."

내가 잠시 뜸을 들이다가 말했다.

"뭐라구요?"

"작가였다구요."

"아아, 작가요?"

"네."

"뭘 썼죠?"

"음, 시나리오 쪽인데, 최근엔 소설을 쓰고 있었어요."

"이름이 좀 알려진 작가였나요?"

"그건 모르겠어요. 이름을 검색해보시면……. 그냥 저는 그 사람이 소설을 쓰고 있었다는 것만 압니다."

"근데 이상하군요. 고시원 총무 말로는 벌써 몇 년째 공무원시험 준비를 했다던데. 7급에서 번번이 떨어지자 9급으로 바꿨다고 하더라구요."

"아, 그렇습니까?"

이번에는 내가 한 대 얻어맞은 기분이었다.

"소설가인 건 어떻게 알았습니까? 그 사람 소설을 읽어보았나요?"

"그건 아니구요. 담배를 나눠 피우면서 몇 번 이야기를 나누었거든요."

"근데 왜 그 이야기를 이제야 하는 거죠?"

"그냥 별로 중요한 게 아닐 것 같아서 그랬습니다."

"그런가요? 알겠습니다. 다른 사항은 없습니까?"

"네."

형사는 고맙다고 말한 뒤 전화를 끊었다. 더 끈질기게 묻지 않아 다행이었다. 절름발이가 공무원시험을 준비 중이었다니. 차일피일 미루다가 따뜻한 점심 한 끼 대접하지 못한 게 후회되었다.

이
사

아침저녁으로 매서운 바람이 불었다. 아버지가 조금씩 회복되고 있다는 소식이 들려왔다. 눈에 띄게 행동거지가 느려져 나무늘보처럼 움직인다고 했다. 나는 고시원 책상에 앉아 누나에게서 그 말을 들었다. 창문 밖에 잎을 다 떨군 느티나무 한 그루가 서 있었다. 갑자기 나무늘보 한 마리가 나타나 나뭇가지에 대롱대롱 매달렸다. 나는 나무늘보를 향해 어색하게 웃으며 손을 흔들어주었다. 나무늘보는 나를 물끄러미 바라보다가 나무줄기를 타고 천천히 땅바닥으로 내려갔다. 어깨를 웅크리고 느적느적 걸어가는 나무늘보의 뒷모습이 멀어져갔다.

소설 작업에 매달린 지 여섯 달 만에 원고가 마무리되었다. 천당과 지옥을 오가며 두 계절을 보낸 뒤 마침표를 찍을 수 있었다. 그동안 노량진역 육교가 철거되었고, 노점상들은 사육신묘 앞으로 자리를 옮겼다. 어느덧 가로수 잎들이 다 떨어지고 폭설이 내렸다. 도로변의 눈이 치워지기도 전에 다시 진눈깨비가 쏟아졌다. 밤사이 내린 눈이 꽁꽁 얼어붙은 날이면 노량진 도로는 한바탕 혼란에 빠졌다. 언덕배기를 오르는 사람들은 엉금엉금 기다시피 걸어 다녔다. 고시생들의 걸음걸이가 빨라졌고, 옷차림도 눈에 띄게 두툼해졌다. 고시원에서는 하루 두 시간씩 두 차례만 보일러를 넣어주었다. 방 바닥에서 냉기가 올라와 몸이 오슬오슬할 때가 많았다. 그래도 내가 고시원에 붙어 있는 시간은 늘어났다. 소설이 막힐 때면 나는 습관처럼 창문 밖 골목을 내다보았다. 계절은 어느새 겨울의 한복판으로 치달리고 있었다. 고시촌 골목은 계절과 상관없이 부산스러웠다. 컵밥을 먹는 고시생들의 수는 줄지 않았다. 컵밥도 예전의 컵밥이 아니었다. 비닐그릇의 크기가 점점 커져서 영락없는 '사발밥'이 되었다. 인기 강사의 강의를 듣기 위해 새벽부터 분주히 오가는 고시생과 재수생들의 대열도 변함이 없었다. 금요일 밤마다 고시생들과 직장인들이 삼삼오오 모여들어 새벽까지 술을 마시는 풍경도 여전했다. 이따금씩 노량진역 뒤편 수산시장에서 일차를 하고 건너와 이차를 하는 이들도 있었다. 211호실에 새로운 투숙객이 들어왔지만 정체를 알긴 힘들었다. 새벽에 나가서 밤늦게 돌아오는 걸로 봐선 일용직 노동자 같았다. 딱 한 번 마주쳤지만 우리는 서로 인사를 나누지 않았다. 그것이 이 동네의 암묵적인 관행이었다. 나는 모든 에너지를 소설에 집중하기 위해서만 노력했다.

그날 이후, 매케인과는 연락이 끊겼다. 원고 작업에서 내 역할이 커질 수밖에 없었다. 그래도 치코에게 도움을 받을 수 있는 부분은 많았다. 특히 그녀의 날카로운 비평이 적잖은 도움이 되었다. 서당 개 삼 년이면 풍월을 읊는다더니 그녀는 서당 개 생활 칠팔 개월 만에 풍월을 읊는 것도 모자라 비평까지 했다.

마침내 공모 마감일이 다가왔다. 남은 일은 출력한 원고를 제본해 투고하는 일이었다. 원고를 끝마친 날, 치코가 기념으로 저녁을 샀다.

"정말 매케인을 제외해도 되겠죠?"

나는 혹시라도 있을지 모를 후환이 걱정되었다.

"당연하죠. 그 사람은 이제 우리 팀이 아니잖아요."

치코의 말을 듣자 안심이 되었다. 나는 홀가분한 심정으로 식사와 반주를 즐겼다. 우리는 다음 날 함께 우체국으로 갈 예정이었다. 처음에 가졌던 상금에 대한 욕심은 원고를 써나가면서 조금씩 바뀌었다. 결과보다 원고 자체에 대한 욕심이 점점 커졌던 것이다.

"우리 계약은 변함없는 거죠?"

치코가 마지막 남은 잔을 비우며 확인하듯 물었다.

"물론이죠. 그런데 이름은 어떻게 하죠. 매케인 선배가 떨어져 나갔으니까……."

"그냥 노명 씨 이름으로 내요. 이건 어디까지나 돌탱 씨와 나 치코, 둘만의 합작품이라고요."

치코의 시원스런 대답에 기분이 좋아졌다.

"나는 상금만 나눠줘요. 정말 그렇게만 되면 소원이 없겠다."

치코가 환하게 웃었다. 밥을 다 먹었으니 일어나야 했는데, 엉덩이가 떨어지지 않았다. 술을 딱 반병만 더 비우기로 했다.

"참, 그리고 나 이사 가요."

치코가 잔에 술을 따르며 말했다.

"이사? 갑자기 어디로요?"

"주인아줌마가 보증금을 올려달라고 해서요. 노량진보다 싼 데로 가야 하니까 좀 외진 곳으로 갈까 해요."

작품을 만들어가는 동안 치코도 많이 달라졌다. 더는 예전처럼 돈에 눈이 먼 여자가 아니었다. 결과에 초연해지자 한결 더 인간적이 되었고, 덩달아 여성적인 매력도 돋보였다.

"우리 동업은 어떻게 되는 거죠?"

"아쉽지만 그만둬야죠."

"소설요, 아니면 잡문요?"

"둘 다요."

치코가 잔을 부딪쳐 왔다. 전혀 예상하지 못한 일이었다. 내가 그만두자고 했을 때, 무턱대고 함께하자며 졸라대던 그녀는 어디로 사라진 걸까.

"할 수 없군요."

"섭섭해요?"

그녀가 짓궂게 웃으며 물었다.

"약간은."

"연락을 안 할 것도 아닌데요 뭘. 이사하면 놀러 와요."

치코는 예전처럼 술도 많이 마시지 않았다. 확실히 그녀는 달라져 있었다. 우리는 다음 날의 약속 시간과 장소를 정하고 헤어졌다.

이튿날, 치코는 약속을 지키지 않았다. 몸살이 나서 몸을 일으킬 수조차 없다고 했다. 굳이 함께 가야 할 이유는 없었다. 그럼에도 나는 중요한 뭔가를 잃어버린 기분이었다. 무엇인가를 잃어버렸는데, 잃어버렸다는 사실만 알 뿐 그게 무엇인지 몰라 불안한 심정이랄까. 셋이 시작을 했는데, 혼자서 마무리를 하다 보니 고독해졌던 것인지도 모른다. 원고를 등기우편으로 보낸 뒤, 황에게 전화를 걸었다.

"오랜만이군. 작품 투고는 끝냈고?"

황이 특유의 건조한 목소리로 물었다. 시험은 잘 봤느냐고 물어보는 과외 선생의 말투와 비슷했다.

"물론이야. 내 이름으로 했어."

"오케이. 작품은 잘 썼지?"

"최선을 다했어."

"일단 한 표는 따놓은 거니까 가능성은 충분해."

황의 목소리를 들으니 다시금 기대감에 가슴이 부풀어 올랐다.

모뉴먼트 밸리

내게 상금이 생긴다면? 그런 공상은 하룻밤 만에 하늘 끝까지 자라난 동화 속의 거대한 나무와 비슷했다. 며칠 동안 나는 하늘과 맞닿은 나무의 우듬지까지 올라갔다가 미끄러져 서 땅바닥으로 굴러 떨어지기를 반복했다. 나무는 구름으로 자신의 얼굴을 가린 채 그 웅장한 자태 그대로 내 욕망의 음지 한가운데에 우뚝 서 있었다.

정말 그렇게만 된다면……. 꼭 한번 가보고 싶은 곳이 있었다. 소 설을 쓰기 위해 서부영화들을 다운받아 보면서 알게 된 곳. 서부영 화의 단골 촬영 무대인 모뉴먼트 밸리. 우리 소설 속 노래하는 돌 이 들어간 나바호 계곡이 바로 그곳이었다. 서부영화 속 수많은 명 장면을 연출했던 대평원. 영화에서 그곳은 카우보이가 소떼들을 몰 고 지나가거나 인디언들이 역마차를 습격하고 현상금 사냥꾼들이 무법자와 피비린내 나는 총격전을 벌이는 황량한 벌판이었다. 군데 군데 '뷰트'라 불리는 바위산이 비죽비죽 솟아 있고, 사람 키보다 큰 선인장이 자라나며 이따금씩 방울뱀 소리가 들려오는 곳. 끝없이 펼쳐진 지평선이 보는 이를 압도하는 원시의 땅. 현실의 모뉴먼트 밸리는 더욱 비극적인 장소였다. 백인들에게 몰살당할 위기에 처한 나바호족 인디언들이 선택한 최후의 터전. 일 년 내내 비 한 방울 구경하기 힘든 황량한 그곳에서 인디언들은 지금껏 백 년이 넘도록 끈질긴 생존을 이어가고 있었다.

나는 여행 가방을 들고 무작정 고시원을 나왔다. 모뉴먼트 밸리는 아니더라도 어딘가로 훌쩍 떠나고 싶었다. 이곳이 아닌 어디든. 그러나 고속버스터미널 로비에서 다시 발길을 돌려야 했다. 특별히 가고 싶은 곳이 떠오르지 않았기 때문이다. 어디로 가야 하나 망설이는 사이 여행에 대한 기대감마저 사라져버렸다.

고속버스 티켓을 사는 대신 치코에게 전화를 걸었다. 이사는 잘했는지, 이사를 한 기분은 어떤지, 이사 간 동네의 첫인상은 어떤지 묻고 싶었다. 내심 치코가 놀러 오라고, 초대라도 해주길 기대하면서.

지금은 전화를 받을 수 없습니다 다음에 다시 걸어주십시오

핸드폰에선 건조한 안내 멘트만 흘러나왔다. 하는 수 없이 노량진으로 가는 버스에 몸을 실었다.

그날 밤 나는 꿈을 꾸었다.

뜨거운 태양이 작열하는 붉은 사막 한가운데 내가 서 있었다. 태곳적부터 지구를 떠돌던 바람이 휘파람을 불면서 모래와 나뭇잎을 부드럽게 쓸고 지나갔다. 나는 눈을 가늘게 뜨고 바람의 노랫소리를 듣다가 시선을 돌렸다. 멀리에 기기묘묘한 바위산들이 우뚝 솟아 나를 굽어보았다.

총잡이들

모뉴먼트 밸리.

나는 혼자가 아니었다. 수많은 인디언들이 나를 쳐다보며 앉아 있었다. 얼굴이나 몸에 문신을 하고 머리를 길게 땋아 내린 채 손에 활과 긴 창을 든 용맹스런 전사들. 죽음도 두려워하지 않는 그들은 수족과 샤이엔족, 나바호족, 아파치족과 아라파호족의 연합군이었다. 그들은 백인 기병대에 맞서 싸우기 위해 한데 모여 있는 것이었다. 나는 내가 왜 이곳에 있는지 어리둥절해졌다. 운집한 수천 명의 인디언들에 압도당한 채 그들을 둘러보았다. 늙은 인디언 한 명이 내게로 성큼성큼 걸어왔다. 두 갈래로 땋은 머리에 흰 독수리 깃털로 짠 관이 씌워져 있었다. 이전에 만난 적이 없었음에도 나는 그가 누구인지 알아보았다.

타탕카 이오타케.

인디언 말로 '웅크린 황소'. 리틀 빅혼 전투에서 커스터 장군의 백인 기병대를 몰살시킨 수족의 위대한 대추장이었다. 그가 나를 덥석 껴안더니 황소 앞발같이 두툼한 손으로 어깨를 두드려주었다.

으탕가 이라치케 오바호로 무이그치 투바.

물론 나는 인디언 말을 배운 적이 없었다. 그럼에도 '웅크린 황소'가 하는 말을 정확히 알아들을 수 있었다.

당신은 우리들의 슬픔을 아는 사람이오.

내가요? 무슨 그런 말도 안 되는 공치사를…….

무이그치 투바 이탕가 무딩치 티카치카 투바 우앙비엔 투바.

대지에서 우리가 먼저 사라져갔고, 가난한 백인들이 사라져갔고, 당신들 또한 사라져갈 것이오.

저는 그냥 소설 쓰는 사람일 뿐입니다.

이가치카 티탕가 무이그치.

알고 있소. 그래서 하는 말이오.

나는 대추장 '웅크린 황소'의 말이 무슨 뜻인지 몰라 어리둥절했다. '웅크린 황소'는 온화하게 웃으며 자신의 퓨마 이빨 목걸이를 풀어 내 목에 걸어주었다.

'웅크린 황소'가 들어가자 몸에 문신을 한 용감하고 젊은 인디언 전사들이 몰려나와 나를 둘러싸고 춤을 추기 시작했다. 그들의 뒤편에서 인디언들의 합창이 들려왔다.

와리 와리 웅케 이가치카 우왕 디양 양와 웅웨 와리 와리 웅케 이가치카 마치카야 타 와키타 야리캉카 우왕 디양 케오리 카치 투 바라케.

나는 그들의 노래를 소리 높여 따라 불렀다. 신기하게도 내 입에서 인디언들의 노랫가락이 흘러나왔다.

백인들이 몰려왔네 우리 보고 떠나라 하네 우리 땅에서 나가라 하네 들소들도 슬피 우네 들소들은 우리의 친구 친구들이 사라지고 총소리만 가득하네.

동물 가죽과 뿔, 나무로 만든 북과 피리, 나팔의 합주가 흥겹게 들려왔다. 붉은 사막 여기저기에서 불꽃이 피어올랐고, 인디언들은 모래바람을 흩날리며 계속 춤을 추었다. 한바탕 떠들썩한 축제가 벌어지는 동안 검은 하늘 아래 붉은 모래바람이 휘이잉 불었다. 그 위로 둥그렇고 노란 달이 휘영청 높이 솟아올랐다. 아우우우. 멀리에서 코요테 울음소리가 들려왔다.

나 또한 인디언들과 함께 흥에 겨워 춤을 추었다.

머리에 검은 매의 깃털을 꽂은 인디언 여자가 다가와 내 손을 잡고 춤을 가르쳐주었다. 양손을 허리에 얹고 깨금발로 땅을 박차면서 앞사람을 따라 빙빙 도는 춤이었다. 입으로는 늑대처럼 아우우우 소리를 질러댔다. 나도 여자를 따라 돌며 아우우우 소리를 질러댔다.

어느 순간 '웅크린 황소'가 내 앞으로 다가와 섰다. 나는 불에 데기라도 한 듯 화들짝 놀랐다. 어떻게 된 일인지 몰라도 타탕카 이오타케, 그가 절름발이의 얼굴을 하고 있었다. 그때 들판으로부터 진군 나팔소리가 울려왔다.

두둥두둥두둥.

땅을 울리고 하늘을 가르는 북소리가 급박하게 울렸다. 붉은 모래 먼지가 노랗게 익은 달을 가렸다. 이어 백인 기병대의 공격 나팔소리가 들려왔다. 콩을 볶는 것 같은 총소리와 말발굽 소리도 들려왔다. 콧수염을 기른 백인들이 말을 타고 축제의 한복판으로 쳐들어왔다. 수많은 인디언 전사들이 용감하게 백인들에 맞서 싸우다가 짚단처럼 맥없이 쓰러져갔다. 백인 기병대의 나팔소리가 점점 커졌다. 부연 모래 먼지가 일어나며 모뉴먼트 밸리의 검푸른 하늘은 점점 핏빛으로 변해갔다. 켜켜이 쌓인 인디언들의 시체가 산을 이루었고, 그곳에서 흘러내린 피가 강이 되어 흘렀다. 나는 안타까움에 발을 동동 구르며 서럽게 울었다.

쿵쿵쿵.

나는 화들짝 놀라 눈을 떴다. 바깥에서 누군가 내 방문을 두드리고 있었다.

"누구세요?"

나는 신경질적으로 대답했다.

"옆방 사람입니다. 비명소리가 나서요. 무슨 일 있으세요?"

"아, 아닙니다. 잠꼬대를 했나 봐요."

"네. 알겠습니다."

잠깐 사이를 두고 옆방 사람이 대답했다. 발걸음 소리가 멀어지더니 방문 여닫는 소리가 들려왔다.

꿈에 취해서 비명을 질러댄 모양이었다. 손바닥으로 이마를 훔쳐보니 땀이 흥건했다. 서서히 오른쪽 엄지와 검지발가락이 아파왔다. 꿈속에선 춤을 추며 발을 굴렀지만 현실에선 그만 벽을 찼던 모양이다. 모뉴먼트 밸리의 바위산이 사라지고 어둡고 낮은 고시원의 천장이 나타났다.

절름발이의 얼굴을 한 대추장 '웅크린 황소'의 걸걸한 목소리가 귓전에 생생히 울렸다.

당신은 우리들의 슬픔을 아는 사람이오.

나는 '웅크린 황소'의 말을 곱씹으며 몸을 뒤척였다. 목에 손을 대보았다. '웅크린 황소'가 걸어준 퓨마 이빨 목걸이가 손에 잡힐 것만 같았다. 인디언들의 노랫소리가 희미한 창 저편에서 들려오는 듯했다.

서부극의
승자

계절은 우수를 지나 경칩으로 치달았다. 바야흐로 봄이었다. 나는 어두운 고시원에 틀어박혀 며칠 동안 서부영화만 보았다. 소설을 쓰는 동안 저절로 서부극 마니아가 되어버린 것이다. 월터 힐의 비장한 서부극 〈롱 라이더스〉를 보았고, 리처드 브룩스의 호쾌한 서부극 〈4인의 프로페셔널〉을 보았고, 미카엘 헤르비그가 만든 황당한 서부극 〈황야의 마니투〉를 보았고, 미후네 도시로가 나오는 사무라이 서부극 〈레드 선〉을 보았고, 테렌스 힐이 나오는 코믹 서부극 〈무숙자〉를 보았고, 세르지오 레오네가 혁명에 대해 말하는 엉뚱한 서부극 〈석양의 갱들〉을 보다가 잠이 들었다. 새벽에 잠이 깨면 눈이 멀뚱멀뚱해져서 소주 한 병을 안주도 없이 마셨다. 다음 날 일어나자마자 해장국을 먹은 뒤, 다시 소주 두 병을 사 가지고 와선 고시원 침대에 앉아 병째 나발을 불었다. 며칠을 술, 해장국, 잠, 술, 해장국, 잠의 순서로 반복하고 나서야 손에서 술병을 내려놓을 수 있었다.

이래선 안 되지. 그나마 약간의 자신감은 얻지 않았나.

그렇게 스스로를 위로해도 기분이 나아지진 않았다.

공모전의 결과가 발표되었다. 3억 원은 어느 누구의 차지도 되지 못했다. '당선작 없음'. 나와 치코의 합작품은 최종심에 언급조차 되지 못하고 탈락했다. 본심에는 올라갔지만 다른 심사위원들에게 어필하지 못했다고 했다. 황이 전화로 통보해준 말이었다.

인생이란 오묘해서 큰 시련을 주면 그것을 견딜 만큼의 위로 또한 동시에 준다.

언젠가 어머니가 했던 말이었다. 그 말이 맞는 것인지 주머니 사정은 조금 나아졌다. 어느 중소기업 창업주의 자서전 집필 의뢰가 들어와 계약금을 선불로 받은 덕분이었다. 적어도 반년은 잡문 콘테스트에 매달리지 않아도 되었다. 번번이 목구멍까지 치고 들어오는 궁핍감으로부터 벗어나기도 오랜만이었다. 나는 게으름을 피우며 자서전 집필을 차일피일 미루었다. 어느 날 매케인에게서 전화가 걸려 왔다.

"나 소정훈입니다."

익숙하면서도 낯선 목소리. 나는 잠깐 뜸을 들였다. 매케인의 본명을 잊고 있었던 것이다.

"아, 선배?"

"한번 보는 게 어때요?"

소정훈은 엊그제 헤어진 사람처럼 스스럼없이 말했다.

"뭐, 그러시죠."

허전함과 실망감을 달래기 위해서라면 누구라도 상관없었다. 약속 장소는 셋이서 모이던 노량진 주점이었다.

"그나저나 왜 여태 연락도 안 되다가 이제야 나타나신 겁니까?"

술을 반병쯤 비운 뒤, 내가 물었다. 우리 사이엔 확실히 해결하고 넘어가야 할 문제였다.

"역시 아무것도 모르고 있었군요."

무엇을 모르고 있었단 말인가. 나는 다음 말이 궁금해 매케인, 아니 소정훈의 입만 뚫어져라 쳐다보았다.

"혹시 강호식 소설가라고 압니까?"

"아니요. 술자리에서 한 번 보기는 했지만요."

"그자가 바로 치코의 옥탑방에 있던 사람이에요."

"뭐라구요?"

"나중에야 기억이 나더라구요. 내가 별도로 다른 작품을 준비했듯이 치코 역시 그랬어요. 그 강호식이라는 자와 다른 작품을 준비하고 있었다구요. 그래서 서로 눈감아주는 셈 치고 각자의 작품을 보여주었던 겁니다."

차츰 상황 파악이 되었다. 그러니까 소정훈뿐만 아니라 치코 역시 양다리를 걸쳤다는 말이었다. 횡격막 어디쯤으로 쓸쓸한 바람이 지나갔다. 그러니까 모두 다른 꿍꿍이속이 있었던 거였다.

"이제 와 말하지만 내가 왜 작품을 하나 더 썼는지 알아요?"

"뭐 그거야······."

소정훈은 우리 중 가장 열심이었던 사람이다. 두 작품을 한꺼번에 써 내려갈 능력이 된다는데, 드러내 놓고 문제 삼을 수는 없었다.

"노명 씨 친구였던 황이 내게도 똑같은 제안을 했었어요."

"정말입니까?"

"노명 씨의 제안을 받고 난 일주일쯤 뒤였어요. 그가 내게 전화를 걸어와 만나자고 하더군요. 예전의 내 작품들을 인상 깊게 보았다면서 좋은 작품을 내면 자기가 도와주겠다고 제안을 했어요."

"저처럼 딜을 했다는 겁니까?"

"두 번째 만났을 때, 그 얘기를 합디다. 나를 믿는다고 하면서 한 표를 주겠다고, 그러니 자기한텐 1억을 달라고."

"그래서 수락했었나요?"

"그랬죠. 그러니까 나도, 황도 모두 양다리였던 거죠."

"왜 이제 와서 그따위 얘기들을 하는 겁니까?"

나도 모르게 언성이 높아졌다. 도저히 참고 있을 수가 없었다.

"미안하게 됐어요."

나는 가까스로 화를 가라앉히며 앉아 있었다. 그나저나 황은 소정훈 쪽에 더욱 기대를 했던 모양이었다. 낚싯대를 두 군데 던져놓고 그중 하나라도 걸리길 기대하는 낚시꾼처럼. 아니, 소정훈과 나 말고 제3의 인물이 더 있을지도 몰랐다. 그러면 그렇지. 나는 고개를 절레절레 흔들고 말았다. 황은 여전히 주인이었고, 나는 주인의 간계에 놀아난 노예였다. 젠장. 철학자 헤겔의 멱살이라도 쥐고 흔들었으면 싶었다. 주인은 노예에 의존하지 않고 다만 이용할 뿐이다. 노예들이 얼마든지 주위에 널려 있으므로. 어느 한 노예에게 의존할 필요가 없으므로. 몇 달 동안 모든 노력을 쏟아부었던 내 자신이 참으로 어리석게 느껴졌다.

"진짜 놀랄 이야기는 지금부터요. 나도 황한테서 들은 이야기지만."

소정훈이 조심스럽게 말을 꺼냈다.

"아직도 놀랄 일이 더 있습니까?"

"이 공모전은 처음부터 수상자를 뽑을 생각이 없었던 것 같다는군요."

"그게 정말입니까?"

"물증 같은 건 없어요. 다 황의 추측과 추론이니까. 본심에 통과된 작품을 가지고 토론에 들어갔는데, 마지막 단계에서 출판사 경영진이 무산시켰다는군요."

"아니, 어떻게 그럴 수가 있죠?"

"출판사야 별로 손해 볼 게 없어요. 당선작으로 낼 만한 수준의 작품이 없었다는데 누가 뭐라 그러겠어요? 게다가 광고 효과는 이미 볼 만큼 보았고, 무리를 해서 팔 자신도 없는 책을 내느니 다음 기회로 미루는 편이 나았겠죠."

"그럼, 우리만 장단에 놀아난 거네요."

결국 이번 서부극의 승자는 없었다. 모두가 패자였다. 먹잇감에 수단과 방법을 안 가리고 달려들었던 것부터 패착이었을까. 그렇게 생각을 바꿔보려 해도 허탈함이 가시지 않았다. 매케인 역시 나와 비슷한 심정인지 한동안 말이 없었다. 이윽고 그가 나를 돌아보며 물었다.

"치코 소식은 모릅니까?"

나는 고개를 가로저었다. 나는 치코의 태도가 달라졌던 걸 기억해냈다. 안달복달하던 그녀는 언젠가부터 결과에 초연해져 있었다. 그것은 소설을 쓰면서 내면이 깊어졌기 때문이 아니었다. 단지 성공

가능성을 높였기 때문이었다. 어쩌면 나보다 강호식과의 공동 작업에 더욱 기대를 걸었을지도 몰랐다. 그러나 그녀도 나도, 강호식도, 닭 쫓던 개 신세가 되긴 마찬가지였다.

나와 소정훈은 자리를 정리하고 술집을 나왔다. 그대로 고시원으로 돌아가자니 화가 치밀어 견딜 수가 없었다. 위장에 술이라도 쏟아부어야 했다. 이차로 들어간 술집에서 소정훈이 종이 한 장을 내밀었다.

"뭡니까?"

지방자치단체에서 주최하는 오천만 원 상금의 장편소설 공모전 정보였다. 자격 요건엔 신인과 기성을 구분하지 않는다고 씌어 있었다. 원고 분량은 이번에 썼던 작품과 비슷했다.

"그나저나 전에 하던 잡문 콘테스트는 안 하는 거요?"

"당분간은요. 나중에 하게 되면 그때 다시 파트너 해주실 건가요?"

"그럽시다."

"소설도 다시 한 번 합작해볼까요?"

"됐어요. 한 번이면 족해요."

매케인이 손을 내저었다.

"선배도 다시 공모전에 내봐야죠?"

그는 가볍게 고개를 저었다.

"난 손 뗐어요."

"소설을 안 쓰시겠다는 겁니까?"

"그건 아니고. 우연찮게 내 소설을 내주겠다고 제의해 온 출판사

총잡이들

가 있어요. 규모도 작고, 광고도 없겠지만 그냥 내기로 했어요. 난 소설을 펴낼 수만 있다면 그걸로 만족합니다. 그렇게 계속 써나갈 수만 있다면 그것도 뭐 감사할 일이지요. 내가 원해서 시작했던 일이니까요."

"……."

소정훈이 잔을 가볍게 부딪쳐 왔다.

"처음에 소설을 쓸 때만 해도 난 많은 것을 믿었어요. 이를테면 산문정신 같은 것. 소설의 가치나 문학의 가치 같은 것. 인정받지 못해도 그 가치를 믿었기 때문에 계속할 수 있었던 것 같아요."

매케인은 쓸쓸한 얼굴로 돌아가 있었다. 말에서 굴러 떨어져 다리를 절뚝이면서도 끝끝내 자신의 길을 고집하는 서부의 마지막 총잡이 같은 표정이었다.

"지금은 아닌가요?"

"지금은 아무것도 믿지 않아요. 다만 내가 인생에서 소설을 선택했고, 그 선택에 최선을 다하기 위해서라도 소설을 써야 한다는 것만 믿어요."

어떤 의문 하나가, 밤바다를 비추는 서치라이트처럼 의식 저편을 비추었다. 그렇다면 나는 무엇을 믿는 것일까? 내게도 희망의 시대가 없지는 않았다. 등단 초기에 내가 학생들에게 했던 말들은 폼이나 잡으려고 했던 말은 아니었다. 그때는 나 역시 많은 것을 믿었었다. 문학의 가치, 혹은 소설의 가치에 대해. 지금은 아니다. 그런 가치를 여전히 믿는다면 황의 제안에 응하지도, 소정훈이나 치코와 밀약을 맺지도 않았을 것이다.

"노명 씨는 뭘 믿습니까?"

나는 술잔을 비웠다.

"전, 소설을 써야 한다는 믿음조차 희미하군요. 아니, 내게 믿음
이 있었는지조차 희미한 것 같습니다."

"믿음이라는 건 누가 주는 게 아니잖아요? 모든 공모전이 이번처
럼 복마전인 것도 아닐 테고요."

"하지만……."

나는 뒷말을 흐릴 수밖에 없었다.

갑자기 취기가 올라왔다. 나는 흐린 눈을 끔벅이며 상념에 빠져들
었다. 문학이, 소설이 삶의 등불이었던 적이 언제였던가 하고. 매케
인은 머리를 의자 등받이에 기댄 채 그새 잠이 들어 있었다. 창밖으
로 고시촌의 새벽이 밝아오고 있었다.

황야의
타조

내가 인터넷에서 S일보 문화면 기사를 읽은 건 며칠 뒤였다. 심심풀이로 웹서핑을 하다가 우연히 발견했는데, 벌써 한 달가량 지난 기사였다.

"문학노트 e북 소설 공모전에 최보희 씨 당선"

문학노트의 제1회 e북 소설 공모전 당선작으로 최보희 씨의 『황야의 타조』가 선정되었다. 문학노트의 e북 소설 공모전은 e북이나 SNS 같은 새로운 문학환경에 익숙한 세대들을 독자로 끌어들이기 위해 야심차게 기획한 '스타작가 발굴 프로젝트'의 첫 번째 시도로, 당선작은 e북과 SNS로 읽을 수 있으며 조회 수에 따라 종이책으로도 출간된다. 또한 최보희 작가는 당선과 함께 앞으로 문학노트를 통해 새로운 작품을 e북으로 선보일 예정이다. 당선작으로 선정된 『황야의 타조』는……

나는 내 눈을 의심하지 않을 수 없었다. 치코가 잡문 콘테스트

글쟁이가 아니라 작가로 거듭난 것이었다. 곧바로 소정훈에게 전화를 걸었다.

"자부심을 가집시다. 그 여자를 소설가로 키운 게 우리들 아닙니까?"

소정훈이 껄껄 웃으며 농담처럼 받았다. 나만 소인배가 된 것 같아 무안했다.

"그럼 뭡니까? 세상 사람들 아무도 모르는데."

나도 모르게 빈정대는 말이 나왔다. 에스프레소를 사발로 들이키기라도 한 듯 입안이 썼다. 명치끝이 알싸하게 아파 오기 시작했다. 신경이 예민해지면 흔히 있는 증상이었다. 치코를 질투한다면 그것 또한 옹졸한 일이었다. 서부극이라는 소재가 노출된 건 안타까웠지만 사실 그것도 절름발이에게 훔친 것이니까.

나는 짐짓 가벼운 마음으로 문학노트 인터넷 사이트에 전재돼 있는 『황야의 타조』를 읽기 시작했다. 첫 도입부를 보는데, 긴장이 되기 시작했다. 십여 페이지를 읽었을 즈음 머리에서 피가 빠져나간 듯 현기증이 일었다. 나는 의자에 허리를 꼿꼿이 펴고 앉았다. 마우스로 페이지를 넘길수록 문장을 유심히 살펴보는 시간이 많아졌다. 어느 순간인가부터 마우스를 잡은 손마저 바들바들 떨려 왔다. 당장이라도 노트북을 덮고 싶은 충동을 견디며 나는 소설을 읽어 내려갔다.

치코는 숨을 헐떡이며 매케인 쪽으로 기어갔다. 옆구리에서 피가 샘솟듯이 흘러나왔다. 매케인을 겨누며 방아쇠를 당겼지만 발사되지 않았다. 치코가 총알을 재장전하려 할 때였다. 어느새 나타난 매케인이 머리 위에서 콜트 리볼버를 겨누었다. 그도 총을 맞았는지 왼쪽 어깨 부위가 붉게 물들어 있었다.

"치코, 다 끝났어."

치코는 총을 땅바닥으로 던졌다. 매케인이 무릎을 굽혀 치코의 상처를 들여다보았다. 치코의 입에서 단속적으로 신음이 새어 나왔다. 그래도 총알이 급소만은 피해간 듯 아직 목숨은 붙어 있었다.

치코는 숨을 헐떡이며 매케인을 노려보았다.

"이봐, 매케인!"

"왜, 치코?"

"왜 항상 자네만 이기는 거지?"

매케인이 쇳가루 묻은 듯한 목소리로 말했다.

"간단해. 난 가슴이 아닌 머리로 판단하니까."

치코가 체념한 듯 클클클, 웃음을 토해냈다. 입에서 피가 거품이 되어 솟구쳤다가 흘러내렸다.

"내 손으로 자넬 죽일 필요도 없겠어."

매케인이 이죽거리듯이 말했다. 치코는 대답할 기운조차 없었다. 그의 눈에서 눈물이 흘러내렸다. 분노의 눈물인지 억울함의 눈물인지 회한의 눈물인지 스스로도 알 수 없었다. 몸이 차가워지면서 눈이 스르르 감겼다. 바로 그때였다. 우욱 우욱 우우욱! 사라졌던 타조가 무덤 저편에서 나타나더니 껑충거리며 다가오고 있었다. 타조는 그 우스꽝스런 눈망울로 그를 내려다보며 고개를 갸웃거렸다.

치코는 비로소 깨달았다. 그건 어린 시절, 멕시코의 시장에서 봤던 타조의 혼이었다. 불한당이 된 그를 지금까지 줄곧 지켜주었던 수호천사. 타조는 저승까지 태워주겠다는 듯 그 큰 눈을 하염없이 씀벅거렸다.

매케인은 총잡이 패트릭에게로 걸음을 옮겼다. 그는 열 발도 넘는 총알 세례를 받고 절명한 상태였다. 몸뚱이에서 흘러내린 피로 무덤가가 붉게 물들어 있었다. 다른 현상금 사냥꾼들인 블랑코나 스티브도 몸이 벌집이 된 채 죽어 있긴 마찬가지였다. 다시 모래바람이 불었고 피비린내가 진동했다. 매케인이 인상을 찌푸리며 총을 총집에 넣었다. 왼쪽 어깨에서 흐르는 피가 멈추지 않았다. 그는 셔츠 자락을 상처 부위에 대고 꾹 눌렀다. 끄응. 입에서 옅은 신음이 흘러나왔다. 기적적으로 뼈에는 이상이 없었다.

"이제야 다 얻었군."

매케인이 땅바닥에 흩어진 금화를 하나도 빠짐없이 주워 모았다. 오십 야드 뒤, 올리브나무에 묶어둔 말을 끌고 왔다. 치코의 말 등에 두 개의 금화 주머니를 얹었다. 나머지 흩어진 금화들도 말안장 주머니에 담았다.

"아디오스, 치코, 아디오스 쓰레기들."

매케인은 함께 금화를 쫓던 무법자와 총잡이들, 그 모든 경쟁자에게 인사했다. 그러곤 시가를 피워 물고 나머지 말들을 한꺼번에 몰아 스톤힐 묘지를 떠나갔다.

총잡이들은 사라지고

매케인은 멈추지 않고 말을 달려 도시로 갔다. 공동묘지 같은 곳은 영원히 안녕이었다. 그에게는 목숨을 걸고 벌어들인 금화 이십만 불이 있었다. 그의 앞날에는 그야말로 장밋빛 인생이 펼쳐져 있었다.

매케인은 마을 의사에게 응급처치를 받고 며칠을 푹 쉬었다. 그리고 비밀리에 보안관을 만났다. 신분 세탁을 하기 위해서였다. 준비해 간 일만 달러를 보자 보안관은 두말없이 그의 부탁을 들어주었다. 그는 이름을 랑베르로 바꾸고 프랑스 이민자 3세로 위장했다. 관청 직원 두세 명을 매수하기 위한 비용으로 오천 달러를 따로 지불하기도 했다. 매케인, 아니 랑베르는 몸이 회복되자마자 인근에서 가장 큰 도시인 피닉스로 이동했다. 그곳에서 경매로 나온 황무지와 호텔, 목장과 술집을 사들였다. 그는 남은 돈을 은행에 예치한 뒤, 시장 출마 계획을 세웠다. 술집과 목장 그리고 호텔의 운영 수익을 관리할 회사도 차렸다. 랑베르 컴퍼니. 직원 다섯 명을 둔 작은 회사였지만 수익만큼은 매달 최고치를 경신했다. 그 사이 더욱 많은 이주자들이 몰려들었다. 한편 백인 기병대가 인디언들과의 전투에서 대승을 거두었다는 소식이 들려왔다. 애꿎게도 외딴 농장에 있던 백인 일가족만 패주하는 인디언들에게 죽임을 당했다.

어느 날, 피닉스 헤럴드 지 기자가 랑베르를 인터뷰하기 위해 사무실로 찾아왔다. 단단한 어깨에 차가운 돌덩이 같은 인상을 가진 기자였는데, 시장 후보자 특집 기사를 준비 중이라고 했다.

"피닉스 헤럴드 지라고요?"

랑베르가 고개를 갸웃거렸다. 처음 듣는 신문이었다. 하긴 그는 신문이나 출판, 광고 분야에는 문외한이었다. 출세를 하려면 그쪽 공부도 차근차근 해두어야 했고, 그러자면 기자들과 친분을 쌓아둘 필요도 있었다.

랑베르는 자신의 사무실 안쪽으로 기자를 안내했다. 기자는 악수를 청한 뒤, 시장 출마 계획에서부터 그간에 이룬 눈부신 성공담을 흥미롭게 경청했다.

"아시다시피 이곳 서부는 기회의 땅입니다. 누구든지 근면하고 용감한 자는 성공할 수 있는 지상낙원이죠. 내가 시장이 된다면 모두 부자가 되고 꿈을 이룰 수 있는 서부 최고의 도시로 만들겠습니다."

한 시간가량의 인터뷰를 장식한 랑베르의 마지막 말이었다. 기자는 감사하다며 손을 내밀어 악수를 청했다. 기자는 일어나려다가 다시 자리에 앉았다. 랑베르도 엉거주춤 일으키던 엉덩이를 다시 의자에 묻었다.

"참, 이건 오프 더 레코드입니다만 꼭 묻고 싶어 참을 수가 없네요. 후보자님의 막대한 자금력에 대해 의문을 품고 있는 분들이 있는데요."

랑베르는 자신의 귀를 의심했다. 선거가 코앞에 닥친 지금, 절대 나와선 안 될 말이었다. 그는 침착하게 일어나 열려 있는 사무실 문을 닫았다. 혹시라도 직원들이 듣지 않도록 하기 위해서였다.

"미안하오. 방금 질문이 뭐였죠?"

"아, 그러니까 이 근방의 노른자위 땅과 목장, 술집과 호텔을 모조리 사들이셨는데, 그 막대한 자금력이 어디에서 나왔는지 궁금해하는 사람들이 많다는 말이었습니다."

랑베르는 딱딱한 표정을 누그러뜨리며 싱긋 웃어 보였다.

"모두 젊은 날 뼈 빠지게 일한 대가지요."

"물론 힘드셨겠지요. 현상금 수배자들을 잡아들여 번 돈이라고 하더군요. 하지만 다른 의혹을 제기하는 이들도 있습니다. 행방불명된 주지사의 사라진 비자금을 빼돌린 거라는 의혹 말입니다."

"대체 어떤 인간이 그런 말도 안 되는 의혹을 제기한다는 겁니까? 그리고 현상금 사냥꾼이라니요?"

"그렇게 확신을 갖고 있는 분들이……."

"기자 양반."

랑베르가 의자에서 벌떡 일어났다. 당장 기자 놈의 머리통에 총구멍을 내주고 싶었지만 참아야 했다. 그는 이제 시장 후보였다. 그것도 당선이 유력한.

"지금이 어떤 시대요. 그 주지사가 행방불명이 된 건 안타까운 일이오만 비자금 어쩌고 하는 말들이 내 귀엔 인디언들이 춘다는 고스트 댄스만큼이나 비현실적으로 들립니다그려."

"투서에는 비자금이 더 있을 것 같기도 하다고……."

"기자 양반. 이 나라는 민주주의 국가요. 내 성공에 아무리 배알이 꼴리기로서니 근거 없는 흑색선전으로 나를 비방한다면 반드시 법적 책임을 묻겠소. 대체 그렇게 말한 인간이 누군지 알려주시오."

"그건 곤란할 것 같습니다."

"왜 그렇소?"

"이미 죽었거든요."

랑베르의 얼굴 근육이 일그러졌다. 신분을 바꾼 뒤부터 그는 자주 흥분하거나 초조해했다. 무슨 일이든 총이 아니라 말로 해결한다는 건 힘든 일이었다. 모든 행동이 몸에 맞지 않는 옷처럼 거북했다. 물론 출세를 위해서라면 감수해야 했다. 흥분한 랑베르와 달리 기자는 조금도 동요하지 않았다.

"대체 어떤 놈이었소?"

"치코."

"뭐라구?"

랑베르는 화들짝 놀라 기자를 노려보았다. 기자가 입꼬리를 씨익 일그러뜨렸다.

"당신 누구야?"

랑베르가 외마디 비명처럼 외쳤다. 기자가 품에서 스코필드 권총을 꺼내 겨누었다. 단호하면서도 신속한 동작이었다. 기자는 엉거주춤 일어난 랑베르에게 그대로 앉으라고 손짓했다. 눈동자는 다이아몬드처럼 차갑게 빛나고 있었다.

"자넨, 기자가 아니군. 누구지?"

"내 이름은 노래하는 돌이네."

랑베르는 그제야 정신을 차렸다. 기자의 얼굴을 찬찬히 뜯어보았다. 백인과 인디언의 피가 반반씩 섞인 얼굴, 그제야 치코와 한패였던 인디언을 기억해냈다. 진작 눈치채지 못한 걸 후회했지만 이미 늦은 것 같았다.

"내가 방아쇠를 당길 일은 없었으면 좋겠군."

"알겠네. 치코는 살아 있나?"

"죽었어. 죽기 전에 내게 모든 걸 말해주었지."

노래하는 돌은 치코의 마지막을 떠올렸다. 그는 현상금 사냥꾼들이 서로 총질을 해대는 광경을 멀리에서 지켜보았다. 그리고 매케인이 사라진 뒤, 총잡이들이 죽어 나동그라져 있는 묘지로 내려갔다. 치코가 입에서 피를 흘리며 죽어가고 있었다. 그가 다가가자 치코는 힘겹게 눈을 떴다. 그리고 매케인에 대해, 자신과 매케인의 관계에 대해, 이십만 불의 출처에 대해 털어놓았다.

"난, 난 다 정리하고 타조농장이나 하며 살고 싶었어."

치코의 마지막 말이었다. 노래하는 돌은 치코를 묻고 나무 십자가를 세워주었다. 다른 악당들은 독수리와 코요테의 밥으로 남겨두었다.

랑베르가 노래하는 돌을 관찰하듯 바라보았다. 한결 여유를 되찾은 모습이었다.

"노래하는 돌, 내가 한마디 충고할까?"

"짧게 하게."

"총으로 일을 해결하던 시대는 갔어. 내가 치코와 다른 점이 바로 그걸 알고 있다는 거야. 서부에서 이제 총잡이들은 사라질 걸세. 더욱이 혼자서는 아무것도 할 수 없다고. 어떤가? 나하고 같이 일해볼 생각 없나? 자네가 이곳의 보안관이 돼주면 좋을 것 같은데, 서부에는 처리해야 할 쓰레기들이 넘쳐나니까 말이야."

노래하는 돌의 얼굴에 웃음이 번져나갔다. 노래하는 돌은 조용히 일어나 사무실 창의 황금빛 커튼을 쳤다.

"랑베르! 아무리 이름을 바꾸고 신분 세탁을 한들 당신은 여전히 살인자 매케인에 현상금 사냥꾼일 뿐이야."

"내게 뭘 원하나?"

"나는 언제나 최고의 총잡이를 꿈꾸었네. 처음엔 내 가족을 죽인 백인들에 대한 복수심으로 총을 잡았지. 그러나 복수에 성공하고 나서 깨달았어. 내 복수는 결코 완성될 수 없다는 걸 말이야. 이 세상의 모든 백인 총잡이들을 다 죽이지 않는 한 말일세. 언젠가부터 나는 점점 더 빠른 상대를 찾기 시작했지."

랑베르의 표정이 굳어졌다. 한편으론 그의 눈이 반짝 빛을 냈다. 노래하는 돌과 자신, 둘 중 누가 더 빠른지 겨뤄보고 싶은 호기심 때문이었다. 예상대로였다. 노래하는 돌은 랑베르가 걸어놓은 총집을 찰 수 있도록 해주었다.

"치코 말로는 자네가 서부 최고라고 하더군."

랑베르의 얼굴에 묘한 웃음이 스쳐갔다. 그가 총집을 차자 노래하는 돌이 들고 있던 총을 그에게 건네주었다. 그리고 자신은 반대편에 차고 있던 또 다른 총을 오른편 총집에 꽂아 넣었다.

"난 지금껏 이룬 것들을 지키기 위해 총을 잡겠지만 자넨 무엇을 위해 총을 잡지? 치코에 대한 복수? 아니면 백인에 대한 적대감? 그도 아니면 인디언 총잡이로서의 자부심? 대체 뭔가?"

랑베르가 건네받은 총을 총집에 집어넣으며 말했다. 총잡이 매케인으로 돌아간 그는 여유로운 웃음을 되찾고 있었다. 노래하는 돌은 일어나서 뒷걸음질로 반대편 벽에 가서 섰다. 랑베르 역시 천천히 일어나 벽을 등지고 섰다.

"아무것도 없어. 다만 총잡이로서의 운명을 완성하고 싶을 뿐이지."

"총은 그냥 수단일 뿐이야. 나는 많은 사람을 죽였지만 이젠 누구도 죽이고 싶지 않다네."

랑베르가 부탁이라도 하듯 노래하는 돌을 보고 말했다.

"자네는 살인자야. 다만 지금은 가지고 있는 걸 잃고 싶지 않은 것뿐이지."

노래하는 돌이 고개를 절레절레 저으며 비웃음을 날렸다. 랑베르도 더는 어쩔 수 없음을 깨달았다. 둘은 입을 다물고 상대를 노려보았다.

수많은 총잡이들의 삶과 죽음을 갈라놓은 찰나의 시간이 그들 사이를 휘감아 돌았다. 순간이면서 또한 영원과도 같은 시간. 살아남기 위해, 죽이기 위해, 돈을 위해, 권력을 위해, 복수를 위해, 이름을 위해, 여자를 위해, 정의를 위해, 약자를 위해, 모든 위해지는 것을 위한 총잡이들의 삶과 죽음이 노래하는 돌의 눈앞에 마치 영원의 파노라마처럼 흘러갔다. 그들의 삶과 죽음 어디엔가쯤에 그의 삶과 죽음 역시 놓이게 될 것이었다. 그리고 어느 순간 그들로부터 멀어져가는 자신을 느낄 수 있었다. 그는 이제 아무것도 위하지 않기를 꿈꾸었다. 순수한 빠르기와 정확성만을 위한 대결.

랑베르의 손이 빠르게 움직였다. 그러나 노래하는 돌은 이미 총을 뽑아 랑베르를 겨누고 있었다. 랑베르는 믿을 수가 없었다. 지금껏 그는 다른 누구와의 대결에서 한 번도 진 적이 없었다. 그 어떤 총잡이보다 더욱 빠르고 정확했다. 그런데, 어떻게 이럴 수가……. 인디언 혼혈은 총을 들어 올려 노리쇠를 당기고 그의 심장을 겨누었다. 랑베르는 긴 숨을 내쉬었다. 그가 원했던 건 단지 세상에서 살아남는 것이었다. 그리고 살아남아 신분까지 끌어올린 지금 너무도 원통하게 인디언 혼혈 나부랭이에게 목숨을 빼앗겨야 하는 것이다. 랑베르는 분한 감정을 억누르며 두 눈을 질끈 감았다.

그리고 아무 일도 일어나지 않았다. 노래하는 돌은 총을 총집에 집어넣고 자리를 떴다. 랑베르 역시 그를 붙잡지 않았다. 아니, 총잡이 세계에서 확실한 은퇴를 하게 해준 인디언 혼혈이 고마울 따름이었다.

크리스마스 선물

그날 이후 랑베르를 매혹시킨 것은 오직 돈과 권력의 맛이었다. 그는 여유롭게 시장에 당선되었고, 이후 국회의원으로 출마해 4선 의원까지 지냈으며 말년엔 미국 총기협회 대표를 역임하기도 했다. 총포상들의 권리와 이익을 위해서라면 물불 가리지 않았던 랑베르는 총포상 주인들로부터 '성난 총잡이 랑베르'란 별명을 얻었다. 하지만 승승장구하던 그에게도 위기가 없진 않았다. 가장 큰 위기는 첫 번째 시장 선거를 한 달쯤 앞두고 보도된 신문기사로부터 비롯되었다. 당시 피닉스 데일리메일 지는 지역 주민들에게서마저 무시를 당하는 '지라시'에 가까운 신문이었는데, 돌연 다음과 같은 기사를 실었다.

'랑베르 시장 후보자, 살해 위협 의문'

기자는 뉴스 제공자를 한사코 밝히지 않았고, 그로 인해 소문은 더욱 많은 소문과 의혹을 만들어냈다. 다음 날 유력 일간신문들의 1면은 랑베르 시장 후보자의 결투 관련 기사로 도배가 되었다.

'랑베르 시장 후보자, 결투 의혹'
'랑베르 시장 후보자, 결투 의문 증폭'
'랑베르 시장 후보자, 결투설 진실 공방'

다음 날엔 보다 상세한 전말 기사, 그리고 새로운 의혹 기사들이 속속 추가되었다.

'랑베르 시장 후보자, 의문의 총잡이와 결투 시도'
'랑베르 시장 후보자, 의문의 협박설'

랑베르는 그런 의문들에 속 시원한 대답을 내놓지 않았으며 신문들의 인터뷰에도 일절 응하지 않았다. 반대당 경쟁 후보 편에서는 기회를 놓치지 않고 줄기차게 의혹을 쏟아냈다. 불리한 전세를 뒤집기 위한 공세는 집요했다. 며칠 뒤에 경쟁 후보자를 지지하는 피닉스 데일리메일은 다음과 같은 타이틀로 장문의 분석 기사를 실었다.

'랑베르 시장 후보자, 신분 세탁한 전직 현상금 사냥꾼설'

이튿날 랑베르는 피닉스 호텔로 지역의 모든 신문사 기자들을 불러들여 기자회견을 열었다. 다만 피닉스 데일리메일 기자는 기자회견장에 들어서지 못하고 쫓겨나고 말았다. 그날 랑베르의 어조는 '올해의 연설상'에 뽑혀도 손색이 없을 만큼 단호하고 확고했다. 기자회견이 아니라 마치 웅변대회 연설 같았다는 후문이었다. 자신은 모든 흑색선전에 맞서 싸울 것이며 그 어떤 고난에도 굴복하지 않고 서부의 통합과 발전을 위해 온몸을 바치겠다는 게 연설의 요지였다. 특히 그는 현상금을 노리는 시대착오적인 총잡이들이 피닉스 시에서만큼은 절대로 활개 치도록 놓아두지 않겠다고 천명했다. 다음 날 신문들은 일제히 우호적인 논조로 돌아섰다. 랑베르에 대한 의혹의 눈초리를 거둬내지 못하는 신문은 피닉스 데일리메일이 유일했다. 피닉스 데일리메일은 랑베르의 기자회견에 대해 다음과 같은 사설을 실었다.

"의혹의 해소 없이는 통합도 발전도 없다"

유력한 피닉스 시장 후보인 SS당의 랑베르 컴퍼니 회장이 지난 5월 15일 피닉스 호텔에서 기자회견을 자청했다. 그 자리에서 랑베르 후보자는 최근 불거진 자신에 대한 전방위적 의혹들을 마타도어로 규정하고 법적인 대응도 불사하겠다고 엄포를 놓았다. 공교롭게도 본지 기자는 랑베르의 보좌관들에 막혀 그날 회견장에 들어가지도 못했다. 먼저 랑베르 후보자에게 묻겠다. 과연 진실 규명을 바라는 언론사를 문전박대하는 것이 랑베르식 민주주의이고 서부의 통합과 발전을 위한 길인가? 랑베르 후보자는 인터뷰 자리에서도 그동안의 의혹들에 대해 어떠한 해명도 하지 않았다는 후문이다. 자신의 과거가 막대한 양의 비자금과 관련이 있는지, 살인 전력과 관련이 있는지에 대해 답변을 하지 않았다는 것이다. 그렇듯 반인륜적이고 반도덕적인 의혹으로 점철된 자를 과연 시장 후보자로 인정해야 하는 것인지에 대해 본지는 심각한 회의와 우려를 표명하지 않을 수 없다. 랑베르 후보자의 뜬구름 잡기식 해명은 막대한 자금줄의 원천이 행방불명된 칼튼 주지사의 숨겨놓은 비자금 20만 달러였다는 설에 대해서도 똑같이 이어졌다. 그가 현상금 사냥꾼인 매케인 블러디라는 인물과 동일인이냐는 기자의 질문에도 엉뚱한 답변만 늘어놓았다고 한다. 그는 무슨 놈의 이름이 '유혈의 매케인'이냐고 되묻고선 이 땅에서 백인이 피를 흘리는 일은 절대 없어야 한다고 사자후를 토해냈다는 것이다. 이제 랑베르 후보자는 모든 의혹에 대해 신경질적인 반응과 모르쇠로 일관할 게 아니라 시민들 앞에 명확한 답변을 내놓아야만 한다. 그의 자금력의 원천이 무엇이었는지, 그리고 신분 세탁설에 대해서 말이다. 그것만이 통합과 발전으로 가는 가장 빠른 지름길이다. 마지막으로 본지는 랑베르 후보자가 기자회견을 자청한 피닉스 호텔이 과거 서부의 악명 높은 현상금 수배자들을 교수형에 처하던 형장이었던 곳임을 밝히지 않을 수 없다. 과연 우연의 일치였을까? 랑베르 후보자의 명확한 해명을 거듭 촉구한다.

일부 언론의 줄기찬 의혹 제기에도 불구하고 랑베르는 압도적인 표차로 시장에 당선되었다. 과거야 어떻든 누구나 부자로 만들어주겠다는 랑베르식 선심 공세가 시민들의 마음을 파고들었다는 게 대다수 언론의 분석이었다. '이념에 대한 실리의 승리'라며 긍정적으로 평가한 정치평론가도 있었지만 '원칙도 도덕도 사라진 암울한 선거'라며 개탄하는 정치평론가가 더 많았다. 랑베르는 자신에게 의혹을 제기한 피닉스 데일리메일을 상대로 천문학적인 금액의 명예훼손 소송을 걸었고, 법원으로부터 일부 승소판결을 이끌어냈다. 당시 의혹 제기에 적극적이었던 피닉스 데일리메일 기자는 신문사를 그만두고 동부로 이사를 갔는데, 왜 그랬는지에 대해서도 소문이 분분했다. 누군가는 그가 협박에 못 이겨 떠났다고 했고, 누군가는 그가 신경쇠약에 시달려 동부 최고의 정신병원에 입원하러 갔다고 했다. 또 누군가는 그가 동부로 가던 도중 악명 높은 열차 강도에게 목숨을 잃었다고도 했다. 피닉스 데일리메일은 몇 년 가지 못해

도산했으며 사주는 신문사를 접고 서부 캘리포니아로 이사해 포도농장
을 운영한다고 했다. 피닉스 시를 떠나기 직전 가족들과의 마지막 만찬
에서 했다는 사주의 말은 그의 심정을 대변하고도 남음이 있다. 잘못 튀
겨져 쪼그라든 프렌치프라이를 포크로 찍어 들면서 그는 이렇게 읊조렸
다고 한다.

"정의는 결코 죽지 않는다. 다만 바싹 쪼그라들 뿐이다."

랑베르는 시장이 된 이후 법과 원칙, 도덕을 강조하며 보안관 수를 세
배로 늘리는 조치부터 취했다. 명분은 치안 강화와 인디언들의 습격에
대비하기 위함이었다. 대다수 인디언들은 백인 기병대에게 쫓겨 보호구
역으로 밀려난 상태였다. 백인들이 지정한 보호구역을 거부하고 저항하
는 인디언들은 극소수에 불과했다. 그럼에도 랑베르의 말은 이주민이 대
다수인 시민들의 불안감을 자극하기에 충분했다. 인디언들의 습격은 없
었지만 백인 강도단의 습격은 종종 있었다. 그때마다 보안관들은 총잡이
들을 고용해서 백인 강도단을 끝까지 추격했다. 그들은 현상금 수배자들
또한 조직적으로 잡아들였다. 보안관들은 평상시 각종 단속에 적극적이
었다. 피닉스 시에서는 거리에서 침을 뱉어도 안 되었고, 욕을 해서도 안
되었으며, 정부를 비판해서도 안 되었다. 특히 비좁은 도로에 마차 통행
량이 급격히 늘어났다는 핑계로 통행마저 통제했다. 그 도시에서는 모든
시민이 우측통행을 해야 했으며 그것을 어겼다가 적발되면 어김없이 벌
금을 내야 했다. 주민들은 벌금을 내는 게 하루 세끼 밥 먹는 것보다 더
자주 있는 일이라며 투덜거렸다. 더불어 랑베르는 황무지를 대대적으로
개간해 목장을 운영했는데, 그곳에 아시아인들을 불법으로 고용하고 임
금을 체불하기 일쑤였다. 그럼에도 지역 언론에서는 아무도 랑베르에 대

총잡이들

한 비판적인 기사를 쓰지 않았다. 이유는 간단했다. 그가 바로 그 지역 언론들의 대주주였기 때문이다. 그는 선거에 당선되자마자 신문사들의 주식을 모조리 사들이고 편집권을 경영권 아래 두는 강경책을 썼다. 언론계와 경제계의 최대 주주로 떠오른 랑베르에게 그 누구도 바른말을 하지 못했다. 사람들의 얼굴에서 웃음이 사라졌고, 여유가 사라졌다. 그래도 일부 시민들은 곧잘 이렇게 말했다.

"랑베르가 아니었다면 지금쯤 우린 모두 인디언들에게 머리가죽이 벗겨져 죽음을 당했을 것이다."

랑베르가 현실 세계에서 승승장구했던 것과 달리 노래하는 돌은 연기처럼 종적을 감추었다. 그의 귀신같은 총 솜씨와 강렬한 인상을 기억하는 이들이 만들어낸 온갖 소문들만 사람들의 입에서 입으로 전해질 뿐이었다. 그 소문들은 점점 부풀려지면서 마침내 서부의 가장 뛰어난 총잡이에 대한 신화가 되었다.

어떤 이는 노래하는 돌이 인디언 보호구역으로 들어가 백인들에게 빼앗긴 땅을 되찾기 위한 투쟁을 전개했다고 했다. 운디드니에서 인디언이 몰살을 당한 이후 사실상의 마지막 인디언 저항군 지도자가 바로 그였다는 것이다. 그가 인디언들의 비밀결사단체인 '제로니모 수염'을 조직하고 전국적인 인디언 권리투쟁을 벌이려 했지만 동료의 배신으로 시작도 못하고 실패했으며 미시시피 강변에서 변사체로 발견되었다고 주장하는 이도 있었다. 전혀 다른 소문도 있었는데, 그것은 인디언 총잡이의 신화를 못마땅해하던 백인들이 의도적으로 유포한 낭설이라는 추측에 무게가 실렸다. 즉 노래하는 돌이 캘리포니아 주에 정착을 해서 타조농장을 하며 잘 먹고 잘살았다는 것이었다. 돈맛을 알게 된 노래하는 돌은 백인 여자, 특히 가슴이 큰 여자를 유별나게 밝혔는데 세 번의 이혼과 재혼으로 모두 열한 명의 자식을 가졌다고 했다. 그럼에도 인디언의 외모적 특징이 두드러진 자식들을 대놓고 괄시해서 말년에 자식들 간 집안싸움이 끊이지 않았다고 했다. 또 다른 소문도 있었는데, 그것은 주로 아프리카계 미국인들 사이에 퍼지던 소문이었다. 노래하는 돌에게는 여동생이 하나 있었는데, 그가 찾아갔을 때는 이미 그녀가 싸늘한 시체가 된 뒤였다는 것이다. 노래하는 돌은 슬픔을 달래기 위해 남부 루이지애나 주로 이사를 해서 그곳에서 한창 유행을 타기 시작한 술집의 밤무대에 섰다고 했다. 다른 연주자들과 달리 인디언의 악기인 타페노의 독특한 음률이 들어간 그의 연주는 흑인들과 황인종들에게 특히나 인기가 많았으며 그 덕에 돈도 꽤 많이 벌었다고 했다. 그 고장을 우연히 지나가다가 노래하는 돌의 연주를 듣게 된 젊은 흑인 뮤지션이 보헤미안적이면서도 바로크적인 멜로디와 리듬에 감동하여 자기도 폭풍처럼 새로운 스타일의 곡을 써 내려갔는데, 그것이 바로 블루스의 시초였다는 소문도 있었다. 그러나 가장 그럴듯한 소문은 특정 인종이나 계급을 초월해서 끈질기게 전해져 내려온 것으로 그 내용은 다음과 같았다.

노래하는 돌이 머나먼 서부의 외지고 척박한 땅인 나바호 계곡으로 들어가 밤이고 낮이고 천막에서 나오지 않으며 글을 썼다는 것이다. 치코와 매케인과 그 자신 '노래하는 돌'을 비롯한 수많은 총잡이들이 등장하는 이천 페이지가 넘는 장편소설은 미국문학의 새 지평을 열 기념비적인 작품이 될 가능성이 농후했는데, 안타깝게도 퇴고 이후 갑자기 마음이 변한 그가 책을 출간하지 않았다는 것이다. 방울뱀과 코요테가 흘레붙고 오렌지색 보름달 아래 검은 빛 모래바람이 휘몰아치던 가을밤, 노래하는 돌은 자신이 쓴 피 같은 글을 모조리 불태워버리고 홀연 나바호 계곡을 총총히 떠나갔다고 했다. 그 자신이 태고의 바람과 모래와 구름처럼 하나의 자유로운 영혼이 되어 떠돌다가 사라지려는 듯이.

이처럼 노래하는 돌에 대한 소문은 확인되지 않은 '카더라' 통신이 대부분이었다. 하지만 그가 현실 세계에 자신의 그림자를 전혀 내보이지 않았던 건 아니다.

랑베르가 중앙정계로 나가기 한 달 전이었다. 크리스마스이브에 피닉스 시 청사 앞에 세워진 랑베르의 동상이 다이너마이트로 폭파되어버렸다. 보안관은 끝내 범인을 찾지 못했으며 동상이 폭파된 현장 근처에서 이상한 벽보 한 장만 발견할 수 있었다. 벽보에는 다음과 같은 글귀와 함께 우스꽝스런 타조 그림이 그려져 있었다.

최고의 현상금 사냥꾼이자 최악의 살인자인

랑베르 매케인 블러디에게 보내는

친구들의 크리스마스 선물

– 노래하는 돌과 치코가

경찰은 랑베르 시장에 반대하는 무리가 벌인 자작극이라는 수사 결과를 발표했다. 그럼에도 경찰이 발표한 수사 결과보다 다른 소문을 믿는 사람들이 훨씬 더 많았다. 감쪽같이 동상을 폭파하고도 붙잡히지 않았다면 분명 노래하는 돌의 행동이었을 것이라는 추측이 그것이었다.

나는 모니터에서 시선을 거두었다. 한동안 노트북을 창문 밖으로 던져버리고 싶은 충동을 누르며 앉아 있었다. 그런다고 해결될 건 아무것도 없었다. 다시 마우스를 움직여 목차와 인터뷰 면에 실린 치코의 사진을 들여다보았다. 백 미터를 전력으로 달리고 난 뒤처럼 호흡이 가빠졌고, 가슴이 두방망이질 치고 있었다. 나는 들숨과 날숨을 차분히 가다듬으려고 노력했다.

등장인물이 몇 명 바뀌고 클라이맥스부터 결말까지 순서가 살짝 바뀐 것, 그리고 치코가 타조의 꿈을 꾼다는 것, 부분적인 디테일이 다르다는 것만 빼면 모든 것이 일치했다. 그것은 우리가 공동 창작한 소설이면서 절름발이의 소설이기도 했다. 치코가 그 두 작품을 결합시킨 뒤, 자신의 타조 환상까지 집어넣어 새로운 소설을 만들어낸 것이다. 제목을 보고 의심을 안 했던 건 아니었다. 그럼에도 치코가 합작한 소설을 다시 고쳐서 또 다른 공모전에 동시 투고했을 것이라고는 예상하지 못했다.

문학노트 편집부로 전화를 걸었다. 출판사에서는 작가의 개인정보는 알려주지 않는 것이 원칙이라며 메일주소만 불러주었다. 그것으론 소용없었다. 나는 고민 끝에 다른 번호로 전화를 걸었다.

"네, K심부름센텁니다."

"어떤 사람의 예전 번호로 바뀐 핸드폰번호와 주소를 알아낼 수 있을까요?"

"시간이 좀 걸리고 비용도 나오는데요."

"그렇게 하겠습니다."

"전화번호 알려주시고요. 수행료는 선불입니다."

나는 방 안에 우두커니 앉아 있었다. 치코의 요염한 웃음과 절름발이의 위태로운 걸음걸이가 눈앞에 겹쳐졌다.

돌이킬
수
없는

S역에서 내려 주택가로 접어들었다. 심부름 센터 직원이 건네준 지도를 보면서였다. 치코 집으로 가는 골목 한 쪽에서 나는 한 시간 넘게 서 있었다. 초조하거나 불안하지는 않았 다. 그보다는 치코의 반응이 궁금했고, 또한 우리의 결말이 궁금했 다. 어쨌든 이건 우리 사이에 해결하고 넘어가야 할 숙제였다. 내가 은밀한 죄책감에 시달리는 동안 그녀는 혼자 재미를 보고 있었다. 그녀에게 응당한 대가를 요구해야 했다. 그럼에도 왠지 나는 자꾸 전의를 상실하고 있었다. 어쩌면 치코의 반응 여부에 따라 내 행동 이 달라질지도 몰랐다. 절름발이는 죽었고, 매케인은 떠났으며 이제 나와 치코만 남았다. 최후의 결투를 앞둔 소설 속 총잡이들처럼.

멀리에서 누군가가 걸어오고 있었다. 어깨를 축 늘어뜨리고 골목 길을 터벅터벅 걷는 여자는 바로 치코였다. 나는 몸을 숨기고 있다 가 스무 걸음쯤 뒤에서 그녀를 쫓아갔다. 치코는 지친 기색으로 연 립주택 단지를 향해 걸었다. 허름한 연립주택 지하방이 그녀의 새로운 보금자리였다. 이사를 가긴 했지만 그녀의 삶은 여전히 팍팍하고 고단해 보였다. 걸음걸이 또한 노량진 시절보다 더 무겁고 투박했다. 그렇다면 강호식은? 정확한 사연이야 모르지만 십중팔구 어그러졌을 것이다. 외등 불빛 아래, 치코의 희미한 그림자가 바닥에 길게 늘어졌다. 나는 핸드폰을 꺼내 전화를 걸었다.

"여보세요."

걸음새와 달리 목소리만큼은 명랑했다. 오랜만에 치코의 달뜬 목소리를 들으니 반가움까지 들었다.

"잘 있었어요? 나 공노명이에요."

"어머, 오랜만이에요. 근데 내 전화번호는 어떻게 알아냈어요?"

치코가 걸음을 멈추고 고개를 옆으로 돌렸다. 나도 걸음을 멈추었다.

"왜요? 전화번호 좀 알면 안 되나요?"

"그건 아니지만."

"좀 봤으면 싶은데, 할 말도 있고."

"무슨 할 말요? 내가 요새 좀 바빠요. 나중에 전화할게요."

"아니, 나중은 없어요. 우리한텐 현재만 있지."

치코가 깔깔깔 웃음을 터뜨렸다. 잠깐 서 있던 치코가 다시 걸음을 옮겼다. 나도 다시 걸음을 뗐다.

"내가 나중에 꼭 전화할게요. 그럼 끊어요."

"잠깐만요."

"왜요?"

"왜 그랬어요?"

치코가 우뚝 멈춰 섰다. 뭔가 이상한 낌새를 눈치챈 듯 슬그머니 고개를 돌렸다. 나와 치코의 눈이 마주쳤다. 그녀는 아무렇지 않은 듯 다가와 악수를 건넸다. 나는 그녀의 손을 잡지 않고 내려다보기만 했다.

"소설 당선 때문에 그러는 거죠?"

치코가 한숨을 푹 내쉬더니 내 팔을 잡고 이끌었다. 연립주택 옆 빈 공터였다.

"처음부터 그러려고 했던 건 아니었어요. 돈이 다 떨어져서 지푸라기라도 잡겠다는 심정으로 모험을 했던 거지. 당신에게 말하지 못한 건 워낙 충동적으로 저지른 일이라 그런 거예요. 그런데 덜컥 당선이 돼버렸네요. 어쩔 수 없었어요. 취소시킬 수는 없잖아요. 신인상이라 돈은 얼마 안 되지만 그래도 반씩 나누려고는 했어요."

"강호식, 그자와 동업했던 거 아니었나요?"

"말하자면 길어요. 그 사람하고도 일시적인 것일 뿐이었으니까요."

치코의 얼굴에 그늘이 졌다.

나는 그녀의 눈을 가만히 들여다보았다. 치코가 저자세로 나오자 김이 샜다. 하긴 이미 당선작으로 공표되었고, 웹상에선 수천 명이 조회해서 읽었는데 뭘 어쩌자는 것인가. 돈? 내가 이곳으로 온 게 돈 때문이었던가? 나는 고개를 가로저었다.

투둑. 얼굴에 차가운 무언가가 떨어져 내렸다. 빗방울이었다. 몇 시간 전부터 꾸무럭하던 하늘이 비를 뿌리기 시작한 것이다. 고개를 들어 하늘을 보았다. 빗줄기가 얼굴과 목과 가슴을 차갑게 적시며 흘러내렸다. 나는 오한으로 몸을 부르르 떨었다.

"몇 달 전에 내 옆방에 살던 절름발이 남자가 죽었어요. 자살이었죠. 나는 그가 왜 죽었는지 당시엔 몰랐어요. 그냥 팍팍한 현실에 좌절해서 그런 줄로만 알았죠. 하지만 당신의 책을 보고 깨달았어요. 그러니까 당신이, 그의 글을 지웠던 거죠?"

치코의 눈꼬리가 사납게 올라갔다. 그녀는 언젠가처럼 팔짱을 끼고 차갑게 말을 뱉어냈다. 비에 젖은 얼굴이 반짝이듯 빛났다.

"난 그의 글을 지우지 않았어요. 그냥 USB에 저장해 왔고, 그것을 참고했을 뿐이지. 서부극 아이디어를 제일 먼저 훔친 건 당신 아닌가요? 처음에 난 당신 스스로 생각해낸 아이디어인 줄 알았어요. 당신이 천재인 줄 알았다구요."

나는 치코의 빈정거림을 묵묵히 듣기만 했다. 한동안 나도, 치코도 말이 없었다.

"그래요. 나도 책임으로부터 자유롭진 못해요. 하지만 당신은……."

치코가 매서운 눈초리로 나를 노려보았다. 빗줄기가 굵어지고 있었다. 안경알이 빗물에 젖어 시야가 부옇게 흐려졌다. 치코의 젖은 머리카락이 이마에 착 달라붙었다.

"내가 출판사에 전화를 할까요? 나한테 저장된 파일의 기록 날짜가 당신의 것보단 빠를 텐데, 그걸 꼭 밝혀야만 잘못을 인정하겠어요?"

치코의 눈빛이 한순간 흔들렸다. 빗물로 흐려진 시야 때문에 내가 착각한 것일지도 몰랐다. 아무래도 상관없었다. 나는 그녀를 최대한 비웃어주고 싶었다. 그때였다. 치코가 갑자기 주저앉더니 무릎

걸음으로 다가왔다. 나는 반사적으로 한 걸음 뒤로 물러섰다. 그녀는 아랑곳하지 않았다. 내 바짓가랑이를 세게 움켜쥐더니 울먹이기 시작했다.

"제발 그러지 말아요. 내가 잘못했으니까, 부탁이에요. 나도 어떻게든 살아보려고 그랬을 뿐이에요. 내가 얼마나 힘들게 살아왔는지 알면 당신도 조금은 이해할 거예요. 이제 겨우 작가가 되었는데, 절대 포기할 수 없어요. 그렇게 사느니 차라리 죽어버리겠어요. 새롭게 살아보고 싶은데. 부탁이에요. 당신만 눈감아주면, 그러면 내가 꼭 잊지 않고……."

순간 먹먹한 골목이 대낮처럼 환해졌다. 멀리서 벼락이 내리쳤다. 그것이 신호라도 되듯 불그죽죽한 하늘에서 세찬 폭우가 쏟아져 내리기 시작했다. 이대로 세상이 다 떠내려갔으면 싶었다. 나도, 치코도, 소설도, 세상도 다 말이다. 치코의 눈에서 눈물이 쏟아지고 있었다. 외등 불빛을 받은 치코의 얼굴이 번들거렸다. 울음은 어느새 통곡으로 변해 있었다. 골목이 다시 한 번 밝아졌다가 어두워졌다. 천둥소리에 그녀의 울음소리가 묻혔다. 그녀는 이따금 끄윽끄윽거리며 어깨를 떨어댔다.

"훔친 건 우리 둘 다였잖아요. 난 지우지 않았다구요. 그날 밤, 나는 노명 씨를 고시원 앞에서 기다렸어요. 혼자 옥탑방에 들어가기가 너무 무서워서요. 하지만 당신이 오지 않아서 당신 방에 갔다가……. 내가 들어갔을 땐, 이미 그 사람이 죽어 있었어요. 죽어 있었다구요. 그래서 그대로 도망치려 했지만 원고를 포기할 순 없었어요."

내게서 조금씩 전의가 새어 나갔다. 이리저리 흩날리는 새의 깃털처럼 나는 가벼워지고 있었다. 하나의 깨달음이 늦은 일몰과도 같이 찾아들었다. 그러니까 나는 치코를 탓할 자격이 없었다. 모든 것은 내가 자처한 일이었다. 기획은 황이 했지만 감독과 연출, 배우를 모두 소화하고 치코와 매케인을 캐스팅한 이는 나였다. 온몸이 비에 젖은 채 나와 치코는 한동안 그대로 있었다. 그녀를 일으켜 세우고 싶지는 않았다. 골목을 지나던 누군가가 우리를 힐끗 바라보았다.

"당신은 작가가 아니에요. 그냥 수없이 쏟아져 나오는 신제품 글쓰기 기계일 뿐이지. 설혹 당신이 잘나가는 작가가 된다 한들 그 사실엔 변함이 없어요. 그러니까 정말 작가가 되고 싶다면 지금 이 순간을 절대 잊지 말기를 바랍니다."

단순한 비아냥이 아니었다. 그건 전적으로 그녀 자신에게 달린 일이었으니까. 어쩌면 내 자신에게 던지는 말이기도 했다.

나는 그녀의 팔에서 다리를 빼냈다. 손바닥으로 얼굴을 닦으며 천천히 걸음을 옮겼다.

비가 조금씩 잦아들고 있었다.

선생님 지난번 일은 제가 죄송해요 근데 축하해주세요 제 작품이 문예지 신인상 최종심에 올랐어요 첫 번째 투고니까 나쁜 결과는 아닌 거죠?ㅎㅎㅎ ^^

스칼렛이 보내온 문자였다. 나는 새로운 장편을 구상 중이었다. 새로운 소설의 모델은 절름발이가 될 터였다. 소재와 대략의 스토리도 구상해놓아 나름 고무된 상태였다. 아니, 스스로를 고무시키기 위해 무던히 애를 쓰는 중이었다. 스칼렛의 문자메시지가 새삼 반가웠다. 든든한 혁명 동지라도 얻은 기분이랄까. 이번만큼은 스칼렛을 격려해주고 싶었다.

넌 언젠가 훌륭한 작가가 될 거야 네 자신을 믿고, 문학의 가치를 믿으렴^^

답장을 보내고 나니 뜨끔했다. 내 자신도 회의하고 있는 문학의 가치를 믿으라니. 하지만 지금 그녀에게 필요한 건 무엇보다 그런 격려일 터였다.

노명 씨는 뭘 믿습니까?

소정훈의 물음이 떠올랐다. 나는 여전히 알 수 없었다. 다만 이렇게 대답할 순 있을 것 같았다.

무엇을 믿는지는 모르겠다고. 다만 포기하지 않고 끝까지 가본다면 붙잡으려 했던 것의 실체에 조금은 다가갈 수 있지 않겠느냐고. 아마도 그걸 알고 싶어서 남루한 인생을 견디며 소설을 포기하지 않는 게 아니겠느냐고. 헤겔의 말이 떠올랐다. 주인과 노예의 변증법.

나는 벽에 붙여놓은 종이를 떼어냈다. 소정훈이 다시 도전해보라며 건네주었던 공모전 정보. 그것을 재떨이 위에 놓고 라이터로 불을 붙였다. 종이가 그을음을 피우며 타 들어가더니 재로 변하기 시작했다. 주인이 되기 위해선 나 자신부터 자유로워지지 않으면 안 되었다. 결과만 바라보는 창작행위는 스스로 노예의 길로 들어서는 지름길이었다. 눈치 보지 않고 온전히 작품에만 집중하기. 앞으로도 명심해야 할 내 첫 번째 과제는 그것이었다. 재떨이 위에서 꿈틀대던 희미한 불꽃이 마침내 한 줌 재로 사그라졌다.

선생님 조만간 찾아뵐게요 안녕히 계세요

스칼렛이 보낸 문자메시지를 한참 들여다보았다. 그러다 고시원 창밖으로 시선을 돌렸다. 봄비가 치적치적 세상을 적시고 있었다. 타닥탁탁타닥탁. 빗방울이 창틀에 부딪치며 탭댄스라도 추듯 경쾌한 소리를 냈다. 나는 의자에 등을 기대고 한 차례 크게 기지개를 켰다. 리드미컬한 빗방울 소리에 귀를 기울였다. 비의 멜로디가 방안 구석구석 잔잔히 퍼져나갔다. 창밖의 풍경도 그새 달라져 있었다. 거리 곳곳에 남겨진 잔설이 봄비에 말끔히 씻겨 내려갔고, 나뭇가지에서는 초록의 새순이 돋아나는 중이었다. 새들의 울음소리도 한결 산드러졌고, 사람들의 옷차림도 화사해졌다. 조금 더 지나면 노량진 고시촌 이면도로에 화려한 색색의 꽃들이 피어날 것이다. 누군가는 합격의 기쁨을 누리며 고시촌을 떠날 것이고, 누군가는 더 싼 방을 찾아 고시촌으로 스며들 것이다. 그리고 누군가는 여전히 고시촌에 남아 되찾은 꿈에 새로운 불씨를 지필 것이다. 나는 방 안을 한 번 둘러보았다. 사방 두 평이 되지 않는 손바닥만 한 디딤터. 조만간 봄맞이 대청소라도 해야겠군. 그렇게 마음먹으며 나는 노트북의 전원을 켰다.

소설쓰기란 아마도 '소심한 복수'와 비슷한 일일 것이다. 내게 우호
적이지 못한 세상에 이야기로 갚아주는. 나라는 인간은 현실을 바
꾸려고 나설 만큼 용감하지도, 현실에 적응할 만큼 영리하지도 못
하다. 한마디로 예민한 성격에 아둔한 머리여서 소설을 쓰는 것 같
다, 나는. 소설의 등장인물들 또한 나를 닮아서인지 어딘가 뒤틀리
고 모자라면서 우스꽝스런 느낌이다. 다만 작가로서는 이들이 독자
들에게 성큼성큼 다가가 재미있게 말을 걸어주었으면 싶다.

　세상에 떠도는 수많은 이야기와 사건들을 수집하여 변형시키고
조합해서 결과물이 추출되길 바라는 일은 이질적인 물질들을 융합
시켜 새로운 화학적 반응을 얻어내려는 과학자의 실험과 비슷한 면
이 있다. 이야기와 사건과 에피소드를 배양하고 교접시키는 내 실험
실은 태양계로 치면 태양광과 태양풍이 미미하게 미치는, 명왕성 외
곽의 머나먼 카이퍼벨트나 오르트구름대 어디쯤의 춥고도 척박한

곳에 있다. 운명이려니 여기다가도 이따금 자괴감이 드는 걸 어쩔 수 없다. 실험의 결과물을 세상에 내보내지 못할 때면 더욱.

이번에는 들녘 출판사에서 내 실험실의 문을 먼저 두드려주었다. 특별히 감사의 마음을 전한다.

작품에 대해 인상적인 평을 해주신 장강명 소설가께도 깊이 감사 드린다.

2016년, 봄을 기다리며

은승완

총잡이들